KEVIN MCLAUGHLIN &
MICHAEL T. ANDERLE

DRACHENHAUT
STAHLDRACHE – BUCH 01

Für meine Familie, Freunde und alle
diejenigen, die es lieben zu lesen.
Mögen wir alle das Glück haben das Leben
zu leben für das wir bestimmt sind.

IMPRESSUM

Drachenhaut (dieses Buch) ist ein fiktives Werk.
Alle Charaktere, Organisationen, und Ereignisse, die in diesem Roman geschildert werden, sind entweder das Produkt der Fantasie des Autors oder frei erfunden. Manchmal beides.

Copyright der englischen Fassung: © 2019 LMBPN® Publishing
Copyright der deutschen Fassung: © 2020 LMBPN® International FZC
Titelbild erstellt durch Jake @ J Caleb Design,
http://jcalebdesign.com, jcalebdesign@gmail.com
Titelbild Copyright © LMBPN® Publishing

LMBPN® International unterstützt das Recht zur freien Rede und den Wert des Copyrights. Der Zweck des Copyrights ist es Autoren und Künstlern zu ermutigen die kreativen Werke zu produzieren, die unsere Kultur bereichern.

Die Verteilung von diesem Buch ohne Erlaubnis ist ein Diebstahl der intellektuellen Rechte des Autors. Wenn Du die Einwilligung suchst, um Material von diesem Buch zu verwenden (außer zu Prüfungszwecken), dann kontaktiere bitte international@lmbpn.com
Vielen Dank für Deine Unterstützung der Rechte des Autors.

LMBPN® International ist ein Imprint von
LMBPN® International FZC
Business Center, Sharjah, Publishing City Free Zone,
Sharjah, Vereinigte Arabische Emirate

Version 1.03 (basierend auf der englischen Version 1.01), April 2022
Deutsche Erstveröffentlichung als e-Book: Februar 2020
Deutsche Erstveröffentlichung als Paperback: Februar 2020

Übersetzung des Originals (Steel Dragon 01 – Genesis Draconis)
ins Deutsche, Lektorat
und Satz der deutschen Version:
4media Verlag GmbH,
Hangweg 12, 34549 Edertal,
Deutschland

ISBN der Paperback-Version: 978-1-64202-723-5

DE20-0002-00018

ÜBERSETZUNGSTEAM

Primäres Lektorat
Astrid Handvest

Sekundäres Lektorat
Jens Schulze

Beta-Team
Sandra Handvest
Jessica Köhler
Stefan Krüll
Sabine Marx
Sascha Müllers
Volker Tesche

KAPITEL 1

Kristen Hall stieg vorsichtig aus ihrem Auto, um nicht direkt in eine Pfütze zu treten – keine leichte Aufgabe, wenn man bedachte, dass der Parkplatz mehr aus Rissen als aus Beton bestand. Er war mit Maschendraht eingezäunt und ein Parkwächter saß in der Nähe der Rückseite des Gebäudes mit einer Schrotflinte auf dem Schoß. Dennoch fühlte sie sich nicht in Gefahr. An einem Tag wie heute würde ihre Familie nirgendwo anders hingehen, denn ›Buddy's Pizza‹ hatte das beste Essen in Detroit.

Sie öffnete die Tür zu dem winzigen Gebäude und der Geruch von perfekt knuspriger Kruste und geschmolzenem Käse stieg ihr in die Nase. Instinktiv musste sie lächeln. Sie liebte diesen Ort.

Ihr jüngerer Bruder versperrte ihr den Weg als sie eintrat und den Duft genoss. »Ich dachte, die Polizei sieht härter aus. Solltest du nicht finster schauen und deine Haare in einem Knoten oder so was tragen?« Brian umarmte sie fest.

Er war größer und breiter als sie und trotzdem konnte sie ihn immer noch umarmen. Sie lehnte sich zurück, um seine Füße vom Boden anzuheben. »Ich könnte dich immer noch zu Boden ringen und Käfer fressen lassen, Brian«, flüsterte sie zuckersüß.

Obwohl er wie eine große Puppe behandelt wurde, grinste er nur, als sie ihn wieder auf seine Füße stellte. »Du warst schon immer eine schreckliche Tyrannin, aber Käfer vom Boden im Buddy's wären immer noch besser als deine Kochkünste.«

»Haha, sehr witzig.« Sie lachte trocken. Jeder in ihrer Familie konnte kochen, nur sie nicht. Sogar Brian, so faul wie er war, konnte Huhn mit Gemüse braten. Sie war im Grunde genommen eine Meisterin der Mikrowelle und nichts weiter.

Ihre Mutter näherte sich von der Rückseite des Restaurants und schlängelte sich durch die schmalen Zwischenräume zwischen den Tischen. »Ich finde, du siehst toll aus, Schatz.« Sie küsste ihre Tochter auf die Wange. »Aber Brian hat recht, wenn du deine roten Haare in deinem neuen Job offen trägst, lenkst du die ganze Truppe ab. Jetzt komm schon, lass uns deinen Vater suchen gehen. Er hält uns einen Tisch frei.«

Kristen folgte ihr durch die überfüllte Pizzeria. Lächelnde Menschen an winzigen Tischen mit rot-weißen Tischdecken diskutierten angeregt über die letzte Niederlage der Tigers oder verschlangen wortkarg ihre Pizza. An den Wänden hingen Fotos von Berühmtheiten, die Buddy's einen Besuch abgestattet hatten, um eben genau das auch zu tun. Eminem, die Temptations und sogar Aretha Franklin hatten dort gegessen und das waren nur einige der größeren Stars. Ihre Familie kam hierher, seit sie ein kleines Mädchen war. Das war der Ort, an dem ihre Familie feiern konnte, wenn ihre Mutter nicht kochen wollte.

Sie fanden Frank Hall an einem Tisch in der Ecke. Er brütete intensiv über der Speisekarte, als hätte er sie nicht schon eine Million Mal gesehen. Mit einem breiten Grinsen schlich sie sich an. »Es sieht so aus, als bräuchten Sie Beratung.« Sie stieß ihrem Vater mit einem Finger zwischen die Rippen.

Er zuckte zusammen, aber sobald er ihre Stimme erkannte, lächelte er. »Ach, Kristen, jetzt, wo du eine Auszeichnung bekommen hast, muss ich nicht mehr aufpassen.« Er sah sie liebevoll an. »Du siehst wunderschön aus, Süße, die Polizei hat dich gar nicht verdient.«

Kristen zog einen Stuhl heraus und setzte sich neben ihn. »Sie haben dich auch nicht verdient.« Sie führten dieses Gespräch nicht zum ersten Mal. Er war stolz auf sie, weil sie in seine Fußstapfen getreten war – zumindest oberflächlich betrachtet – aber er war immer noch ein alter Polizist. Vor allem aber war er ihr Vater, der sein kleines Mädchen nicht verletzt sehen wollte, auch wenn sie deutlich athletischer war als er selbst.

»Ja, ein unrasierter alter Glatzkopf kann mit einer Frau, wie du eine geworden bist, nicht mehr mithalten.« Er legte den Arm um ihre Schulter. »Ich sage immer noch, du kannst tun was immer du willst.«

»Polizistin sein ist genau das, was ich will.« Sie hob eine Augenbraue. »Ich möchte die Menschen beschützen und dieser Stadt helfen, noch besser zu werden als sie es in den letzten zehn Jahren schon geworden ist, genau wie mein alter Herr es getan hat.«

Seine einzige Reaktion war ein Lächeln. Trotz seiner Bedenken konnte sie sehen, dass er in der Hauptsache sehr stolz auf sie war.

»Komm schon, können wir nicht einen Pitcher Bier bestellen, bevor wir uns mit dem matschigen Zeug beschäftigen?« Brian plumpste auf einen leeren Platz und winkte dem Kellner. Ein Anderthalb-Liter-Krug zum Nachfüllen der Gläser am Tisch war eine gute Idee.

»Wir sind natürlich auch stolz auf dich«, sagte seine Mutter zu ihm.

»Ja, diese hohen Punktzahlen erreichen sich nicht von selbst«, witzelte Kristen.

Er lachte. »Oh mein Gott, habt ihr eine Ahnung, wie ihr beide euch anhört? Hohe Punktzahl? Hohe Punktzahlen interessieren nur am Spielautomaten.« Er kratzte sich und schüttelte den Kopf. Brian kam mit seinem braunen Haar und der etwas fülligeren Figur nach seiner Mutter. Kristen war die Einzige in der Familie mit roten Haaren und einer Traumfigur, obwohl sie fast so viel Pizza aß wie der Rest der Familie.

»Gerüchten zufolge weiß Kristen mehr als genug über hohe Punktzahlen. Mit Auszeichnung, hm?« Ihr Vater strahlte. »Du weißt, dass ich gerade so durchgekommen bin damals. Du hast der Familie alle Ehre gemacht.« Der Kellner kam und nahm die Bestellung auf.

»Wir nehmen zwei Pizzen. Eine mit Peperoni und Pilzen, eine mit Schinken und Ananas, dazu hätten wir gerne einen Antipasti-Salat«, bestellte Kristen, bevor ihr Vater das Wort ergreifen konnte. »Oh, und einen Pitcher mit etwas Hopfigem von Founder's.«

Der Kellner nickte und verschwand im Lärm und Getümmel des Restaurants.

Brian grinste. »Wenigstens weißt du, wie man Essen bestellt.«

»Sie kann nichts dafür, dass sie ihr Fleisch lieber innen roh und außen knusprig mag.«

»Mama!«, rief sie aus. Genau das war passiert als sie das letzte Mal Hühnchen gekocht hatte und ihre Mutter

Drachenhaut

würde sie immer wieder daran erinnern. Wahrscheinlich die nächsten zehn Jahre.

»Gut gemacht, Mom. Gib's ihr!« Brian kicherte.

»Jetzt wo du bei der Polizei bist, musst du nie wieder kochen, wenn du nicht willst«, sagte ihr Vater ganz sachlich. »Gott weiß, ich koche auch nicht.«

Das war natürlich gelogen, er konnte tolle Burger grillen. Selbst das ging über die Fähigkeiten seiner Tochter in Sachen Kochen hinaus.

»Ich bin noch kein Mitglied der Polizei«, erinnerte Kristen sie, »sondern bisher nur Absolvent.«

»Absolvent mit Auszeichnung, Schatz«, fügte ihre Mutter schnell hinzu.

»Ein Absolvent, der von einem Drachen handverlesen wurde«, sagte Brian ungläubig. »Es ist ja nicht so, dass du keinen Job bekommst.«

»Ich wurde nicht handverlesen«, protestierte sie.

Ihre Eltern teilten einen Blick, der sagte, dass sie genau das ebenfalls dachten.

»Ich finde es immer noch wahnsinnig, dass du überhaupt einen getroffen hast«, meinte ihr Bruder. »Man sollte meinen, ich hätte auch schon einen gesehen. Schließlich kommen genug nach Detroit, zu Konzerten oder was auch immer.«

»Liebling, du musst schon das Haus verlassen, wenn du Leute kennenlernen willst«, wandte sich ihre Mutter an Brian, »oder Drachen«, fügte sie nach einem Moment hinzu.

Kristen lachte. »Gut gemacht, Mom!«

»Aber irgendwie so ist es doch passiert oder Krissy?« Ihr Vater lehnte sich weiter über den Tisch. Sie hatte ihm die Geschichte schon so oft erzählt und doch wollte er sie immer wieder hören.

»Nein. Ich meine, ja, ich bin bei einem Konzert einem Drachen begegnet...«

»Wie sah er aus? Wie groß war seine Spannweite? Hat er dir ein Getränk spendiert?« Brian zwinkerte ihr grinsend zu.

»Er war in seiner menschlichen Gestalt und er war... na ja, gut aussehend, offensichtlich. Am Ende der Show haben wir uns ein paar Minuten unterhalten und er gab mir seine Karte mit einer Adresse.«

»Es heißt, er hat dir buchstäblich einen Job gegeben.« Brian hatte den gesamten Rest der Geschichte übersprungen.

Sie schüttelte den Kopf. »Nein, ganz und gar nicht. Ich kam dort hin und musste eine Reihe von Tests machen. Ich weiß immer noch nicht, wozu die Hälfte von ihnen gut sein sollte. Es gab körperliche Aktivitäten wie Laufen auf einem Laufband, einen Hindernisparcours und solche Dinge, diesen Teil habe ich genossen.«

»Ja, nun, das ist nicht unbedingt eine Überraschung«, kommentierte ihr Bruder.

»Brian!«, schimpfte ihre Mutter. »Wir sollten stolz darauf sein, dass jemand in dieser Familie sportlich ist. Ich weiß nicht, woher du es hast, Schatz, aber wer immer es war, ich bin froh, dass er es dir gegeben hat.«

Für einen Moment wollte Kristen die Bedeutung dieser Aussage verdrängen. Ihre Mutter sagte manchmal Dinge wie diese, als hätte Kristen eine andere Geschichte als der Rest der Familie. Sie sah auf jeden Fall anders aus. Aber bevor sie etwas sagen konnte, kam der Kellner mit dem Salat und dem Pitcher Bier zurück. Nicht, dass sie sich beschweren wollte, denn sie war am Verhungern.

Drachenhaut

Jeder lud sich von dem Salat – und knauserte nicht mit den Salami- oder Käsewürfeln – auf die Teller und fing an zu essen. Für einen Moment ließen sie sich den Salat einfach schmecken und sich von den Geräuschen der gemütlichen kleinen Pizzeria ablenken. Aber wie immer konnte Brian nicht lange schweigen: »Also, welche Teile mochtest du nicht?«

»Nun, ich mag immer noch keine Oliven«, murmelte Kristen mit vollem Mund.

»Nicht vom Salat, Dummkopf – von den Tests. Du mochtest offensichtlich das körperliche Zeug, aber was mochtest du nicht? Musstest du Videospiele spielen? Ich habe dir gesagt, du hättest das üben sollen.«

»Keine Videospiele, Brian, tut mir leid.« Sie zuckte mit den Achseln. »Ich habe ehrlich gesagt nicht viel davon verstanden. Es gab ein paar merkwürdige Geschichtssachen. Fragen zu Drachen in Amerika während des Kolonialismus und des Bürgerkriegs. Auch alle möglichen anderen merkwürdigen Dinge. Seltsam war, dass sie mich an Überwachungsmonitore angeschlossen hatten, um meine Gehirnströme oder was auch immer zu messen.«

»Und sie haben welche gefunden? Ich bin beeindruckt, Kristen.« Er grinste schelmisch.

Sie legte einen Ellbogen auf den Tisch und beugte provokativ ihren Bizeps. »Willst du Armdrücken machen oder was?«

»Die Pizza ist da.« Er wich ihrer Frage geschickt aus, denn er würde wie jedes Mal verlieren.

Ihr Kellner stellte zwei rechteckige Pizzen auf den Tisch und die Halls verschwendeten keine Zeit. Es schmeckte genau so, wie es ihr ganzes Leben lang

13

geschmeckt hatte – eben perfekt. Auf Stein gebacken war die Kruste jedes quadratischen Pizzastückes knusprig. Reichlich Soße bedeckte den Teig, obendrauf kam der Belag bestreut mit reichlich Käse. Es war der Himmel auf Erden.

»Also, äh... haben sie, äh... dir noch was erzählt?«, nahm ihr Vater das Thema wieder auf. Kristen warf ihm einen Blick zu. Das sah ihm gar nicht ähnlich. Frank Hall war immer schon geradeheraus gewesen. Wenn er etwas wollte, nahm er es sich, egal ob die TV-Fernbedienung oder einen Gauner, um dem Gesetz genüge zu tun.

Sie zuckte mit den Achseln, nahm noch einen Bissen und spülte ihn mit kaltem Bier herunter. »Nun, nicht wirklich, es waren nur die Tests.«

»Haben sie dich Fragen stellen lassen oder musstest du dich irgendwo raus kämpfen?« Brian hatte bereits drei Stücke mit Schinken und Ananas verschlungen und griff nun nach einem vierten. Kristen schnappte es ihm weg, bevor er die ganze Pizza alleine aß.

»Das war eigentlich der seltsamste Teil an der ganzen Sache. Sie sagten, ich könne alles fragen, was ich wollte, also tat ich es.«

Ihr Bruder senkte die Stimme. »Hast du den Großen gefragt?«

»Den Großen?«, flüsterte ihr Vater besorgt.

»Ja. Stoßen sie in ihrer menschlichen Gestalt immer Rauch aus oder können sie wählen, wie sie aussehen? Wenn ich meine Form ändern könnte, würde ich das nicht behalten.« Er klatschte auf seinen runden Bauch und lachte.

Kristen und ihre Eltern stöhnten.

Drachenhaut

»Nein, danach habe ich sie nicht gefragt. Ich mag es auch nicht, wenn mich die Leute fragen, warum meine Haare rot und lockig sind, statt braun und glatt wie die von Mama, also nahm ich an, dass sie es auch nicht mögen.«

Ihr Vater richtete sich auf seinem Stuhl auf. »Du wolltest zur Polizei wie dein Vater und hast darum gebeten?«

»Denn wenn du das getan hast, bekommst du großen Ärger, Krissy«, flüsterte ihre Mutter. »Ich habe dreißig Jahre damit verbracht, lange aufzubleiben und mich zu fragen, ob Frank wieder gesund nach Hause kommen würde und ich bin nicht begeistert davon, weitere dreißig Jahre damit zu verbringen, mir Sorgen um dich zu machen. «

»Nein, ich habe nicht nach dem Beitritt zur Akademie gefragt. Ich fragte hauptsächlich nach den Tests und warum sie mich ausgewählt haben. Ich... nun, das klingt wahrscheinlich dumm, aber ich habe gefragt, ob sie mich für einen Magier oder so halten.«

Brian verschluckte sich an der Pizza. »Du hast was gefragt?«

»Warum sonst hätten sie Interesse an mir? Ernsthaft, denk mal darüber nach. Gerade habe ich diesen Kerl auf einem Konzert getroffen und plötzlich mache ich all diese verrückten Sachen und die Tests. Ich dachte, es muss einen Grund dafür geben, den ich nicht kenne. «

»Vielleicht mögen Drachen Rothaarige.« Brian fuhr mit dem Finger durch sein braunes Haar.

»Brian!«, empörte sich seine Mutter.

»Schon in Ordnung, Mom. Diese Frage haben sie ohnehin beantwortet. Nein, ich bin kein Magier. Sie haben mich fast ausgelacht, als ich danach gefragt habe.«

Ihre Eltern sahen sich stumm an.

»Was?«, forderte Kristen.

»Wir machen uns Sorgen um dich, das ist alles, Schatz.« Ihre Mutter tupfte die Mundwinkel mit einer Serviette ab. »Ich meine, zwei Rebellionen, beide angeführt von Magiern...«

»Marty hat recht, Kris. Aus einem dieser Kriege entstand Kanada, um Himmels willen. Ich hoffe, du bist kein verdammter Magier. Entweder muss man sie bedienen oder... Stimmt es, dass sie wirklich Feuer speien können?« Ihr Vater schüttelte den Kopf. Jeder hatte diese Gerüchte gehört, aber Drachen zeigten sich selten und waren ziemlich geheimnisvoll, vor allem wenn es um das Ausmaß ihrer Kräfte ging.

»Ich weiß nicht, Dad. Wie ich schon sagte, haben sie die meisten meiner Fragen nicht beantwortet und es ist nicht so, dass der vom Konzert sich verwandelt und die Zeit genommen hätte, mir seine Kräfte zu zeigen. Sie haben sich nur noch mehr Notizen zu meinen Fragen gemacht. Ehrlich gesagt glaube ich, das war auch einer dieser Tests.«

Brian hatte bereits sein fünftes Stück Pizza im Magen und beteiligte sich wieder am Gespräch. »Aber warum solltest du ein Magier sein? Liegt das nicht in der Familie oder so? Wenn Mama und Papa uns nichts verheimlichen, ist bei uns im Grunde alles normal.«

»Du bist definitiv nicht normal, Brian«, erwiderte sie und warf ihm einen spöttischen Blick zu.

»Bei uns gibt es keine Magie«, sagte ihr Vater in einem Tonfall, der so frustrierend undurchsichtig war wie die Drachen selbst.

Kristen nickte. »Das hat der Drache auch gesagt.«

Drachenhaut

»Und was ist dann passiert? Sie haben dich von den Dioden befreit und du fühltest dich genötigt, auf die Polizeiakademie zu gehen?« Brian fand es lächerlich, dass seine Schwester statt ihm ausgewählt wurde. »Das machen die doch, oder? Ich habe im Internet darüber gelesen. Sie zwingen einen oder was auch immer.«

»Nein. Nein, überhaupt nicht. Sie nahmen sich ein paar Minuten Zeit, um sich die Ergebnisse anzusehen, dann sagten sie mir, ich wäre gut für den Polizeidienst geeignet. Es war nicht so, dass sie mich gezwungen hätten oder so. Mal abgesehen von den Drachen – ihr wisst doch, dass ich immer ein Cop wie Dad werden wollte.«

»Was ich immer noch nicht gut finde«, sagte ihre Mutter, aber ihrer Stimme fehlte der Ernst, den sie besessen hatte, als Kristen sich an der Akademie bewarb. Marty Hall war vielleicht nicht glücklich darüber, dass ihre Tochter ihrem Vater in die Truppe folgte, aber sie hatte es mittlerweile akzeptiert.

Ihr Vater griff nach einem weiteren Stück Pizza. Wenn sie nicht aufpassten, würde Brian alles alleine aufessen. »Es wird schon gut gehen, Schatz. Mit so einem hübschen Gesicht? Sie werden dich für ein paar Jahre bei der Verkehrsüberwachung einsetzen, bevor sie dich zum Detective befördern. Dann wirst du bald in einer Führungsposition sitzen, ohne auch nur einen Kratzer abbekommen zu haben.«

Ihre Eltern verfielen, wie üblich, in ihr gewohntes Geplapper über den Job. Seit sie der Polizeiakademie beigetreten war, wurde das Abendessen oft zu einer Diskussion der beiden über ihre Entscheidung. Vielleicht hatten sie Zweifel an ihrer Entscheidung – sie hatte ihre Eltern immer geliebt und wollte sie stolz machen – aber da sie sich nicht einig waren, wusste sie, dass sie es nie allen beiden recht machen konnte. Darum lag die Entscheidung letztlich bei ihr.

Sie war schon immer sportlich gewesen und wollte den Menschen helfen, also ergab es Sinn zur Polizei zu gehen. Trotzdem hoffte sie, dass ihre Mutter sich beruhigen würde.

Kristens Telefon summte in ihrer Handtasche und sie nahm es heraus. Brian hatte sich bereits aus dem Gespräch geklinkt und beschäftigte sich nun mit einem Spiel auf seinem Handy. Ihre Eltern würden nichts dazu sagen.

»Oh, mein Gott... Dad, eine E-Mail von der Polizei. Sie haben mir meinen ersten Dienstposten zugewiesen«, platzte sie heraus, noch bevor sie alles gelesen hatte.

»Das ist toll, Schatz!« Ihre Mutter versuchte offensichtlich, Begeisterung vorzutäuschen, aber man konnte hören, dass es ihr nicht gefiel.

»Nun, Krissy, denk dran, Macht ist immer noch eine Männerdomäne«, begann ihr Dad. Sie hatte diese Rede schon mehr als einmal gehört, aber das Bier ließ sie ihn oft wiederholen. »Ich bin sicher, dass sie dich besser einsetzen werden, wenn sie sehen, wozu du fähig bist. Fürs Erste ist nichts falsch daran als Verkehrspolizistin anzufangen. Wichtig ist, dass du Geld verdienst.«

Sie nahm sein Gerede fast nicht wahr. Nicht wegen des Lärms im Restaurant oder weil seine Worte leicht undeutlich waren, sondern wegen der vier Großbuchstaben, die sie vom Bildschirm ihres Telefons aus anstarrten.

»Ich wurde dem SWAT-Team zugeteilt.«

Einen Moment lang sagte er nichts. Er blinzelte sie mehrere Sekunden an, als hätte er sie nicht verstanden.

Drachenhaut

»SWAT?« Er sah aus als hätte er eine tote Ratte in seinem Glas gefunden, nachdem er schon die Hälfte des Biers getrunken hatte.

»Ist das gut?«, fragte ihre Mutter. Obwohl sie mehr als dreißig Jahre mit einem Polizisten verheiratet war, wusste sie immer noch so gut wie nichts über die Polizei und ihre vielen verschiedenen Abteilungen. Sie hatte immer behauptet, dass es sich nicht gehören würde, solche Dinge beim Essen zu besprechen.

»Spezialwaffen und -taktiken.« Brian schaute nicht von seinem Spiel auf. »Gute Arbeit, Krissy.«

»Nein, nein, Kristen. Das kann nicht stimmen, das muss ein Irrtum sein. Ich weiß, dass du an der Akademie großartig warst, aber du hast die entsprechende Ausbildung noch nicht. Scheiße, nicht mal ich habe es in die SWAT-Abteilung geschafft.«

»Frank! Pass auf, was du sagst!«

»Verdammt noch mal, Marty. Wenn Kristen wirklich beim SWAT ist, darf man das.«

»Das bin ich, Dad. Schau mal.« Sie reichte ihrem Vater das Telefon und lehnte sich zurück, während er auf den Bildschirm starrte.

Einen Moment lang las er nur schweigend, offensichtlich war er etwas verwirrt. Kristen konnte sehen, wie sich seine Lippen bewegten und die gleichen Worte lasen, die sie schon zweimal gelesen hatte. Er hörte auf zu lesen und saß für einen Moment völlig still da.

»Heilige Scheiße«, brachte er heraus und das fasste im Wesentlichen genau ihre momentane Gefühlslage zusammen.

Schließlich atmete er tief durch und schrie »Die Rechnung, bitte!« über den Lärm des Restaurants hinweg.

»Frank!« Ihre Mutter legte beschwichtigend eine Hand auf die Schulter ihres Mannes und sah sich verlegen im Restaurant um.

Frank zuckte die Achseln. »Krissy soll morgen früh zur Arbeit kommen.« Er drehte sich zu ihr um und sah ihr in die Augen. »Sie braucht etwas Ruhe. Man sagt, SWAT lässt die Akademie wie einen Kindergarten aussehen, und zwar ohne, dass Drachen dabei zusehen.«

KAPITEL 2

Etwas nervös stieg Kristen aus ihrem Auto, welches sie im Parkhaus des Detroit Police Department geparkt hatte. Sie lief an Polizeifahrzeugen und massiven pechschwarzen SWAT-Vans vorbei und hielt nur einmal inne, um ihre Uniform in der verspiegelten Heckscheibe eines der Autos zu überprüfen. Ihr rotes Haar war zu einem Knoten zusammengebunden und ihre Uniform war noch steif von der Stärke. Als sie auf ihre Schuhe blickte, spiegelte sich ihr Gesicht in dem polierten Leder. Sie atmete tief durch, um ihre Nerven zu beruhigen und drückte den Knopf für den Aufzug.

Erhobenen Hauptes trat sie aus dem Aufzug und begab sich über den Durchgang ins Revier. Der Detroit River leuchtete im frühen Morgenlicht blau und draußen auf dem Wasser zwischen den USA und Kanada strömten bereits Picknicker auf die Bell Isle. Ein Hauptsitz einer der Autokonzerne war in der Nähe. Für sie sah er aus wie ein Paar riesiger Batterien, die mit Bolzen zusammengehalten wurden.

Obwohl sie tatsächlich hier war, konnte sie immer noch nicht begreifen, dass dies tatsächlich geschehen war. Sie war nicht nur Polizistin wie ihr Vater, sondern auch noch in der aufblühenden Innenstadt ihrer Heimat stationiert? Ihr Herz schwoll vor Stolz an und als sie das Revier betrat, grinste sie von einem Ohr zum anderen.

Sie näherte sich einer Frau, die an einem großen antiken Holzschreibtisch saß und stellte sich vor.

»Kristen Hall, melde mich zum Dienst.«

»Zeigen Sie mir Ihre Befehle«, sagte die Polizistin und hielt die Hand auf, ohne vom Computer aufzuschauen.

Schweigend reichte sie der Frau die ausgedruckten Befehle.

Während Kristen den Schreibtisch bestaunte, überprüfte die Beamtin ihre ausgedruckten E-Mails. Die Möbel mussten hundert Jahre alt sein und waren so gut poliert, dass das dunkle Holz glänzte. Es gab hier und da ein paar Einschusslöcher, aber sie sahen aus, als wären sie bereits vor Jahrzehnten in einer schlimmeren Zeit entstanden. Vielleicht wäre es gar nicht so schlimm, zum SWAT zu gehören. Sie hatte sich mehrfach gefragt, ob das der richtige Ort für sie wäre, aber jetzt, wo sie tatsächlich dort war, erschienen ihr die Zweifel töricht.

»Sie sind Sergeant Jones zugeteilt.« Die Frau sah sie schließlich an. »Viel Glück dabei.«

»Wie bitte?«

Die Frau grinste. »Sie werden schon sehen. Er und Butters – das ist Sergeant Goodman – sind im Aufenthaltsraum.« Sie führte Kristen an der Rezeption vorbei und ins Revier, wo sie das Team finden würde.

Kristen hatte aufgrund des Zustands der Fahrzeuge auf dem Parkplatz und der gut erhaltenen Antiquitäten im Eingangsbereich des Reviers gedacht, dass sie einer der prestigeträchtigeren Einheiten zugeteilt worden war. Als sie sich durch das Gebäude bewegte, konnte sie jedoch sehen, dass sie sich geirrt hatte.

Drachenhaut

Die meisten Schreibtische lagen voller Papierkram – ein offensichtlicher Hinweis darauf, dass die Truppe unterbesetzt war – und die wenigen Kollegen, die sie sah, warfen kaum einen zweiten Blick auf ihre knappe Uniform.

Die Gefängniszellen an der Wand sahen in dieser Umgebung fast komisch aus. Die Gitterstäbe waren auf Brusthöhe blank poliert, zweifellos von den Gefangenen der letzten Jahrzehnte, die sich festhielten während sie sich bei den Polizisten über ihre Inhaftierung beschwerten. Beim Anblick der Zellen wurde ihr klar, dass die Schreibtische und der Papierkram nur eine vorübergehende Einrichtung dieses Raumes war.

Jenseits der Zellen und in der Nähe von zwei Sanitärräumen, die stanken als wäre eine Komplettreinigung dringend nötig, befand sich der Aufenthaltsraum.

Kristen betrat den schäbigen Raum und sah sich schnell um. Der Boden hatte schon bessere Zeiten gesehen und die Wände waren Richtung Decke vergilbt. Es roch nach kaltem Kaffee und frischen Donuts – was zugegebenermaßen nicht der schlechteste Geruch der Welt war.

Auf einem winzigen Sofa lag ein übergewichtiger Mann, der Puderzucker von seinen dicken, braunen Fingern leckte. Seine Uniform spannte eng über seinem Bauch, er sah aber nicht schlampig aus, sondern lediglich rundlich. Dennoch wanderten ihre Gedanken zurück zu ihrer Ausbildung. Wie hatte dieser Mann das alles überstanden? Er hatte den Körperbau ihres Vaters und Frank Hall hatte seit seiner Pensionierung nicht ein einziges Mal trainiert.

Ein anderer Mann stand mit dem Rücken zu ihr in der Nähe der Kaffeemaschine. Er war schlank, aber sie konnte an seiner Art zu stehen erkennen, dass er sehr wohl muskulös war und sich im Kampf wahrscheinlich behaupten konnte.

»Glaubst du, dass diese Erstsemester-Schlampe jemals auftauchen wird?«, rief der dünne Mann über die gurgelnden Geräusche der Kaffeemaschine hinweg.

»Das kommt darauf an, Sergeant Jones«, antwortete der größere Mann und hob in offensichtlicher Verlegenheit die Augenbrauen. Er hatte einen Südstaatenakzent, den sie sofort liebenswert fand. »Haben wir zwei neue Rekruten bekommen oder nur diesen einen?«

Sergeant Jones schenkte sich eine Tasse Kaffee ein. »Jesus, Butters, tust du irgendetwas anderes als diesen verdammten Pausenraummüll zu essen? Nur eine. Irgendeine Frau, sagten sie. Als ob ich Zeit hätte, den verdammten Toilettensitz herunterzuklappen.«

»Jonesy!« schnappte der größere Mann. *Es gab also wirklich einen Mann namens Butters? Das konnte nicht stimmen.* Er stand auf und näherte sich ihr mit ausgestreckter Hand. »Ich nehme an, Sie sind Kristen Hall. Ich bin Sergeant Hank Goodman. Willkommen.«

Jones erschrak und verschüttete seinen Kaffee. »Sie ist hier? Scheiße, Butters, warum hast Du mich nicht gewarnt? Warst du mal wieder zu sehr damit beschäftigt, etwas in dein fettes Maul zu stopfen?«

Kristen nahm die Hand des Sergeants und schüttelte sie. »Schön, Sie kennenzulernen, Sergeant Goodman.« Zum Glück hatte er den Donut mit der linken Hand gegessen, sodass ihre Finger sauber blieben und sie diese nicht an ihrer makellosen Uniform abwischen musste. Sie wollte nicht um einen Lappen zum Händeabwischen bitten.

Drachenhaut

»Butters ist in Ordnung. Alle anderen nennen mich auch so. Ich gehe nicht davon aus, dass Sie sehr lange bei Goodman bleiben würden. Das ist Sergeant Jones. Er zieht Jonesy vor.«

Kristen konnte an der Art und Weise, wie Butters eine Augenbraue hochzog, erkennen, dass Jones den Spitznamen nicht mochte.

Der andere Mann wandte sich um und zeigte kein Bedauern als er sie ansah, obwohl er sie nicht nur einmal, sondern gleich zweimal beleidigt hatte. Tatsächlich starrte er sie an, schnüffelte zweimal und weitete die Nasenlöcher seiner sommersprossigen Nase. »Riechst du das, Butters? Gestärkte Bettlaken, miefige Zimmer und Gruppenduschen. Wann haben Sie die Akademie verlassen, Miss Hall? Vor zwanzig verdammten Minuten?«

»Jonesy. Benimm dich. Offensichtlich ist Miss Hall hier richtig.«

Jonesy schnaufte. »Ich wusste nicht, dass wir hier in einer Metzgerei sind. Das ist kein Ort für Frischfleisch, Mädchen. Verschwinde, solange dein Haar noch in dem sauberen Knoten steckt. Wir erzählen ihnen, dass du nie aufgetaucht bist und dann vergessen wir die ganze Geschichte einfach.«

Kristen wurde sofort wütend und sie kämpfte gegen den Drang, ihre Fäuste zu ballen, an. Wie konnte er es wagen, so mit ihr zu reden? Sie wollte ihn mit den Ausdrucken ihrer Befehle am liebsten ohrfeigen, wusste aber, dass das jemanden wie ihn nicht überzeugen würde und das war es, was sie erreichen wollte.

»Warum sollte ich gehen? Ist Ihnen plötzlich klar geworden, dass keiner mehr ein ranziges Stück Hüftsteak oder einen rekordverdächtig gemästeten Truthahn haben will, wenn man mich erst sieht?«

Einen Moment lang sagte keiner der beiden Männer etwas. Sie starrten sie einfach an und waren schockiert über ihre Erwiderung. Dann wurde deutlich, dass die beiden schon seit einiger Zeit zusammenarbeiteten, denn sie reagierten fast unisono und begannen zu reden. Nun, Jonesy fing an, Butters lachte nur – ein tiefes, herzliches Lachen, das sie an eine Baptistengemeinde mit einem charismatischen Prediger denken ließ, statt an einen Polizisten, der sich Puderzucker von den Fingern leckte.

Jonesy war allerdings nicht sehr amüsiert. Er brüllte über das Lachen seines Begleiters. »Ein Stück Hüftsteak? Wenn ich ein Steak wäre, wäre ich natürlich ein T-Bone-Steak.«

Kristen hatte noch nie zuvor eine so bizarre Erwiderung gehört. Aber bevor sie über die Seltsamkeit eines Mannes nachdenken konnte, der sich mit einem Stück Fleisch verglich, schritt Butters ein: »Boney hat recht.«

»Und was zum Teufel meinst du mit ranzig?«, fuhr der dünne Mann fort. »Es ist nicht so, als ob du nach Blumen riechen würdest, die du in Franzbranntwein getränkt hast und jetzt als Parfüm ausgibst.«

»Gott sei Dank hat wenigstens einer von uns daran gedacht, gestern Abend zu baden.« Sie lächelte. »Und es ist eigentlich kein Parfüm. Das nennt man Seife. Sie sollten es vielleicht mal versuchen. Die gibt es übrigens auch für Uniformen. Es hilft ungemein gegen die Fleckenlandkarte, an der Sie fleißig arbeiten.« Sie zeigte mit den Fingern auf seine Brust.

Drachenhaut

Er sah nach unten und fand den Kaffeefleck, auf den sie deutete. Der finstere Ausdruck auf seinem Gesicht war alles wert, was sie hier bisher ertragen musste.

Butters warf den Kopf zurück und lachte so sehr, dass er fast wieder auf die Couch geplumpst wäre. »Miss Hall, Sie werden hier gut reinpassen, denke ich.«

»Blödsinn, das wird sie nicht«, sagte Jonesy und war immer noch wütend. »Das ist eine SWAT-Einheit, kein verdammter Spielplatz. Dass du mit ein paar beschissenen Beleidigungen um dich werfen kannst, na und? Das ist kein Kindergarten!«

»Ja, offensichtlich doch, sonst hätten sie nicht mitgemacht.« Kristen konnte sehen, dass sie den Mann nicht für sich gewinnen konnte, aber es musste einfach sein. Sie hatte gelernt, sich von niemandem etwas gefallen zu lassen und sie konnte ihren Vater sagen hören, dass sie keinen Kampf anfangen sollte, den sie nicht auch verdammt noch mal zu Ende bringen würde. Diese Maxime hatte sie schon immer auf verbale und körperliche Konfrontationen angewandt.

»Sie hat mehr Rückgrat als du, Butters, das muss ich ihr lassen«, spottete Jonesy. »Aber das ändert nichts an der Tatsache, dass du für das hier nicht qualifiziert bist.«

»Ich wurde beauftragt...«

»Blödsinn. Jemand hat einen Fehler gemacht.« Er starrte sie hart und unnachgiebig an, während er weitersprach. »Als ich hörte, dass wir einen frisch gebackenen Absolventen der Akademie bekommen, nahm ich an, dass ein Ex-Militär-Typ kommt, vielleicht sogar einer dieser Survival-Freaks. Jemand mit Erfahrung – kein hübsches kleines Rehlein, das hofft, die Welt zu einem besseren Ort zu machen.«

»Wissen Sie was? Ich hoffe, Sie haben recht. Ich hoffe, das ist alles nur ein Fehler.« Kristen fühlte eine weitere Welle von Emotionen in sich aufsteigen. Diesmal war es Angst gemischt mit Wut. Das Problem war, dass sie sich selbst auch nicht qualifiziert genug fühlte, also traf sie alles, was er sagte, persönlich. Trotzdem konnte sie ihn nicht gewinnen lassen. »Denn wenn es ein Fehler war, muss ich wenigstens nicht befürchten, dass meine Würde leidet, weil ich gezwungen bin, die gleiche Luft wie Sie zu atmen.«

Sie standen sich schweigend gegenüber. Sie bemerkte, dass sie einen Nerv getroffen hatte, aber sie bedauerte es nicht. Der Mann hatte sich schrecklich verhalten und verdiente ihren Respekt nicht. Er starrte sie streitlustig an und sie starrte zurück, ohne mit der Wimper zu zucken. Sie ließ ihn nicht sehen, dass er sie erwischt hatte.

»Haben Sie Ihre Befehle?«, fragte Butters nüchtern. Seine Frage unterbrach die Konfrontation, lockerte aber keineswegs die Spannung im Raum.

»Natürlich habe ich die.« Sie zog die ausgedruckte E-Mail mit ihren Befehlen heraus und übergab sie ihm.

Er las sie durch und runzelte die Stirn, dann schaute er sie an. »Nun, ich muss zugeben, das ist eine ziemliche Überraschung. Herzlichen Glückwunsch zu den guten Noten in der Akademie und... und, na ja, ich schätze, wir werden wohl bald zusammenarbeiten.« Er nickte ihr freundlich zu. Obwohl er viel höflicher war als sein Kollege, war er über ihre Anwesenheit auch nicht unbedingt begeistert. Sie konnte das verstehen. Sogar ihr eigener Vater hatte gesagt, sie sei unterqualifiziert.

»Lass mich das verdammte Stück Papier sehen.« Jonesy riss es seinem Teamkollegen aus den Fingern.

»Das Schwarze sind die Buchstaben. In der richtigen Reihenfolge zusammengesetzt bilden sie Worte«, säuselte Kristen. Sie hatte jahrelang mit ihrem Bruder Beleidigungen ausgetauscht. Dieser Idiot wusste einfach nicht, worauf er sich eingelassen hatte.

»Ja, ja, ich weiß, was ein verdammtes Wort ist. Halt mal kurz die Klappe und lass mich lesen.« Damit hörte er auf, sie anzustarren und las das Dokument tatsächlich durch.

Es brauchte ein gewisses Maß an Kontrolle von ihr, nicht zu kommentieren, dass sich seine Lippen beim Lesen der Worte bewegten. Für einen Moment dachte sie, die Befehle könnten tatsächlich etwas bewirken und er würde sich ein wenig beruhigen, aber das erwies sich als Wunschdenken.

»Und du erwartest, dass ich diesen Scheiß glaube, nur weil er auf ein Stück Papier gedruckt ist?« Jonesy wedelte mit dem Dokument herum, als wären sie gefährlich für seine Gesundheit. »Das ändert gar nichts. Irgendein Bürokrat, der nicht weiß, wie der Tag im Leben eines echten Cops aussieht, hat deinen schicken kleinen Lebenslauf modifiziert und dich zur SWAT-Einheit geschickt. Das ändert nichts an der Tatsache, dass ein frischer Akademie-Absolvent das ganze verdammte Team in Gefahr bringen kann. Ich muss mich schon um Butterballs Snack-Pausen kümmern. Jetzt wollen sie mir eine weitere Belastung aufhalsen?«

»Nur weil ich besser essen und trotzdem besser schießen kann als jeder andere in der Truppe, heißt das nicht, dass du es an Miss Hall auslassen musst«, entgegnete der andere Mann.

»Du bist nicht der Advokat des Teufels, Butterball!« Der dünne Mann spuckte die Worte praktisch aus. »Lass uns mit dem Captain reden und das verdammte Chaos in Ordnung bringen.«

Kristen verschränkte die Arme und zuckte mit den Achseln. »Das ist für mich in Ordnung.«

»Hier entlang, Mylady.« Jonesy verließ den Pausenraum und sie folgte ihm.

Als sie durch das Polizeirevier gingen und an Bergen von Papierkram, gerahmten Fotos von toten Polizisten und den wenigen winzigen Haftzellen vorbeikamen, raste ihr Geist. Mochte sie Sergeant Jones wirklich nicht? Sie hielt ihn bereits für Jonesy, ohne seinen Rang, da sein Verhalten ihm nicht gerade ihren Respekt eingebracht hatte. Er war unhöflich und sexistisch und dennoch, ein Teil von ihr – nicht unbedingt ein kleiner – war besorgt, dass er wahrscheinlich recht hatte.

Sie sollte diese Befehle nicht haben. Kristen hatte sich in der Akademie gut geschlagen, das war korrekt. Sie wusste auch, dass Polizeiarbeit und Schularbeiten zwei Paar Stiefel waren und dass eine Abteilung wie SWAT noch weit darüber hinaus ging. Auf dem Weg zum Büro des Captains schossen ihr immer wieder Fragen durch den Kopf. *Hatten die Drachen etwas mit all dem zu tun? Warum hatten sie sie zu diesem seltsamen Ort geschickt? Warum hatte man sie für die Polizeiakademie empfohlen?*

Sie glaubte nicht, dass es nur daran lag, dass man wusste, dass sie in die Fußstapfen ihres Vaters treten wollte. Wenn die Drachen an all dem beteiligt waren, bedeutete das, dass sich der Captain entweder geehrt fühlen würde, sie in der Truppe zu haben oder wütend, weil er sich von anderen Lebewesen, die sich über die Menschheit stellten, herumgeschubst wurde? Es gab nur einen Weg, das herauszufinden.

Drachenhaut

Jonesy klopfte an die Tür zum Büro des Captains. Kristen war ein wenig überrascht, dass er tatsächlich geklopft hatte. Er schien eher der ›geh rein und frag später‹-Typ von Polizist zu sein.

Eine Stimme rief: »Komm rein.«

Sie betrat das Büro, um ihren neuen Chef zu treffen und fühlte sich ehrlich gesagt, als ginge sie in eine Drachenhöhle.

KAPITEL 3

Trotz Detroits jüngstem Wachstum war ein Großteil der Stadt immer noch renovierungsbedürftig. Natürlich war das die aktuelle Linie, die von den Schachfiguren im Stadtrat gefahren wurde. John Murray wusste es besser. Die Stadt war am besten so wie sie war – mit neuem Geld, das durchgepumpt wurde, aber es war immer noch nicht genug, um jede dunkle Gasse und jede verlassene Fabrik zu säubern.

Es gab jetzt mehr Polizisten, aber trotz seines Berufsstandes mochte er sie. Er tat es wirklich und verteidigte ihre Verdienste oft gegenüber den anderen Mitgliedern seiner Bande, den Breaks. Zunächst einmal konnte die Polizei nicht halb so gut fahren wie jeder andere in seiner Gang. Solange die Gangmitglieder ihre Autos instand hielten, konnten sie jeder Art von Blinklicht und Sirene entkommen. Außerdem machte die Polizei den Besuch der Innenstadt für die Touristen sicherer, was wiederum gut fürs Geschäft war. Vor allem aber kannten sie ihren Platz und befolgten Befehle und das hielt sie in den neu errichteten Teilen der Stadt.

Sie überließen die verlassenen Stahlwerke den Ratten, die sie befallen hatten.

Murray sah sich das Innere der verlassenen Fabrik an, die ihr Kontakt für dieses Treffen ausgewählt hatte.

Drachenhaut

Ein bröckelnder Verbrennungsofen war das Herzstück des Raumes. Seine rußigen Ziegelsteine reichten bis ganz nach oben und verschwanden schließlich unter der Decke. Zerbrochene Stahlformen und Schmelzkübel, groß genug, um Körper darin zu verstecken, säumten die anderen Wände. Zerbrochene Fenster ließen mehr als genug Licht herein und der Geruch von Generationen von Ratten vermischte sich mit den Abgasen der Autos im Leerlauf, die mitten in der Fabrik standen.

Ahh... für ihn fühlten sich diese Überbleibsel der einstmals wichtigen Metropole wie ein Zuhause an.

Er entschied für sich, dass seine Gang in diesen Raum gehörte. Die vier von ihm als Begleitung für dieses Treffen ausgewählten Männer trugen alle ihre besten zerrissenen, mit Stacheln und Nieten übersäten Jeans. Die Breaks waren angeblich Punkrocker, aber ihre Kleidung diente einem bestimmten Zweck. Es war schwierig, durch Nieten zu stechen und das Tragen von Metall an der Kleidung machte Metalldetektoren im Grunde wertlos.

Es überraschte ihn jedoch, dass die beiden Männer, die aus dem Wagen gegenüber gestiegen waren, ausgerechnet diesen Ort für das Treffen ausgewählt hatten. Sie trugen trotz des düsteren Lichts in der Werkshalle schwarze Anzüge und Sonnenbrillen und waren – zweifellos – nur Handlanger.

Das war alles in allem aber in Ordnung für ihn. Reiche Handlanger hatten tendenziell viel mehr Geld und besseres Spielzeug als normale Leute.

»Bist du sicher, dass wir sie nicht einfach fertig machen sollen?«, flüsterte Lemar ihm zu. »Wir könnten einfach in unsere Autos steigen und sie über den Haufen fahren. Der Van und das Arschloch da drin können nicht abhauen.«

Murray dachte über die Idee nach. Es war etwas absolut Positives daran, Leute in der Motor City zu überfahren, besonders mit den Autos, die die Breaks benutzten. Es waren allesamt Klassiker und amerikanisch umgebaut mit Stahlteilen an den Fronten, denen etwas Harmloses wie Knochen nichts anhaben konnten. Auch die Pulverbeschichtung, der selbst gefährlichste Flüssigkeiten nicht schaden konnte, war eine beeindruckende Eigenschaft.

»Lasst die Autos laufen, aber lasst uns erst mal hören, was sie zu sagen haben.«

Lemar nickte.

Obwohl Murray die Idee gefiel, das Geld zu behalten und trotzdem an neues Spielzeug zu kommen, war etwas an der Art und Weise, wie sich die beiden Anzugträger verhielten, dass ihn vorsichtig machte. Wie sorgsam sie sich um den dritten Mann, der im Wagen verblieben war, bewegten, ließ ihn zögern.

Offensichtlich hatte der Mann im Wagen die ganze Macht. Während sich die beiden anderen mit der Ladung beschäftigten, hatte der Dritte nur sein Fenster heruntergefahren und eine Rauchwolke ausgeatmet. Der Bandenchef dachte, es würde nach Zigarre riechen und doch war ein Teil von ihm – der Teil, der immer noch der verängstigte kleine Junge war, der damit aufgewachsen war, jeden verdammten Tag um sein Essensgeld zu kämpfen – von diesem Rauch überrascht. *Könnte er... ein Drache sein? Sind die Breaks endlich wichtig genug, bemerkt zu werden?*

Die beiden Anzugträger kamen an die Tür des Fahrzeugs und postierten sich links und rechts vom heruntergelassenen Fenster. Der Mann im Inneren sprach, seine Stimme war tief und arrogant. Er hasste Kerle, die so redeten. »Du hast die Anweisungen befolgt, wie ich sehe, und jeden deiner Lakaien ein Fahrzeug mitbringen lassen, das ist gut.«

»Du sagtest, du hättest Vorräte, also hat der Boss für den notwendigen Transport gesorgt. Tu nicht so, als wären wir eure dummen kleinen Hunde, sonst beißen wir womöglich noch«, erwiderte Lemar fast schon knurrend, bevor Murray überhaupt antworten konnte.

Auf ein tiefes Einatmen des Mannes im Auto folgte sofort eine große Rauchwolke, die aus dem Auto zog. Sie schwebte durch die stille Luft der Fabrik und umhüllte den Kopf des aufmüpfigen Gangmitglieds. Lemar hustete.

»Netter Versuch.« Murray warf einen Blick auf seine Gang und verbeugte sich dann. Er hatte recht, man hatte sie bemerkt. Es war an der Zeit dafür zu sorgen, dass seine Jungs es nicht vermasselten. Glücklicherweise folgten alle seinem Beispiel und verbeugten sich ebenfalls, sogar Lemar. »Eure Exzellenz, sagen Sie uns, was bringt Sie und Ihre Geschäfte in die Motor City?«

»Ob du es glaubst oder nicht, du bist es, Murray von den Breaks.« Ein Rauchring trieb sich aus dem Wagen, zwischen den Anzugträgern durch und löste sich an seiner Brust auf.

Murray nickte. »Sie schmeicheln mir, Sir.« Er hoffte darauf alles richtigzumachen, aber er wusste auch ganz genau, dass er nicht in der Liga seines Gegenübers spielte. Da musste ein Drache drin sein. Die verdammten Viecher lebten lange – lange genug, um zu wissen, warum jeder, der bei klarem Verstand ist, ihn Murray von den Breaks nennen würde.

»Er ist höflich genug«, sagte die Stimme zu einem der Anzugträger, der nickte. »Mal sehen, ob wir das ändern können.«

Bevor Murray etwas sagen konnte – ehrlich gesagt, wusste er nicht, was er davon halten sollte – öffneten die Schergen den Wagen.

In diesem Moment vergaß er den Fremden, der auf dem Beifahrersitz rauchte. Er vergaß die baufällige Fabrik und ihre bröckelnde Verbrennungsanlage und vergaß sogar, den Mund zu schließen, während er hinein starrte. Im Inneren des Fahrzeugs in Halterungen war in der Tat mehr Feuerkraft untergebracht, als er oder irgendjemand anderer der Breaks jemals im Leben gesehen hatte.

Es gab alles, was ein Mann mit Sinn für Gewalt und Macht begehrte: Sturmgewehre, Handfeuerwaffen, Schrotflinten, Schutzkleidung für die ganze Bande, plus ein paar Kisten, die verlockend mit den Worten *explosiv* gekennzeichnet waren.

Murray wünschte sich, er hätte etwas Cooles sagen können oder wäre sogar stoisch stehen geblieben, aber stattdessen platzte ihm ein »Heilige Scheiße« heraus und er machte einen Schritt in Richtung der rollenden Waffenkammer.

Die Anzugträger machten keine Anstalten, ihn aufzuhalten.

»Bitte, kümmert euch um die Ware«, meinte die Stimme vom Vordersitz.

Murray brauchte keine zweite Einladung und griff nach einem Sturmgewehr. Verstohlen warf er einen Blick nach vorne, aber es gab eine verdunkelte Trennscheibe und der Insasse blieb verborgen. Nicht, dass ihn das überrascht hätte, natürlich nicht.

Drachenhaut

Zu seiner Überraschung war die Waffe geladen. Er hob das Sturmgewehr an, zielte auf eines der letzten unzerstörten Fenster und drückte ab. Das Geräusch des Schusses hallte durch den Raum und das Glas splitterte. Er lächelte.

Die Versuchung war groß und er warf einen Blick auf die beiden Anzugträger, während er einige schnelle Überlegungen anstellte. Vielleicht konnte seine Gang sie mitnehmen. Es wäre eine schlechte Idee, wenn der Kerl drinnen tatsächlich ein Drache war. Wenn er aber nur ein Arschloch war, das gerne raucht, wäre es machbar. Die Fenster waren zwar vermutlich kugelsicher, aber trotzdem war es machbar.

»Ein guter Schuss, Mister Murray«, sagte die Stimme und er fühlte, wie sich sein Vorhaben wie ein böser Traum beim Erwachen auflöste. Wie war er nur darauf gekommen, dass sie diese Männer angreifen könnten? Sie hatten noch nicht einmal gezuckt, als er die Waffe abgefeuert hatte.

»Vielen Dank, Sir. Wir... äh... wir nehmen fünf von diesen für die Jungs hier, ein paar von diesen Pistolen für den Rest und die gesamte Crew Schutzkleidung. Lemar, hol das Geld.«

Der andere Mann bewegte sich auf eines ihrer Autos zu, blieb aber umgehend stehen, als die Stimme wieder sprach.

»Ich bin nicht an Bargeld interessiert, Murray von den Breaks, jedenfalls noch nicht.«

Murray war verwirrt. Sie hatten kein Geld für mehr und er wusste nicht, was die Männer wollten. Dann kam ihm ein Gedanke. »Wir... äh... ich schätze, wir könnten dann ein Auto gegen diese Waffen tauschen.«

»Scheiße nein, Murray«, beschwerte sich einer der Jungs. Er machte sich bemerkbar um sicherzugehen, dass es nicht sein Auto war, das sie tauschen würden.

»Du müsstest alle fünf gegen den Inhalt des Vans tauschen und womit würdest du dann alles abtransportieren?«

Er legte das Sturmgewehr schnell zurück. »Hören Sie zu. Ich weiß nicht, was Sie erwartet haben, aber Sie hätten mir sagen sollen welche Ware Sie haben. Ich hätte die Jungs ein paar Schulden eintreiben lassen können.«

»Ich bin nicht an deinen kleinen Schulden interessiert. Sie repräsentieren die Vergangenheit. Was mich interessiert, ist eure Zukunft. Weißt du, was eure Zukunft ist, Murray von den Breaks?«

»Äh... nein?«, stammelte er.

»Kredit. Das ist die Zukunft. Ich werde den Inhalt dieses Vans an dich und deine Gang auf Kredit aushändigen.«

»Sie sind... äh... sehr großzügig, Sir, aber meine alte Dame schwimmt in Kreditkartenschulden. Wo ist der Haken?«

»Es gibt keinen Haken. Du hast jedoch recht, wenn du dich nach den Zahlungsmodalitäten für dieses Guthaben erkundigst. Ich bin in erster Linie ein Geschäftsmann, also erwarte ich natürlich eine Entschädigung.« Eine weitere Rauchwolke stieg aus dem Wagen auf.

»Mhm-hm.« Murray nickte und wartete auf den Haken.

»Ich glaube, wenn ich deiner Organisation diese Mittel zur Verfügung stelle, wird sich meine Investition auszahlen. Wir könnten über den Preis verhandeln und einen Zeitplan für Zinszahlungen und Strafen bei

Drachenhaut

Zahlungsverzug und all dem Unsinn aufstellen. Es wäre jedoch schwierig für dich, den Aufwand den ich hatte, diese Waffen hierher zu bringen, komplett zu verstehen, ebenso wie es mir sicher schwerfallen würde, zu verstehen, welcher Verwendung du diese Waffen zuführen würdest«.

»Sir, Sie können Ihren Arsch darauf verwetten, dass, egal wie wir uns entscheiden dieses Material zu benutzen, unser Geschäft nichts mit Ihnen zu tun haben würde.« War es das, was der Mann hinter der Scheibe wollte? Glaubwürdige Bestreitbarkeit? Soviel könnte er versprechen. Immerhin waren alle Versprechungen eigentlich umsonst, aber das konnte es nicht sein.

»In der Tat.« Der Mann hielt inne, als er mehr Rauch einatmete. »Es scheint, dass du das Geschäft sehr gut verstehst, Murray von den Breaks. Es freut mich zu hören, dass du weißt, dass die oberste Regel im Geschäft ist, sich um die eigenen Leute zu kümmern.«

»Aber was wollen Sie?« Lemar machte einen Schritt in Richtung des Wagens. Die Anzugträger stellten sich ihm in den Weg. »Es ist offensichtlich etwas für Sie dabei. Was genau?«

»Ein Mann, der die Bedeutung von Zeit versteht, das respektiere ich. Was ich will, ist einfach dich in Aktion zu sehen. Ich habe diese belanglosen Operationen satt, an denen du so hart gearbeitet hast. Schnapsläden ausrauben, gestohlene Autos frisieren. Das hat euch dahin gebracht, wo ihr heute seid, aber es kann euer künftiges Wachstum nicht gewährleisten. Ich will euch wachsen sehen wie die Wurzeln einer Eiche, die das Fundament dieser Stadt durchbricht.«

»Blödsinn.« Spuckte Lemar spöttisch aus. »Niemand verschenkt Waffen auf diese Art. Erwarten Sie, dass wir glauben Sie sind das verdammte Rote Kreuz?«

Murrays Herz rutschte in die Kniekehlen. Das war es dann wohl. Er wusste, er hätte Lemar ausbremsen sollen. Das Arschloch war zwar schlau, aber er hatte auch ein loses Mundwerk. Nun, sie alle würden durch die Hand von jemandem sterben, der ihr Leben verändern und die Breaks zu etwas Großem hätte machen können.

Einen Moment lang sagte keiner ein Wort. Die Anzugträger gingen nicht auf Lemar zu, aber es kam auch keiner aus der Gang zu seiner Verteidigung.

Schließlich wehte eine lange Rauchfahne aus dem Wagen. »Er hat natürlich recht, das ist keine Wohltätigkeit. Ich will euch wachsen sehen, weil ich ein Stück vom Kuchen haben will.«

»Wie viel?« fragte Lemar neugierig.

»Tsk, tsk, Murray von den Breaks. Früher haben sie denen die Zungen abgeschnitten, die nicht wussten, wann sie besser den Mund gehalten hätten. Jetzt müssen wir uns mit einer humaneren Behandlung zufriedengeben.«

Einer der Anzugträger hob die Faust und Lemar wich aus, aber nur um vom anderen Mann ein Knie in seine Weichteile einzustecken. Er brach zusammen und stöhnte auf.

Murray schaute ihn an. Sein Mann krümmte sich vor Schmerzen, war aber noch bei Bewusstsein. Er würde leben. Einen Moment lang wünschte er sich etwas anderes.

Er richtete seine Aufmerksamkeit wieder auf das Fahrzeug. Wie seltsam es doch war, dieses Gespräch mit Zigarrenrauch und seinem eigenen Spiegelbild zu führen. »Von einem wie großen Kuchenstück reden wir hier? Zehn Prozent?«

Der Mann hinter dem Glas lachte. »Nein! Nein, nein, nein, nein. Ich möchte meine Investition innerhalb des nächsten Jahrhunderts zurück, also sind zehn Prozent offensichtlich viel zu wenig. Ich will fünfzig.«

»Ich wusste, dass er verdammt verrückt ist.« Einer der Breaks lachte. »Keine Gang im Mittleren Westen kann fünfzig Prozent zahlen.«

»In der Tat, meine Herren, es scheint, als wäre unsere Demonstration eben ins Leere gelaufen. Meine Herren, darf ich bitten!«

Auf den Befehl ihres verborgenen Anführers marschierten die beiden Anzugträger auf den Mann zu, der eben gelacht hatte.

»Whoa, whoa, whoa, whoa!« Murray hob beschwichtigend seine Arme. »Wir haben die Botschaft laut und verdammt deutlich verstanden. Es gibt keinen Grund, sich wegen einer kleinen Unstimmigkeit zwischen den Bossen zu prügeln.« Er knurrte die letzten Worte in Richtung seiner Breaks. »Nun, es scheint mir, dass fünfzig Prozent ein bisschen zu hoch sind, aber Sie haben recht, zehn sind zu wenig. Treffen wir uns irgendwo in der Mitte. Sagen wir fünfundzwanzig. Sehen Sie, bei fünfundzwanzig Prozent des Gewinns bleibt uns ausreichend Liquidität, unsere verschiedenen Pläne weiterzuverfolgen, unsere Organisation zu vergrößern und mit eben der hohen Effizienz zu arbeiten, die Ihre Aufmerksamkeit erregt hat.

»Fünfzig Prozent«, sagte die Stimme und ließ ihn bis auf die Knochen frieren.

Er schaute auf seine Männer, die alle versuchten hinter ihm hart auszusehen. Es war leicht an ihren Gesichtern zu erkennen, was er in seinem Herzen wusste – sie waren diesen Jungs hoffnungslos unterlegen. Wer auch immer da drin saß, wusste wer sie waren und was sie tun konnten, während er selbst rein gar nichts über seinen Gegenspieler wusste. Plötzlich erschien die Idee, sie den Treffpunkt wählen zu lassen, schlecht gewesen zu sein. Sie waren immer noch bei... fünfzig Prozent?

»Wir können vierzig machen, aber das ist genauso hoch wie...«

»Fünfzig Prozent.« In diesem Moment verschwand die Sonne entweder hinter einer Wolke oder unter dem Horizont. Murray konnte nur noch die rote Glut der im Wagen schwelenden Zigarre sehen. Alles fühlte sich plötzlich sehr, sehr kalt an.

»Richtig. Also gut. Fünfzig Prozent klingt gut«, murmelte Murray.

Anscheinend war es nur eine Wolke gewesen, die sich vor die Sonne geschoben hatte, denn der Raum wurde wieder hell. Die Kälte aber blieb.

»Es ist mir ein Vergnügen, mit dir Geschäfte zu machen, Murray von den Breaks und denk dran, ich beobachte dich. Das mit dem Kredit funktioniert nur, wenn du für die Rückzahlung auch arbeitest. Ich erwarte, in Zukunft viel von deiner Organisation zu hören.«

Bevor Murray überhaupt antworten konnte – nicht, dass er eine Ahnung hatte, was er hätte sagen sollen – fuhr das Fenster hoch, um den Mann samt Rauchwolke unsichtbar zu machen.

»Lasst euch helfen«, sagte er zu einem der Anzugträger, aber der Mann machte sich nicht einmal die

Mühe, zu antworten. Er starrte ihn einfach an und entlud das Arsenal. Eine Waffenkiste nach der anderen kam aus dem Fahrzeug.

Murray zog das halb erholte Gangmitglied auf die Beine und schloss sich wieder seinen Männern an. Trotz des Unbehagens, das er empfunden hatte, als er mit dem Mann hinter dem nun geschlossenen Glas sprach, konnte er nicht umhin, sich über die Aussicht auf das Arsenal vor ihnen zu freuen.

»Was ist der Plan, Boss?«, keuchte Lemar und war immer noch wackelig auf den Beinen.

»Der Plan? Mit Waffen wie diesen brauchen wir keinen Plan, es sei denn, sie rufen die verdammte Nationalgarde, um uns aufzuhalten.«

»Komm schon, Boss, das sieht dir gar nicht ähnlich«, sagte einer der Breaks. »John Murray hat immer etwas im Sinn.«

Er schnaubte. Es stimmte ja auch. »Es ist Zeit, größer zu denken, Jungs. Pläne waren nötig, als wir von Gehaltsscheck zu Gehaltsscheck lebten. Jetzt haben wir uns eine ordentliche Stelle besorgt. Es ist Zeit, dass wir uns ein Ziel setzen.«

»Also, was ist dein verdammtes Ziel?«, fragte Lemar. Offenbar fühlte er sich jetzt wieder gut genug, um blöd daherzureden. Murray vermutete, dass das gut war, obwohl ein Teil von ihm den Scheißkerl immer noch überfahren wollte. Aber das könnte ja immer noch passieren.

»Mein Ziel ist es, dass die Motor City beim Klang der Motoren unserer Maschinen erbebt. Ich will ein verdammter König sein und ihr werdet meine Prinzen sein. Von heute an bestimmen die Breaks die verdammten Regeln.«

KAPITEL 4

Captain Juanita Hansen hatte kaum Zeit die Akte, die sie gerade ansah, in ihren Schreibtisch zu schieben, bevor Jonesy ihr Büro betrat und die neue Rekrutin – Hall war ihr Name – fast hinter sich herzog.

Sie überlegte, ob sie dem Mann einen Anpfiff wegen seines Vorgehens verpassen sollte, denn er war praktisch in ihr Büro geplatzt. Sie hatte keinen Zweifel, dass er es tatsächlich getan hätte, wenn sie nicht sofort auf sein Klopfen reagiert hätte. Trotz ihrer Vorliebe dafür hielt sie es für besser, wenn die Rekrutin ihren Captain etwas anderes tun sah, als einen ihrer neuen Teamkollegen zusammenzufalten, bevor sie überhaupt zusammengearbeitet hatten. Das wäre nicht gerade förderlich für die Moral der gesamten Mannschaft. Nicht, dass sie sein Gezeter vom Tisch fegen würde. Sergeant Jones hätte es mehr als verdient, etwas zu hören zu bekommen, aber sie würde ihm für den Moment seine Zweifel zugutehalten.

Anstatt ihn in der Luft zu zerreißen, gab sie der neuen Rekrutin einen Moment Zeit, sich in ihrer Umgebung zurechtzufinden. Juanita hatte ihr Büro nie mit schicken Stühlen oder ungewöhnlicher Kunst eingerichtet. Sie brauchte die teuren Dinge nicht, aber ihr Büro war auch nicht karg. Sie ließ ihre Arbeit einfach für sich selbst sprechen.

An den Wänden hingen Bilder von ihr, wie sie sich aus eigener Kraft hochgearbeitet hatte. Da war sie, lächelnd, nachdem sie ihren ersten Flüchtigen verfolgt hatte. Sie war gestürzt und hatte sich einen Zahn abgebrochen. Trotzdem hatte sie das Blut im Gesicht auf diesem Foto immer auf eine banale Art charmant gefunden. Auf einem anderen strahlte sie von einem Ohr zum anderen, nachdem sie knapp 450 Kilo beschlagnahmtes Kokain in Flammen hatte aufgehen lassen. Das hatte ihr eine Beförderung eingebracht und die Prioritäten einiger weniger skrupelloser Mitglieder der Truppe offengelegt. Andere zeigten sie zusammen mit dem Bürgermeister, mit ihrem lokalen Abgeordneten im Repräsentantenhaus und mit einem der beiden Senatoren von Michigan.

Die Bilder waren so angeordnet, dass die neue Rekrutin ihren jahrzehntelangen Aufstieg vor sich sehen konnte, als sie sich umdrehte. Als Kristen schließlich ihrem Captain in die Augen sah, war Juanita einigermaßen zuversichtlich, dass das Mädchen verstanden hatte, dass die Frau vor ihr nicht nur eine Beauftragte mit politischen Verbindungen war, sondern eine Polizistin, die hart gearbeitet hatte, um sich ihre derzeitige Position als Kommandantin aller Spezialeinheiten in Detroit zu verdienen.

Obwohl sie tatsächlich – so sehr sie es auch hasste, es zuzugeben – eine kleine Latina war, die auch ein paar Pfund zugenommen hatte seit sie hauptsächlich hinter dem Schreibtisch saß, reichte das normalerweise aus, um den Leuten klarzumachen, dass sie sich auf diese Position hochgearbeitet hatte. Die wenigen Frauen, die tatsächlich Zuwendungen erhielten, sahen eher aus wie... na ja, wie die attraktive rothaarige Frau, die vor ihr stand.

»Gibt es einen Grund, warum Sie mich in meinem Büro überfallen, wo wir doch beide wissen, dass Sie einen Berg von Papierkram nachzuholen haben?«, fragte sie kühl. Das hätte für einige Beamte als Verweis gelten können, aber Juanita und Jonesy wussten beide, dass es für den Captain eine ziemlich harmlose Frage war. Einige Beamte beschwerten sich über den Papierkram, aber es machte ihr nicht wirklich etwas aus, solange er trotzdem erledigt wurde. Der Papierkram war das Schmieröl, das den Motor des Detroit Police Department am Laufen hielt.

»Papierkram ist genau der Grund, warum ich hier bin, Captain.« Er versuchte nicht einmal, die Feindseligkeit aus seiner Stimme zu nehmen. »Diese kleine Prinzessin denkt, sie sei wegen einer verdammten E-Mail beim SWAT und ich möchte, dass sie einen Realitätscheck von der Königin des Protokolls erhält, bevor sie es sich hier zu bequem macht.«

Juanita faltete die Hände vor sich zusammen. »Bist du darum immer noch hier, Jonesy? Weil du es dir beim SWAT-Team bequem gemacht hast?«

Sein Gesichtsausdruck verdunkelte sich. »Verdammt, Captain. Wollen Sie mir damit sagen, dass Sie sie wirklich ausgewählt haben?«

»Sie hat einen Namen, weißt du. Benutze ihn.« Es war sicherlich ein Kraftakt und vielleicht ein bisschen kleinlich, aber sie konnte sich im Moment wirklich nicht an den Namen der Frau erinnern. Chrissy? Christina? Sie war genauso frustriert wie er, als sie den

Drachenhaut

Befehl erhalten hatte und hatte den Details nicht so viel Aufmerksamkeit gewidmet, wie sie es normalerweise getan hätte.

Das war vielleicht ein bisschen viel. Jonesy wurde knallrot und verriet seine walisischen Wurzeln. »Entschuldigung, Ma'am. Das ist Kristen Hall, die neue Rekrutin, die per E-Mail in unser Team berufen wurde«. Ah... das war schon besser. Seine Wortwahl war korrekt, aber die Art und Weise wie er ›E-Mail‹ sagte, ließ es so klingen, als ob er seinen eigenen Finger mit einer rostigen Metallsäge abschneiden müsste. Das zauberte ein faszinierendes Bild vor ihr inneres Auge, das sie beinahe zum Lächeln brachte.

»Es freut mich, dass du bereits ihre Bekanntschaft gemacht hast«, antwortete Juanita mit einem Lächeln, das sie normalerweise für Politikerbesuche reserviert hatte. Auf Fotos sah es gut aus, aber er wusste besser als jeder andere, was es zu bedeuten hatte. »Schön, Sie kennenzulernen, Kristen. Ich gebe allem gerne einen Namen. Ihre Bilanz aus der Akademie ist beeindruckend, sodass Sie sicher erkannt haben, dass ich Ihre Chefin bin, obwohl wir eigentlich nie ein Vorstellungsgespräch geführt haben«.

»Es ist auch mir ein Vergnügen Sie kennenzulernen, Captain Hansen. Mein Vater hat mir alles über Sie erzählt.«

»Ihr Vater ist?« Sie hasste es, unhöflich zu sein, aber vielleicht hatte sie etwas in der Familiengeschichte des Mädchens übersehen.

»Frank Hall?«, stammelte Kristen. »Er war über dreißig Jahre lang Polizeibeamter. Er ist der Grund, warum ich Polizistin werden wollte.«

»Ah. Er hat es aber nie zum SWAT geschafft, oder?«

»Nein, Ma'am.«

»Das erklärt, warum ich noch nie von ihm gehört habe.« Die junge Frau sah enttäuscht zu Boden, aber das ließ sich nicht ändern. Der Captain fuhr fort. »Trotzdem ist es gut zu wissen, dass Sie wissen, was Polizeiarbeit bedeutet. Normalerweise haben die Mitarbeiter, die mit dieser Art Referenzen kommen, keine Ahnung davon. Wenigstens verstehen Sie, dass es in Ihrer Zukunft lange Tage und noch längere Nächte geben wird.«

Kristen bewegte sich einen Moment lang nervös, bevor sie antwortete: »Natürlich, Ma'am.« Es war offensichtlich, dass sie etwas beunruhigte.

»Gibt es ein Problem?«

»Was zum Teufel sind ihre Referenzen?«, mischte sich Jonesy ein. Juanita hatte bereits auf diese Unterbrechung gewartet. Es war nicht Patrick Jones' Art, den Mund zu halten. Wirklich, sie war dankbar. Dass er motzte, bedeutete, dass sie in ihn zurechtweisen konnte, ohne vor Kristen ihr Gesicht zu verlieren.

Für einen Moment dachte sie nach und schwieg – sie nutzte ihr Schweigen gern, um ihn zum Schwitzen zu bringen – aber sie gab nach. Er würde es sowieso bald herausfinden und es wäre besser, es von ihr zu hören als über die Gerüchteküche. »Die E-Mail, die ich von ›Dragon Special Operations‹ erhielt, machte deutlich, dass sie Kristen im SWAT haben wollen und dass sie ein Nein nicht akzeptieren werden. Nicht, dass sie das jemals überhaupt täten.«

»Das Drachen-Sondereinsatzkommando?« Er wandte sich ungläubig zu Kristen. »Ein verdammter Drache hat dich zum SWAT-Team geschickt? Hat einer von denen deine Oma gefickt oder so was und fühlt sich verpflichtet, dir einen Job zu verschaffen?«

»Nur weil die Großmütter, die du dir für Sex leisten kannst, sich voller Mitleid mies fühlen, wenn sie mit dir fertig sind, heißt das nicht, dass es immer so läuft«, verhöhnte Kristen ihn und blickte ihn herausfordernd an.

Juanita achtete darauf ja nicht zu lächeln. Nicht viele Leute – ganz zu schweigen von Frauen – konnten ein verbales Sparring mit Jonesy eingehen, aber sie schien dazu mehr als fähig zu sein.

»Jonesy, ich würde dir normalerweise jetzt sagen, du sollst die Klappe halten, aber es sieht ganz so aus, als hätte Kristen das schon getan.«

»Ich... verdammt, Captain«, murmelte er. Sie wusste nicht, ob er durch die Referenzen der Frau verwirrt war oder ob eine Anfängerin ihn mit ihren scharfen Worten beleidigt hatte. »Drachen-Sondereinsatzkommando? Wirklich?«

Der Captain hob eine Augenbraue. Sie wollte nicht, dass die neue Rekrutin dachte, sie hätte gewonnen. »In der Tat. Es scheint, dass Kristen Freunde in hohen Positionen hat.«

»Bei allem Respekt, Captain, das tue ich nicht. Ich bin ausgerechnet bei einem Konzert auf einen Drachen gestoßen. Er sagte mir, ich solle ein paar Tests machen und anschließend schickten sie mich auf die Akademie. Ich wollte schon immer Polizistin werden, aber ich hätte niemals gedacht, dass ich es zum SWAT schaffen würde, vor allem wegen meiner Unerfahrenheit.«

Sie ließ Kristens Aussage für einen Moment so stehen. Vom Gesichtsausdruck des Mädchens her nahm sie an, sie wäre ehrlich. Wenn sie wirklich keine

Verbindung zu den Drachen hatte, musste zumindest etwas Ungewöhnliches an ihr sein, aber was? Juanita war jedoch ein zu guter Polizist, um voreilige Schlüsse zu ziehen. Sie würde dem Ganzen Zeit geben und die Beweise würden sich schon noch im Laufe der Zeit offenbaren.

Das aktuell Wichtigste war, dass Jonesy verstand, dass ihr Platz in seinem Team nicht zur Debatte stand.

»Siehst du, Jonesy? Was will man mehr? Sie ist ehrlich, bodenständig und hat nicht vor, etwas anbrennen zu lassen und ihre eigene und die gottverdammte Zeit ihres Captains zu verschwenden.«

»Captain?« Zuvor hatte Jonesy so ausgesehen, als würde seine Wut langsam verrauchen. Jetzt sah er aus wie ein begossener Pudel. Sie war irgendwie stolz, dass ihr das mit nur wenigen Worten gelungen war. Sie musste ihn sonst immer anbrüllen, dass das ganze Gebäude mithören konnte, damit er den Mund hielt.

»Um deine ursprüngliche Frage zu beantworten, nein, Jonesy, ich habe sie nicht für meine Truppe ausgewählt.«

»Dann...«

»In Beantwortung der Frage, die du gerade stellen möchtest: Ja, sie gehört zu deinem Team.«

»Aber...«

»Ich erwarte nicht, dass es dir gefällt. Aber wir wissen beide, dass ich meinen Morgen lieber damit verbringe, Strafzettel zu schreiben, als mich damit zu beschäftigen, darüber nachzudenken, was dir in den Kram passt und was nicht. Was nun? Willst du dich auch noch darüber beklagen, dass Sergeant Goodman alle gefüllten Donuts gegessen hat?«

»Er isst IMMER die gefüllten Donuts«, maulte er.

Drachenhaut

»Und doch lebst du irgendwie mit dieser Ungerechtigkeit.« Juanita lächelte ihn an. Er schluckte verängstigt. Sie fuhr mit zuckersüßer Stimme fort.»Ich erwarte, dass du auch hiermit lebst, Sergeant Jones. Genau so wie ich jetzt erwarte, dass du aus meinem Büro verschwindest und an deine Arbeit gehst. Und denk dran, Jonesy, wenn es dir nicht passt, kannst du jederzeit beim SWAT aufhören und zur Verkehrspolizei versetzt werden.« Sie lächelte, zog die Nase kraus und blinzelte.

Jonesy starrte sie wütend an. Sie wussten beide, dass er niemals eine Chance hätte, etwas über ihren Kopf hinweg zu tun, denn wenn er sauer wurde begann er zu fluchen und wenn sie sauer wurde, lächelte sie nur, bis sie gewonnen hatte. Also schaute er einfach finster drein und stürmte aus ihrem Büro, zweifellos um gleich Sergeant Goodman anzuschreien, weil er zu viele Donuts gegessen hatte. Das war aber auch gut so. Jemand musste den Scharfschützen dabei unterstützen, sein Gewicht zu halten und sie als Chefin hatte keine Zeit dafür, auf ihn aufzupassen.

Normalerweise würde sich diese Einstellung auch auf die frischen Rekruten erstrecken, aber Juanita fand, sie schulde dem Neuankömmling eine Minute – oder besser – nicht dem Mädchen selbst, sondern eher den Fragen, die ihre bloße Anwesenheit ins Leben rief. »Bitte, setzen Sie sich.« Sie zeigte auf einen Stuhl vor ihrem Schreibtisch. »Also, wenn Sie keinen Drachen kennen, warum sind Sie dann hier?«

Kristen nahm den angebotenen Stuhl. »Ehrlich gesagt, Captain, ich hatte gehofft, Sie könnten diese Frage beantworten. Als ich meinem Dad sagte, dass ich es zum SWAT geschafft habe, war er noch mehr überrascht als ich. Er sagte, ich hätte mindestens ein Jahr bei der Truppe sein sollen, bevor sie mich hierher befördern würden. Okay, ich war gut in der Akademie...«

»Nicht so gut. Ich habe mir Ihre körperlichen Untersuchungen angesehen und Sie waren dort erstklassig, aber trotzdem wurden Sie nie unter realen Bedingungen getestet. SWAT ist ganz anders als die normale Polizeiarbeit. Wir wählen gerne unter denjenigen aus, die über die für die Position erforderliche Erfahrung verfügen«.

»Also, wenn es nicht die Akademie war, warum bin ich dann hier?«

Juanita war aufgestanden. Als Kristen sich ebenfalls erhob, schüttelte sie den Kopf. »Hinsetzen.« Sie schritt langsam durch ihr Büro, während sie sprach. »Der einzige Hinweis, den ich habe, ist, dass die Drachenspezialeinheit Sie hier haben möchte. Aber in der Regel ist es sehr schwierig, in den Kopf und die Gedankengänge von allmächtigen, uralten, formwandelnden Drachen zu gelangen.«

»Haben Sie je einen getroffen?«, fragte die junge Frau. »Einen Drachen, meine ich.«

Juanita schüttelte den Kopf und ging dann hinter Kristen, während sie ihr Büro durchquerte. »Nein. Ich kam nie weiter als bis zum Senator.« Sie deutete auf das gerahmte Foto. »Es gab Gerüchte, dass er seine Befehle direkt von einem Drachen erhielt, aber darüber haben wir natürlich nicht gesprochen. Glauben Sie mir, wenn ich wüsste, was die Drachen mit Ihnen wollen – oder mit irgendetwas anderem, was das betrifft – würde ich es nicht geheim halten. Sie haben aber einen getroffen und sind zu einer ihrer Testeinrichtungen gegangen. Wie war es dort?«

Drachenhaut

Der Captain stand mit dem Rücken zu Kristen vor dem Bild von sich und dem Senator. Sie wollte, dass die Rekrutin lernte, wo ihr Platz ist, hoffte aber auch, sie so zum Reden zu bringen. Vielleicht gab es einen versteckten Hinweis darauf, warum sie dort gewesen war, auch wenn sie es nicht zum Zeitpunkt ihrer Tests nicht als Hinweis wahrgenommen hatte.

Das junge Polizistin strich nachdenklich mit den Schuhen über den Boden. »Die körperlichen Tests schienen normal zu sein – nicht so anders als auf der Polizeiakademie.«

»Sie mussten nicht aus tausend Schritten Entfernung einen Pfeil in ein Ziel schießen oder ein Schwert aus einem Stein ziehen?«

Kristen lachte herzlich. *Gut,* dachte Juanita, *sie soll mir mehr vertrauen als den Drachen.*

»Nein, keine Kraftakte. Aber glauben Sie wirklich, dass sie wollen, dass Leute so etwas tun? Die letzten beiden Male, als jemand rebelliert hat, haben die Drachen uns in den Boden gestampft.«

»Uns?«, fragte sie.

»Menschen, meine ich.«

»Richtig.« Sie kehrte zurück, um sich zu setzen als sie erkannte, dass sie lieber aus der Mimik des Neuankömmlings lesen sollte, als passiv-aggressiv ihre Macht zu demonstrieren. Außerdem hatte sie ihren Standpunkt bereits klargemacht. »Sie sagten, die körperlichen Tests wären normal abgelaufen. Gab es bei den Befragungen irgendwas, was ungewöhnlich war?«

Kristen zuckte die Achseln. »Vielleicht? Ich weiß es nicht. Sie fragten nach den Rebellionen.«

»Was haben Sie ihnen gesagt?«

»Im Wesentlichen das, was ich in der Schule gelernt hatte. Dass in der ersten Rebellion menschliche Magier Zwerge erschufen, um gegen die Drachen zu kämpfen. Sie hätten sich vielleicht gegen sie stellen können, da sie stärker als die Menschen sind, aber stattdessen haben sie einen Deal mit den Drachen gemacht und besitzen deshalb immer noch Kanada.

»Was haben sie dazu gesagt?« Juanita kratzte sich am Kopf. Das war im Grunde das, was in den Geschichtsbüchern stand.

Die junge Frau lachte. »Eigentlich nichts. Ehrlich gesagt, es fühlte sich an, als würde ich einen Geschichtstest machen und ihn kaum bestehen können. Ich habe das Gefühl, dass... egal, es ist albern.«

»Sie haben das Gefühl, dass...?«

Kristen richtete sich in ihrem Stuhl auf. »Nun, wie ich schon sagte, das wird sich dumm anhören, aber ich hatte das Gefühl, dass sie nach Details suchten – als ob sie dachten, ich würde etwas vor ihnen verbergen. Wie zum Beispiel, dass sie mir immer wieder komische Fragen über Pixies gestellt haben.«

»Pixies?« Juanita hob eine Augenbraue.

»Ja, Pixies. Die Magier haben die Feenwesen in der zweiten Rebellion erschaffen, aber es gelang ihnen nicht, die Drachen weiter in die Knie zu zwingen als bei dem Versuch mit den Zwergen«.

»Ich bin mit den Dingen vertraut. Was fragten sie nach den Pixies?«

»Zuerst waren es nur normale Dinge, zum Beispiel ob ich einen Pixie gesehen hätte. Wenn ja, wo? Was habe ich sie tun sehen? So was in der Art.«

»Haben Sie das?«

»Ja, tatsächlich. Hat das nicht jeder?«

Der Captain zuckte mit den Achseln. »Ich nehme an, ich habe schon ein paar gesehen.«

Kristen nickte. Juanita dachte, sie sähe erleichtert aus. »Genau wie ich. Ich sehe sie manchmal, wenn ich aus der Stadt komme oder auf die Bell Isle gehe. Pixies mögen wohl Grünflächen. Ich habe den Drachen gesagt, dass sie, wann immer ich sie sehe, das tun, was Pixies immer tun – mich mit ihren großen Augen, die alle die gleiche Farbe haben, unbeholfen anstarren.«

»Pixies starren Sie an, hm?« Sie versuchte, den Kommentar so lässig wie möglich wirken zu lassen. Um ehrlich zu sein, sie hatte noch nie einen Pixie lange genug still sitzen sehen, um seine Augenfarbe zu erkennen.

Das Mädchen lachte und schien völlig ahnungslos darüber zu sein, wie seltsam das war, was sie gerade gesagt hatte. »Die ganze Zeit. Brian – das ist mein Bruder – hat immer Witze darüber gemacht. Wir waren mal zelten und einer hat uns beim Feuermachen zugesehen. Er fing an, uns anzuschreien, dass wir ja keine Streichhölzer brauchen würden.«

»Keine Streichhölzer?«

Kristen grinste. »Ja, die Pixies können wahrscheinlich Funken erzeugen oder so?«

»Ich... nehme es an«, sagte Juanita vorsichtig und nahm sich vor, später noch über diese Anekdote nachzudenken. Da war etwas dran, da war sie sich sicher, denn das Verhalten der Pixies war abnormal. »Und Sie haben diese Geschichte den Drachen erzählt? Was haben sie dazu gesagt?«

Kristens Gesicht sagte dem Captain, dass sie jedes Wort glauben konnte, das sie sagte – Juanita war in genügend

Verhörräumen gewesen, um eine Lüge zu erkennen, wenn sie eine hörte, aber das hier war definitiv ungewöhnlich.

»Nichts, wirklich. Sie machten sich Notizen, sahen sich gegenseitig an und stellten mir dann eine weitere Frage. Das war wirklich alles, was sie während des gesamten Interviews getan haben. Sie stellten noch ein paar andere Fragen über Pixies – ob sie mir jemals zugehört oder für mich gezaubert hätten, solche Sachen – aber natürlich haben sie das nie getan.

»Natürlich nicht«, sagte Juanita. Wenigstens das konnte sie nachvollziehen.

Pixies waren seltsame kleine Dinger. Sie hatte sie nie gemocht. Sie konnten zaubern, waren aber... seltsam. Es war, als hätten sie nicht die gleiche Beziehung zur Realität wie die Menschen, obwohl sie ursprünglich von Menschenhand geschaffen wurden. Sie hatten auch kein Konzentrationsvermögen. Pixies starrten die Leute nicht an. Sie starrten nichts an, weil sie nicht lange genug still halten konnten. Sie hatte noch nie von einem Pixie gehört, der sich auf etwas konzentriert hatte, geschweige denn auf einen Menschen.

Diese Kristen Hall hatte etwas Ungewöhnliches an sich, aber sie konnte nicht sagen, was. Dass sich Pixies auf sie konzentrierten, war sicherlich seltsam, aber das erklärte nicht genau, warum sie für die SWAT-Einheit ausgewählt worden war. Sie hätte vielleicht anders empfunden, wenn Kristen die Pixies dazu gebracht hätte, für sie zu zaubern. Man stelle sich vor, sie könnten die Waffe eines Feindes in einen Stock verwandeln oder besser noch, verschwinden lassen.

Juanita atmete tief durch und beschloss, dass sie wie in jedem komplexen Fall, der ihr jemals vorgelegt wurde, das tun würde, was sie immer tat. Aufpassen, abwarten und mehr Beweise sammeln. Sie würde herausfinden, was es mit ihrer neuen Rekrutin auf sich hatte. Dessen war sie sich sicher. Sie hoffte nur, es zu entdecken, bevor die Drachen mit dem, was auch immer sie taten, vorankamen.

Sie sah Kristen an und bemerkte, dass sie für einige Augenblicke nicht mehr gesprochen hatte. Das Mädchen versuchte verzweifelt, sich nicht auf ihrem Platz zu winden, aber obwohl sie von Drachen und Pixies auserwählt worden war, fühlte sie sich offensichtlich genauso unbeholfen, wenn sie ihrem Chef gegenüber saß, wie jeder andere auch.

Der Captain stellte sich ihr gegenüber. Es war an der Zeit für die ›Neues Kind‹-Rede. »Ob Drachen oder nicht, Sie müssen verstehen, dass ich es nicht zulassen werde, dass Sie jemand schont.«

»Ich würde nicht erwarten, dass sie...«

»Jetzt kommt der Teil, wo Sie nur zuhören müssen.«

Kristen nickte. Sie war beeindruckt. Jonesy hätte sich schon längst darüber beschwert, dass man ihm gesagt hatte, er soll den Mund halten.

»Das SWAT-Team meint es ernst«, fuhr sie fort. »Hier stehen regelmäßig Leben auf dem Spiel, das gehört zum Job. Es ist für jeden anders, aber Sie müssen wissen, dass Sie Menschen sterben sehen werden. Ob es ein Täter ist, ein Zivilist, der zufällig zur falschen Zeit am falschen Ort war oder Ihr eigener Partner, Sie müssen sich darauf vorbereiten, sich dem zu stellen.«

Die Akademieabsolventin hielt den Mund, aber ihr Kiefer verhärtete sich bei der Erwähnung des Todes. Das war gut. Die Tatsache, dass sie nicht überrascht aussah, bedeutete, dass sie bereits darüber nachgedacht hatte.

»Darüber hinaus erwarte ich, dass Sie in Form bleiben und stark sind. Ich weiß, Sie haben Sergeant Goodman getroffen, aber glauben Sie mir, seine Fähigkeiten sind der einzige Grund, warum ich seinen Bauch in meiner Truppe dulde. Sergeant Jones auch. Er hat vielleicht ein loses Mundwerk, aber er ist verdammt gut in seinem Job. Ich verlange das Gleiche von Ihnen, verstanden?«

»Ja, Captain. Ich weiß es zu schätzen, auf hohem Niveau zu bleiben. Ich habe mich an der Akademie ausgezeichnet, weil ich nie weniger als hundert Prozent gebe und ich bin bereit, auch hier hart zu arbeiten. Ich wurde dort ausgezeichnet und hoffe, es hier noch besser zu machen.«

Juanita kicherte. »SWAT ist nicht die Akademie, aber wenn Sie mit dieser Einstellung an die Sache herangehen, schaffen Sie es vielleicht oder Sie stellen sich als Reinfall heraus, was – ehrlich gesagt – für mich auch in Ordnung wäre.«

»Wie bitte?« Das warf Kristen aus der Bahn.

»Wenn Sie selbst entscheiden, dass das nichts für Sie ist, sind Sie nur ein Problem weniger, mit dem ich mich befassen muss. Ob Sie es glauben oder nicht, die Stadt Detroit hält das SWAT-Team beschäftigt genug, ohne dass ich mir Sorgen machen muss, warum mir die Drachenspezialeinheit einen Rekruten schickt, um den ich nicht gebeten habe.«

Kristen biss jetzt die Zähne zusammen. Der Captain ließ sich ihren Spaß nicht anmerken, aber sie mochte den Neuankömmling bereits. Sie schien ein Herz aus Stahl zu haben und wenn sie Hitze und Druck ausgesetzt war, benutzte sie es, um sich zu stärken, statt sich unterkriegen zu lassen. Das war eine gute Einstellung in der Autostadt und eine besonders gute Aussicht für das neueste Mitglied des Detroit SWAT.

»Glauben Sie nicht ich will, dass Sie versagen oder so was. Gott weiß, dass wir immer Frauen in der Truppe gebrauchen können, aber ich werde Ihnen auch bestimmt keinen Gefallen tun. Ich werde versuchen, Sie auf Erfolg einzustellen, wie ich es bei jedem Rekruten getan habe, der durch mein Büro gekommen ist, aber wenn Sie nicht vorankommen? Nun, das geht dann auf Ihr Konto, nicht auf meines.«

»Ich verstehe, Captain«, sagte Kristen. Ihr Lächeln und ihr Achselzucken waren zusammengebissenen Zähnen und einem störrischen Gesichtsausdruck gewichen.

Juanita mochte dieses Mädchen wirklich. »In Ordnung, jetzt lassen Sie uns den Rest der Truppe treffen.

»Ja, Captain Hansen.« Kristen stand auf und folgte ihr zur Tür.

Sie wollten gerade gehen, als die ältere Frau sich räusperte und sich zu ihr umdrehte. »Und Kristen, wenn Sie irgendwelche Drachen in meiner Station herumlungern sehen, sagen Sie ihnen, sie sollen verdammt noch mal weitergehen, es gibt hier nichts zu sehen.«

»Ja, Ma'am!«

KAPITEL 5

Kristen versuchte auf dem Weg durch das Revier aufzupassen, wohin sie gingen, aber ihre Gedanken wanderten ständig umher. Warum hatten die Drachen ihre neue Vorgesetzte genötigt, sie in das SWAT-Team aufzunehmen? Warum hatte sie so interessiert nach den Pixies gefragt? Drachen und Pixies gehörten einfach zu der Welt, in der sie lebte, aber das bedeutete nicht, dass sie etwas mit ihnen zu tun hatte... oder etwa doch?

Sie fühlte sich, als würde sich alle Puzzleteile um sie herum bewegen und verschieben und doch konnte sie nicht sehen, wohin sie letztendlich gehören würden. Das alles war mehr als frustrierend, aber als der Captain sie schließlich in den Mannschaftsraum führte, zwang sie sich, ihre Gedanken vorerst zu verdrängen. Jetzt war nicht die Zeit, über Drachen nachzudenken. Sie musste mit den Leuten arbeiten, auf die sie in diesem Raum treffen würde. Es war ihr Leben, auf das sie in erster Linie achten musste und die Menschen in diesem Raum würden ihr Leben ebenfalls schützen – nicht die Drachen und schon gar nicht irgendwelche Pixies.

»Sergeant Jones und Sergeant Goodman haben Sie bereits kennengelernt«, sagte Captain Hansen herzlich. Jonesy schaute Kristen nur finster an, während er in eine

Drachenhaut

kugelsichere Weste schlüpfte – selbst die war ihm viel zu groß und hing an ihm wie ein Kartoffelsack. Butters allerdings zwinkerte ihr zu.

Sie lächelte zurück. Wenigstens eine Person hatte ihre Anwesenheit akzeptiert.

Captain Hansen deutete auf einen großen Mann, der noch schlanker war als Jonesy. »Der Mann mit der Brille ist Sergeant Jared Polanski.« Er las gerade voll konzentriert in einem Buch.

»*Beanpole* ist mein Späher«, sagte Butters mit einem Nicken zu Polanski, »und lass dich nicht von seiner Brille täuschen. Er braucht sie nur zum Lesen, aber ansonsten hat er Augen wie ein Luchs, wenn es darum geht, mich am Leben zu erhalten.«

»Ich versuche nur, meine Arbeit zu tun«, warf Beanpole-Polanski ein.

»Es ist schön, dich kennenzulernen, Beanpole.« Sie ging davon aus, dass sie den Spitznamen auch gleich verwenden konnte, wenn er schon so vorgestellt wurde. Außerdem fand sie den Namen passend, er hatte wirklich etwas von einer kräftigen Bohnenstange.

»Gleichfalls. Ich freue mich auf unsere Zusammenarbeit.«

Es war also mindestens noch eine normale Person in ihrem Team. Welch große Erleichterung.

»Das hier ist Corporal Lyn Hernandez, Sprengstoffexpertin.« Captain Hansen zeigte auf eine Frau in einem Tank-Top, welche gerade ein langärmeliges Hemd über ihre tätowierten Arme zog.

»Was, kein Spitzname?«, fragte Kristen verwundert.

»Nein. Kein verdammter Spitzname«, spuckte Hernandez aus. »Dafür hältst du das hier? Eine Art Verein, in dem wir alle herumhängen und uns gegenseitig einen runterholen?«

»Du musst Hernandez verzeihen«, sagte Butters beschwichtigend. Sein ruhiger Südstaatenakzent war eine willkommene Abwechslung zur Bissigkeit in der Stimme der Frau. »Wir glauben mittlerweile, dass sie ihren Sinn für Humor vor ein paar Jahren mit C4 in die Luft gejagt hat.«

»Leck mich, Butters.« Hernandez drehte Kristen den Rücken zu und schnappte sich einen Gürtel, der ein paar Staufächer mehr hatte als die Standardausrüstung der Polizei.

»Hunde, die bellen, beißen nicht«, flüsterte Hansen Kristen zu. »Aber sei trotzdem vorsichtig, manchmal beißt sie doch zu. Ich hätte sie schon vor langer Zeit aus der Truppe geworfen, aber sie kommt einfach überall rein. Bisher haben wir noch kein Gebäude gefunden, in das sie nicht hineinkommt.«

»Oder in eine Hose.« Hernandez streckte dem Neuankömmling frech die Zunge heraus.

»Oh, du bist lesbisch?«, höhnte Jonesy.

»Ich mach da keinen großen Unterschied, Jonesy. Was mein Körper verlangt, bekommt er auch.«

»Willst du mich jetzt anmachen?«, fragte er fies grinsend. Kristen war sein finsterer Gesichtsausdruck eindeutig lieber.

»Nicht einmal, wenn du der letzte Mann auf Erden wärst«, gab seine Teamkollegin dreist zurück.

»Du wirst dich an die beiden gewöhnen«, sagte Captain Hansen. »Sie sind beide riesige Nervensägen, aber meistens beleidigen sie sich nur gegenseitig und schenken sich dabei nichts.«

Drachenhaut

Kristen musste lächeln. Mit Jonesy und Hernandez würde es nicht einfach werden, aber wenigstens den Captain schien sie auf ihrer Seite zu haben.

»Sprechen Sie nur für sich selbst, Captain. Sie müssen schließlich nicht mit den beiden in einem Mannschaftswagen fahren«, warf Butters ein.

»Es gibt wohl doch Vorteile, wenn man Captain ist«, sagte seine Chefin fröhlich. Sie wandte sich an einen jungen, attraktiven Mann mit athletischem Körperbau. Er hatte ein eckiges Gesicht, einen sauberen Haarschnitt und sah genauso aus, wie Kristen sich einen Cop vorgestellt hatte, als sie elf war. »Das hier ist Corporal Keith Wentworth. Er war unser Frischling, bis du hier aufgetaucht bist.«

»Willkommen bei der Truppe, Neuling«, sagte er, reichte Kristen die Hand und versuchte, ihre Finger wie in einem Schraubstock zusammenzudrücken.

Sie war jedoch von einem Polizisten aufgezogen worden, also drückte sie mit gleicher Kraft zurück. Er war beeindruckt und drückte stärker. Kristen erwiderte auf gleiche Weise, bis er schließlich aufgab und ihre Hand losließ. Heimlich rieb sich Keith die Hand.

»Der Frischling denkt, er wäre mein verdammter Schatten. Wenn du also einem Tollpatsch hinterherrennst und denkst, du würdest mir folgen, dann ist es sicher er«, warf Jonesy ein.

»Jetzt, wo sie hier ist, kannst du mich nicht mehr Frischling nennen«, protestierte Keith und verdrehte die Augen.

Der Sergeant hob eine Augenbraue. »Sie hat dir die Hand zerquetscht wie die Red Sox die Tigers jedes verdammte Jahr und du bist der Meinung, dass deine Tage als Anfänger jetzt vorbei sind?«

»Die Red Sox zerquetschen die Tigers nicht«, klagte Keith. »Das letzte Spiel ist knapp ausgegangen. «

»Wen interessiert das schon?«, schoss Jonesy zurück. »Sie haben trotzdem verloren.«

»Niemanden. Das interessiert absolut niemanden«, sagte der einzige Mann im Raum, der bisher nicht vorgestellt worden war.

»Und das...« Captain Hansen ging zu dem großen Mann mit der gefurchten Stirn und warf einen Arm um seine Schulter – keine leichte Aufgabe, wenn man bedachte, wie klein sie und wie breit die Schultern des Mannes waren. »Hier spricht dein furchtloser Truppenführer, Alexander Drew. Sergeant Drew wurde bereits über die... Besonderheiten Ihrer Ankunft informiert, stimmt's, Drew?«

»Ja, Ma'am«, antwortete er und sein Blick ruhte auf Kristen. Es war völlig klar für sie, welchen Platz im Team er ihr zugedacht hatte, aber wenigstens war er nicht so offensichtlich gegen sie wie Jonesy und Hernandez.

Der Captain nahm ihren Arm von seiner Schulter und richtete das Wort an alle Anwesenden. »Leute, das ist Kristen Hall, eure neue Mitstreiterin. Sorgt dafür, dass sie sich aufgenommen fühlt und dass sie auf alles vorbereitet wird. Ab sofort fährt sie mit euch. Jemand, der deutlich mehr Blech an der Uniform hat als ich, hält sie für heißes Eisen, also sorgt besser alle dafür, dass sie diese Woche übersteht, ohne erschossen zu werden.«

»Was, wenn sie in die Luft gejagt wird?«, fragte Hernandez beinahe hoffnungsvoll.

Drachenhaut

»Dann ist es deine Aufgabe das Chaos zu beseitigen, Hernandez.«

Die Frau überlegte kurz. »Klingt gar nicht so schlecht.«

»Zum Aufräumen gehört auch der ganze Papierkram«, erinnerte der Captain.

Die Sprengstoffexpertin rümpfte die Nase und nickte nur. Kristen fing an, sich vor dem Papierkram zu fürchten.

Captain Hansen nickte der Mannschaft zu und überließ Kristen ihrem neuen Team.

Einen Moment lang herrschte Schweigen. Kristen gab sich der Hoffnung hin, das sei ein gutes Zeichen, bis sie bemerkte, dass alle den Teamleiter anstarrten.

Sie wollte gerade etwas sagen, um das Schweigen zu brechen, aber Drew sprach zuerst und duzte sie frei heraus. »Der Captain hat mir deinen Zuteilungsbefehl gezeigt. Es sieht so aus, als kämst du frisch von der Akademie.«

»Ja, Sir, ich habe gerade erst vor wenigen Tagen meinen Abschluss gemacht.«

»Hattest du andere zusätzliche Kurse oder so?«

Kristen hatte keine Ahnung was er wollte. »Wie... Sport? Ja, Fußball, Volleyball, Basketball, Lacrosse...«

Bevor jemand anderes etwas erwidern konnte, mischte sich Jonesy ein. »Nein, nicht das! Er meint, ob du schießen gelernt hast? Oder vielleicht hast du einen Psychologiekurs besucht, in dem man sich darauf konzentriert, geistesgestörte Irre niederzuquatschen? Vielleicht auch einen Fahrkurs, in dem du gelernt hast, wie man Schüssen ausweicht, während einer deiner besten Kumpels versucht, einen anderen besten Kumpel am Verbluten zu hindern?«

Kristen musste schlucken. »Nein... nein, nichts dergleichen.«

Butters kam ihr zu Hilfe. »Jonesy, ich wage zu behaupten, dass auch du nichts von all dem getan hast, bevor du hierhergekommen bist. Wir waren alle mal grün hinter den Ohren.«

»Echt nicht dein Tag heute«, brummte Hernandez amüsiert.

»Butters hat Recht«, sagte Drew und brachte sein Team zum Schweigen. »Manches lernt man nur durch Erfahrung. Aber kennst du den Unterschied zwischen verdecktem und gewaltsamen Eindringen?« Er hatte eine tiefere Stimme als der Rest der Truppe – er sprach so leise, dass er fast nicht zu hören war – aber wenn er redete, schwieg das gesamte Team sofort.

Sie dachte an die Akademie zurück. »Äh... verdeckt heißt, du schleichst dich rein, während mit gewaltsam gemeint ist, du brichst die Tür auf?«

»Glück gehabt«, sagte Hernandez bissig.

»Weißt du, wie man eine Mauer macht?«, wollte Drew wissen.

»Das ist, ähm... in einem 90-Grad-Winkel zueinander zu stehen, wenn man einbricht?«

»Wir brechen nicht ein«, korrigierte Hernandez weinerlich, »wir erzwingen uns den Zutritt.«

»Und hast du das schon einmal gemacht?«, fragte Drew und ignorierte Hernandez.

»Ähm, nein, aber ich habe etwas darüber gelesen«, antwortete Kristen ehrlich.

»Ah. Du liest also. Gut.« Drew wandte sich von ihr ab, als ob das, was er gesagt hatte, irgendeinen Sinn ergeben würde.

Drachenhaut

Jonesy nahm die Herausforderung an. »Was ist mit dem Schussbereich?«

»Oder, äh... was bedeutet es, wenn ein Raum grün oder rot ist?« Das kam von Keith, der hinter dem dünnen Mann stand und dabei versuchte, besonders hart rüberzukommen. Kristen wurde langsam klar, warum ihn alle Frischling nannten.

Kristen wusste das. »Rot bedeutet Gefahr und grün bedeutet sicher.«

Jonesy ignorierte sie und wandte sich stattdessen Keith zu, um ihn anzuknurren. »Verdammt, Frischling, natürlich weiß sie das. Jeder, der schon mal auf einer verdammten Rollschuhbahn war, weiß, was rot oder grün bedeutet.«

»Moment... heißt das etwa, dass Sergeant Patrick Jones vom Detroit SWAT auf einer Rollschuhbahn war?« Butters' Grinsen war jetzt noch breiter als sein Bauch.

»Natürlich war ich schon auf einer verdammten Rollschuhbahn. Wer ist denn noch nicht Rollschuh gefahren? Himmelherrgott!«

»Ich bin noch nie Rollschuh gefahren.« Hernandez' Grinsen zeigte sehr deutlich, was sie über Jonesys Freizeitaktivitäten dachte.

»Ich auch nicht.« Beanpole schaute von seinem Buch auf und grinste ebenfalls.

»Wir alle wissen, wenn ich damit anfangen würde, könnte ich nicht mehr bremsen.« Butters musste über seinen eigenen Witz lachen.

»Hört zu, ihr Möchtegern-Klugscheißer ohne einen Funken Klasse, entschuldigt, dass ich eine Dame nicht mit noch einem langweiligen Abend in einem verdammten Restaurant verwöhne, sondern zur Abwechslung mal etwas Lustiges mit ihr mache.«

»Es reicht, Jonesy!« Obwohl Drew seine Stimme nicht erhoben hatte, zuckte der Angesprochene praktisch zusammen. Er blickte jeden im Team finster an und verließ den Raum, um seine Waffe zu polieren, obwohl Kristen sie bereits außergewöhnlich glänzend fand.

Der Gruppenführer blieb mit einem riesigen Stapel von Lehrbüchern in seinen Händen vor ihr stehen. Die Muskeln in seinem Nacken wölbten sich durch das Gewicht und für einen Moment fragte sie sich, ob sie überhaupt in der Lage sein würde, den Stapel zu halten. Das musste eine Art Test sein.

»Die sind für dich«, sagte Drew und übergab ihr den Stapel in die geöffneten Arme.

Kristen trat einen Schritt zurück, gewann ihr Gleichgewicht wieder und schaute ihm in die Augen. Er lächelte nicht – er schien ehrlich gesagt nicht der Typ Mensch zu sein, der jemals lächelte – aber sie sah etwas in seinem Blick, das Vergnügen bedeutete. Der Bücherstapel war tatsächlich ein Test und ihn nicht fallen zu lassen, hieß dann wohl, dass sie bestanden hatte.

»Was soll ich damit?«, fragte sie und überlegte, ob das hier eine Art Schikaneritual sein sollte. Obwohl sie keine prallen Muskeln hatte wie er, so war sie doch gut trainiert. Das Gebäude, in dem sie sich befanden, konnte nicht mehr als ein paar Stockwerke hoch sein. Sie hoffte darauf mit den Büchern in ihren Armen laufen zu können.

Er sah sie mit finsterer Miene an. »Das sind Bücher, lies sie. Lerne jedes Wort, jedes Konzept und jedes Akronym darin. Du bist fertig, wenn dir Informationen da drin in Fleisch und Blut übergegangen sind. Ich will nicht, dass

Drachenhaut

mein Team mitten in einem Einsatz Zeit verschwenden muss, um zu erklären, wie ODS funktioniert.«

»Oder KISS.« Hernandez warf Jonesy eine Kusshand nach.

Kristen schaute auf den Stapel in ihren Händen. Ihre Arme waren voll gestreckt, sodass das unterste Buch in Höhe ihrer Taille lag und doch reichte ihr der Stapel bis zum Kinn. Das würde ausreichen, sie bis zum Winter zu beschäftigen. »Bis wann?«

Drew sah sie an, ohne zu blinzeln. Sie bemerkte, dass sich seine Augen nicht ein kleines bisschen bewegten wie bei den meisten Leuten. Er starrte einfach nur und bewegte sich überhaupt nicht – wie gefroren oder wie aus Stein. »Jeder andere in diesem Raum hat all das gelernt, um sich einen Platz im Team zu sichern, bevor er durch diese Tür gehen durfte. Du hast viel aufzuholen. Ein Sattelschlepper voll Nachholbedarf.«

Sie zwang ein Lächeln auf. »Also, zwei Wochen?«

Der Mann erwiderte das Lächeln nicht. »Am besten bis gestern!«

Wirklich? Das musste ein Scherz sein, oder? Kristen wartete darauf, dass alle loslachten. Es war unmöglich, das alles in einer Woche, geschweige denn an einem Tag durchzuarbeiten. Als er sich nicht bewegte und auch nichts mehr sagte, wusste sie, dass das sehr wohl ernst gemeint war. *Tolles Willkommen bei der Polizei, oder?*

Schließlich legte sie den Stapel Bücher auf eine der Bänke, setzte sich daneben und schnappte sich das oberste Buch. Sie öffnete es und sah eine Darstellung mit Menschen, die eine Wohnung öffneten und sie Raum für Raum räumten. *Zumindest ist die Lektüre interessant*, dachte sie.

»Was machst du da?«, fragte Drew und lenkte ihre Aufmerksamkeit wieder von dem Buch weg.

»An die Arbeit gehen.« Sie schaute ihn an und wieder starrte er zurück. »Sir«, fügte sie hinzu und hoffte, dass es das war, worauf er gewartet hatte, obwohl sie deswegen so ihre Zweifel hegte.

»Heute ist nicht der Tag für Papierkram«, sagte er streng.

Hernandez warf ein: »Wenn das so wäre, würdest du deinem Team beim Ausfüllen der verschissenen Formulare helfen und nicht hier deine Hausaufgaben machen.«

»Ich dachte, ich sollte das alles wissen, um dem Team nicht im Weg zu stehen«, protestierte Kristen.

»Oh, das tust du sowieso«, sagte Drew und auf seinem ansonsten steinernen Gesicht zeigte sich ein winziges Lächelns. »Aber du musst auch den physischen Teil des SWAT-Trainings durchlaufen.«

»Zu deinem großen Glück hatten wir sowieso vor, fünf oder sechs Stunden zu trainieren«, grinste Jonesy hinterhältig.

Kristen fand sich mit dem Unvermeidlichen ab und stand auf. »Nun, dann lasst uns zur Sache kommen. Wie schlimm kann es schon werden? «

KAPITEL 6

Es stellte sich heraus, dass es weit mehr Unterschiede zwischen verdecktem und gewaltsamem Eindringen gab als sie vermutet hatte. Kristen hatte Angst, dass, wenn sie noch mehr Variationen des gewaltsamen Eindringens ausprobieren würden, ihr Gehirn ebenso leiden würde wie die Türen, die sie immer wieder aufbrachen.

Sie waren draußen, am anderen Ende der Stadt auf einem Trainingsgelände, auf dem einige leere Gebäude standen. Ein kleines Haus, ein großes Haus und ein einfacher Wohnblock waren von einem glühend heißen Parkplatz umgeben. Vieles von Detroit war verlassen, dann aber wiederbelebt worden als die Reichen zurück in die Stadt zogen. SWAT hätte auch ein paar verlassene Häuser in echten Wohnvierteln ausfindig machen können, aber es schien als würden sie es vorziehen, auf einem trostlosen Parkplatz zu arbeiten.

Kristen wusste, dass diese Gedanken nur ihrer Verbitterung geschuldet waren. Der unablässig strömende Schweiß trug wesentlich zu ihrer aktuellen Einstellung bei.

Jede Übung war im Grunde genommen die gleiche – rein ins Gebäude, sicherstellen, dass in keinem Raum ein Gegner war, alle Geiseln befreien und wieder heraus

– und doch kannten ihre neuen Kollegen unzählige Variationen dieses einfachen Themas.

»Aufbrechen!«, lautete Jonesys Anweisung.

Hernandez grunzte bejahend und hämmerte mit etwas gegen die Tür, das Kristen nur als Miniatur-Rammbock bezeichnen würde. Die Tür flog auf, was bedeutete, dass es für sie wieder an der Zeit war, in Aktion zu treten.

Sie rannte in das kleine Haus mit Keith und Jonesy an ihrer Seite.

»Das Wohnzimmer ist sauber!«, rief sie.

»Nimm die Küche, Red«, ordnete Jonesy an.

Ohne Rückfrage gehorchte sie, ließ ihr Team zurück und betrat die Küche.

Sie fand Butters gebückt und tief im Kühlschranks wühlend, sein riesiger Hintern ragte in die Küche.

»Butters? Was machst du da?«

»Ich bin eine Geisel«, sagte er, als wäre das für jeden offensichtlich.

Im nächsten Moment fühlte sie einen harten Schlag und einen stechenden Schmerz in ihrer Schulter durch ein Gummigeschoss.

»Au! Scheiße!«, schrie sie aufgebracht.

»Du bist tot.« Das war Drew. Er war der Feind, was bedeutete, dass er sich im Grunde im Haus versteckt hatte und auf sie schoss. Der Mann war wirklich viel zu gut in seinem Job.

»Und die Geisel?«, protestierte sie. »Butters hat im Kühlschrank herumgewühlt. Ich dachte, er wäre noch nicht fertig.«

Der Teamleiter stand hinter dem Küchentisch. »Erwartest du immer Geiseln auf den Knien mit den Händen hinter dem Kopf?«

Drachenhaut

»Nein, natürlich nicht, aber im Kühlschrank wühlend?«

»Das kann passieren.« Der runde Mann schloss den Kühlschrank. »Manchmal verlangt ein Gauner auch ein Sandwich. Glaubst du, der Typ mit der Waffe schmiert sich die Mayo selbst auf sein Brot?«

Kristen biss die Zähne zusammen. Sie musste alles in ihrer Macht Stehende tun, um nicht mit den Augen zu rollen. Sie war bereits von unzähligen Gummigeschossen getroffen worden und nun sprach man mit ihr über Sandwiches?

»Auf ein Neues«, kommandierte Drew.

»Reicht es immer noch nicht?« Sie wollte nicht aufgeben, hatte aber das Gefühl, es tun zu müssen. Das war ein langer, harter Tag gewesen und ihr war heiß, sie war müde und ausgezehrt. Sie könnte morgen oder übermorgen weitermachen oder jederzeit, aber eben nicht jetzt.

»Das war keine Bitte.«

Fix und fertig schleppte sie sich zur Haustür. Hernandez hatte sie schon eingetreten. Jonesy und Keith waren wieder mit Kristen unterwegs. Diesmal übernahm der dünne Mann die Küche, für die anderen beiden blieb der Flur zum Schlafzimmer.

Schulter an Schulter bewegten sie sich den Korridor entlang und traten auf der Suche nach Beanpole, Butters und Drew Türen ein. Bei einem tatsächlichen gewaltsamen Eindringen wären Beanpole und Butters irgendwo in der Nähe, wahrscheinlich auf der anderen Straßenseite – der eine mit einem Scharfschützengewehr und der andere mit einem Fernglas, um ihm den Rücken frei zu halten – aber Drew wollte sie heute im

Gebäude haben, damit sie sich besser mit ihr anlegen konnten.

Sie trat eine Badezimmertür auf und fand Beanpole auf der Toilette.

»Hände hoch!«

Beanpole – seine Hose saß zum Glück noch da, wo sie hingehörte – streckte die Hände hoch.

»Ich nehme das nächste Zimmer.« Keith trat zurück und wollte gerade sein Bein heben, als er stolperte. »Schnürsenkel«, schrie er und landete unsanft auf dem Boden.

Kristen ging in die Knie. »Keith, bist du okay?«

Als sie sich umdrehte, hatte Beanpole eine Pistole auf ihre Stirn gerichtet.

»Nochmal!«, schrie Drew wütend.

»Ach, komm schon!« Inzwischen war sie wirklich gefrustet. »Ein Schnürsenkel?«

»Ob du es glaubst oder nicht, auch das kommt vor«, sagte der Teamleiter, als er aus dem Schlafzimmer am Ende des Flurs trat.

»Das haben wir dank des Frischlings hinzugefügt.« Jonesy kam nach Drew aus dem Zimmer.

Keith band sich die Schuhe neu. »Jetzt ist aber sie die Anfängerin.«

»Sie hat keinen unserer Versuche verpfuscht, weil sie vergessen hat, ihre Schuhe zu binden«, sagte Drew ungehalten. »Raus hier, sofort!«

Wieder gingen alle zurück zur Haustür, traten sie ein und betraten das Haus. Diesmal fand sie Beanpole mit einer Pistole in der Hand auf Butters' Kopf gerichtet.

»Zurück, du Schwein!« Während Beanpole mit der Pistole herumhantierte, sprang sie. Sie bückte sich, brachte die Geisel zwischen sich und Beanpole, bewegte

Drachenhaut

sich dann um ihn herum und trat dem dünnen Mann von hinten hart ins Bein, um ihn in die Knie zu zwingen.

»Gut gemacht«, keuchte er. Das klang, als bekäme er keine Luft mehr.

Drew betrat den Raum. Sie hatte keine Ahnung, wo er sich versteckt hatte. »Du hast gute Instinkte und jetzt, auf ein Neues.«

Zurück an der Tür begann das gleiche Spiel von Neuem. Diesmal war der Kühlschrank mit C4 manipuliert und alle flogen in die Luft.

»Nochmal.«

Wieder einmal wurde die Haustür eingetreten. Kristen fand zwei Geiseln – Drew und Beanpole – bevor sie von Butters angegriffen wurde, der sich wie ein Kind beim Spielen, hinter einer Tür versteckt hatte.

»Kein Geiselnehmer würde so was tun. Dazu müsste er wissen, dass wir kommen«, klagte sie unter seinem Gewicht.

»Auch schon mal da gewesen. Nochmal!«

Tür eingetreten und durch das Wohnzimmer gerannt. Diesmal wurde sie durch eine geschlossene Tür hindurch erschossen.

»Nochmal!«

Tür eingetreten... Wohnzimmer... Gegner versteckt Waffe hinter einem gottverdammten Blumenstrauß.

»Nochmal!«

Tür... Wohnzimmer... einer ihrer Leute wurde mit einem Stuhlbein am Kopf getroffen und starb.

»Nochmal!«

Tür... Wohnzimmer... Flur... seltsamer Geruch... Gasaustritt... der Geiselnehmer feuert einen Schuss ab... alle tot.

»Ernsthaft jetzt?«

Drew nickte. Mittlerweile hasste Kristen sein Nicken. »Ist einmal in 96 Jahren passiert.«

»Das war tragisch«, grinste Jonesy. »Da war ein Kuchen im Ofen. Die Geiselnehmer hatten aufgehört zu kämpfen und sich anscheinend beruhigt, aber als es an der Tür klopfte, griff einer zur Waffe, statt einfach zu antworten. Die Polizei hat die Tür dann eingetreten. Er hat geschossen. Bumm. Ich schätze, die Zündflamme am Ofen war schon aus.«

»Dann ist es nicht dem SWAT passiert«, murmelte sie, als sie sich wieder einmal für einen weiteren Versuch zur Haustür schleppte.

»Es ist bisher nicht dem SWAT passiert, weil wir eben trainieren.« Keith presste die Zähne zusammen und versuchte, hart auszusehen. Sie verstand, warum alle anderen im Team Keith Frischling nannten – er kam ihr vor wie ein Kind, das verzweifelt versuchte, sich wie ein Polizist zu benehmen, statt ein echter Polizist zu sein – aber er nervte sie lange nicht so wie Jonesy und Drew.

»In Ordnung, fertig«, seufzte Kristen. Sie machten das schon seit Stunden. Sie war völlig erschöpft, aber aufzugeben kam nicht infrage. Nicht am ersten Tag und schon gar nicht bei einer Übung, die der Rest der Truppe für wichtig genug hielt, einen ganzen Tag damit zu verbringen.

»Themenwechsel«, sagte Drew. »Du hattest genug gewaltsames Eindringen für heute und bist etwas besser geworden.«

»Ich bin fast jedes Mal gestorben.«

»Stimmt, aber eben nicht jedes Mal. Das ist auf jeden Fall besser als der erste Tag von Keith.« Das war schon fast ein Kompliment von Drew. »Du hast wirklich gute Reflexe, damit kannst du weit kommen. Du musst nur weiter üben und die einzelnen Bewegungen laufen irgendwann instinktiv ab, das wird langsam.«

Sie strahlte. Das war jetzt ein echtes Kompliment.

»Wobei soll sie jetzt versagen?«, grinste Hernandez. »Schießübungen? Sprengstoff entschärfen?«

»Gefechtsübung?«, schlug Jonesy ironisch vor.

Drew überlegte einen Moment, dann nickte er. »Wieso nicht?«

Daraufhin kletterten alle in einen SWAT-Van. Beanpole fuhr, Drew war Beifahrer und die anderen saßen hinten. Der Van war zwar glücklicherweise klimatisiert, aber die Fahrt war zu kurz für eine Wirkung. Sie war so müde, dass sie fast eingenickt wäre, aber bevor das tatsächlich passierte, kamen sie schon an einer Sporthalle an.

Sie trennten sich zum Umziehen und Hernandez zeigte ihr widerwillig den Weg in die Umkleidekabine der Frauen.

»Erwarte nicht, dass sie dich schonen, weil du eine Frau bist«, sagte sie, als sie vor geöffneten Schließfächern standen. »Die haben mich verdammt noch mal auch nicht geschont.«

Kristen hätte gerne gewusst, ob das der Grund für Hernandez' Härte ihr gegenüber war, aber sie entschied, dass heute wahrscheinlich nicht der richtige Zeitpunkt für Fragen war. Außerdem wäre die Frage »Bist du deshalb so ein Miststück?« keine Frage, die bei irgendjemandem gut ankommen würde.

Stattdessen schwieg sie und zog schnell ihre Schutzkleidung aus – nicht so sehr wegen des Gewichts, sondern weil ihre Haut nun endlich wieder atmen konnte.

Sie nahm ein Paar Jogginghosen, einen frischen Sport-BH und ein Tank-Top aus ihrer Tasche und drehte sich um. Vor ihr stand Hernandez, die sie mit offenem Mund anstarrte.

Instinktiv verschränkte Kristen die Arme vor der Brust. »Es ist mir egal, ob du ein Mann oder eine Frau bist, sexuelle Belästigung bleibt sexuelle Belästigung.«

»Nein, das ist es nicht. Weiße Mädchen sind sowieso nicht mein Ding.« Hernandez schien tatsächlich sprachlos zu sein.

»Warum zum Teufel hast du dann zugesehen, wie ich mich umziehe?«

»Wie oft wurdest du heute von einem Gummigeschoss getroffen?«, fragte Hernandez.

»Ich weiß es nicht. Oft?«

»Wo sind deine blauen Flecken?«

Kristen schaute auf ihre Arme, deine Blutergüsse. Sie spähte in ihr Tank-Top – sie war einmal direkt über ihrer Brust getroffen worden und das hatte höllisch wehgetan. Auch dort kein Bluterguss. »Vielleicht die kugelsichere Weste...«

»Die hast du an, damit du auch ganz sicher blaue Flecken bekommst. Sogar von diesen Gummigeschossen.«

Kristen zuckte die Achseln. »Ich habe eben gutes Heilfleisch.«

»Ja, kein Scheiß«, murmelte Hernandez und ging zur Tür. »Komm schon und äh... tut mir leid, dass ich dich angestarrt habe. Ich... ich wollte das nicht.«

»Alles in Ordnung.«

Drachenhaut

»Gut. Wenn es dir so gut geht, bedeutet das, dass ich dich nicht schonen muss.« Im Nu war ihre Boshaftigkeit wieder da.

Sie fanden den Rest der Truppe in einem großen Raum mit gepolstertem Boden, offensichtlich ein Sparring-Raum.

»Tut euch zu zweit zusammen«, befahl Drew und verschränkte die Arme.

Sie fand sich vor Keith wieder. Sie machten ein paar leichte Übungen, versuchten ein paar Tritte und wärmten sich allgemein auf. Nach ein paar Minuten war es Zeit zu kämpfen.

Hernandez und Jonesy waren zuerst dran. Kristen dachte, sie hätte noch nie einen so dreckigen Kampf gesehen. Keiner der beiden Kämpfer hatte ein Problem mit Tritten in den Bauch oder Schritt, Ziehen an den Haaren oder sonst etwas. Der Kampf sollte mit einem Sieg enden, aber er blieb ausgeglichen. Er hielt ihre Haare in den Händen und sie hatte ihn buchstäblich an den Eiern. »Netter Kampf, für eine Mexikanerin«, stöhnte Jonesy.

»Wir wissen beide, dass ich dich sehr schnell hätte schlagen können, wenn ich die verschrumpelten kleinen Blaubeeren, die du deine Nüsse nennst, nicht erst hätte suchen müssen.«

Drew löste die Situation auf. »Alles klar ihr zwei, guter Kampf. Nun ja, trotzdem gut für euch beide. Lasst uns sehen, was Kristen und Keith so drauf haben.«

Kristen hoffte, dass dieser Kampf eher eine Ausnahme darstellte und nicht die Regel.

»Frischling gegen Küken«, sagte Butters. Irgendwie klang es gar nicht so schlecht wie er es so ausdrückte.

Ihr Gegner trat in die Mitte des Raumes. Er setzte seinen Zahnschutz ein und schlug die Hände zusammen.

Sie nickte, verbeugte und stellte sich ihm gegenüber.

»Und los!«, gab Drew das Kommando.

Sollte Keith jemals Vorbehalte gegenüber einem Mädchen gehabt haben, so waren sie schon längst vergessen. Er griff sofort an und schlug zu, sobald er in Reichweite kam. Sie wich ihm aus und wollte sich mit einem Schlag rächen, aber er war größer als sie und deshalb außer Reichweite.

Er versuchte einen weiteren Schlag zu platzieren, aber sie blockte ihn ab und schon schoss ihm ein Bein in die Rippen.

Er grunzte und machte vom Aufprall einen Schritt zur Seite, aber ganz so leicht konnte sie nicht gewinnen. Seine beiden Fäuste landeten mit voller Wucht auf ihrem Rücken, um sie ins Straucheln zu bringen, aber zu Boden ging sie nicht.

Kristen hatte mit ihrem Bruder gekämpft, seit sie ein kleines Mädchen war. Ihr jetziger Gegner war offensichtlich stärker, aber er war nicht mit Brians Masse zu vergleichen, wenn dieser versuchte ihr die Luft aus den Lungen zu quetschen.

Den Abstand zwischen ihnen nutze sie, um vorwärts zu preschen, ging kurz nach links, um einem Schlag auszuweichen und platzierte einen sauberen Aufwärtshaken an seinem Kiefer, stark genug, um den Mann auf seinem Hintern landen zu lassen.

Keith wollte nicht unten bleiben, aber aufstehen war auch nicht drin. Er versuchte es zwar, fiel aber wieder hin.

»Sie hat ihm die Balance aus dem Leib geprügelt«, rief Butters begeistert aus.

Drachenhaut

»Das glaube ich verdammt noch mal nicht«, fügte Jonesy hinzu, als ob sein Gemotze tatsächlich zu einem Gespräch beitragen könnte.

Kristens Gegner schaffte es schließlich doch, wieder auf die Beine zu kommen – technisch gesehen gab es keine Entscheidung, aber Drew sprach den Kampf Kristen zu.

»Lass mich mal eine Runde mit Red«, leckte Jonesy sich die Lippen. Es schien, als hätte Hernandez nur gedroht, seine Nüsse zu zerquetschen. Er sah beeindruckend aus, als er vor sie trat und seinen Kopf von einer Seite zur anderen neigte, um seinen Nacken zu lockern.

Drew schüttelte den Kopf. »Auf keinen Fall, Jonesy, nicht heute. Sie hat ein Hühnchen mit mir zu rupfen.«

Zu ihrer Überraschung trat jetzt der Teamleiter vor sie hin.

Sie schluckte. Keith war groß, zwar kleiner als Beanpole, aber breiter und auch definitiv breiter als Jonesy. Aber verglichen mit Drew gehörte er nur zum Durchschnitt. Dieser Mann hier gab ihr das Gefühl, als stünde sie vor einer Wand oder vielleicht vor einem Gorilla – oder noch besser, einem gemauerten Gorilla.

»Bist du bereit?« Er schob den Zahnschutz in den Mund.

Mehr als nicken konnte sie nicht.

»Ich gebe jedem von euch eine Quote von 3 zu 1, jeden Betrag, wenn er auf die Rothaarige setzt.« Plötzlich war eine Handvoll Bargeld in Hernandez' Hand.

»Ich setze fünfzig Mäuse, aber du musst mir fünf zu eins geben«, konterte Butters.

»In Ordnung!«, grinste die Frau.

Kristen wusste nicht, ob sie sich jetzt geschmeichelt fühlen sollte, weil Butters Geld auf sie gesetzt hatte oder eher beleidigt, weil er eine Quote von fünf zu eins gefordert hatte, um genau das zu tun.

»Ich habe hier zwanzig Mäuse, die behaupten, dass Red in zwanzig Sekunden untergeht«, sagte Jonesy und warf das Geld auf die Matte.

»Sie ist eine Kämpferin.« Beanpole legte einen Zwanziger dazu. »Mein Geld sagt, sie schafft es eine Minute.«

»Zehn Sekunden.« Hernandez legte einen Zwanziger auf den Haufen.

»Eine Minute dreißig«, Butters zwinkerte Kristen zu. »Ich muss meine Wette schließlich absichern.«

»Bereit?«, brummte Drew um seinen Zahnschutz herum. Sie wusste nicht, ob er sie oder Keith angesprochen hatte, der auf den Geldstapel starrte, aber dabei unfähig schien auch eine Zeit zu wählen, nachdem er schließlich schon gegen sie verloren hatte.

Sie nickte wieder.

Drew stürmte vorwärts.

Kristen versuchte, ihre Größe zu ihrem Vorteil zu nutzen und rannte wieselflink davon, in der Annahme, dass er langsamer war als sie.

Das stellte sich als Irrtum heraus.

Er kam ihr nach und ließ sie an Bergziegen denken, die – obwohl sie meist fünfzig bis achtzig Kilogramm wogen – auf nur wenigen Zentimetern Felskante balancieren konnten.

Als sie versuchte, um ihn herumzukommen, reagierte er mit einem Schlag und sie war gezwungen, stehenzubleiben und zu blocken. Es war, als würde man von einem Dampfhammer getroffen, der von einer Kanone abgefeuert wurde – außer dass diese persönliche Kanone über einen Schnellfeuer-Modus verfügte. Er schlug wieder und wieder auf sie ein, jeder Schlag war kraftvoll und kam aus einem etwas anderen Winkel und sie merkte, dass er ihre Abwehr auf die Probe stellte.

Kristen fing jeden Schlag mit den Armen ab und fühlte die Schläge direkt in den Knochen.

Bei seinem vierten Schlag – dem fünften oder vielleicht sogar neunten, sie hatte irgendwann aufgehört mitzuzählen – war sie nicht sicher, warum er zurückging, aber sie ahnte, dass er es auf ihren Bauch abgesehen hatte.

Sie war flink auf den Beinen, bewegte sich aus dem Weg und schlug ihm mit aller Kraft, die sie aufbringen konnte, in die Niere.

Drew grunzte und verpasste ihr mit beiden Händen einen Schubs nach hinten.

Beinahe wäre sie gestürzt, aber sie schaffte es, sich auf den Beinen zu halten. Das war ein gutes Zeichen. Ein Schubser bedeutete, dass er Abstand gewinnen wollte, was sie vermuten ließ, dass sie ihn eingeschüchtert hatte... vielleicht.

»Guter Schlag. Du bist stark. Für ein kleines Mädchen.«

Er griff wieder an. Diesmal versuchte sie nicht, ihm auszuweichen. Stattdessen wand sie sich zwischen seinen hämmernden Schlägen hindurch und brachte selbst einen an seinem Kinn an. Er beugte sich zurück, um dem Schlag auszuweichen, aber die Überraschung auf seinem Gesicht war deutlich sichtbar. Er hatte geglaubt, er hätte sie am Haken und war jetzt überrascht, dass sie doch auch so nah dran war.

Ohne Zögern ging sie in die Offensive. Es hagelte Schläge auf seine Arme, während sie versuchte, an seiner Deckung vorbeizukommen, um ihn in den Bauch zu treffen, aber es gab kein Durchkommen. Als sie bemerkte, dass sie zu unkonzentriert wurde, traf eine behandschuhte Faust sie am Ohr und ließ sie stolpern.

»Du bist gut und schnell.«

Kristen beschloss, dass sie genug von seinen spärlichen kleinen Komplimenten hatte. Sie stürzte sich erneut in den Kampf und täuschte ein paar Mal an. Drews Block war fies und sie fiel auf ein Knie, versuchte aber sogleich, ihm die Beine wegzufegen.

Er sprang über diesen Kick, als hätte er ihn schon aus einer Meile Entfernung kommen sehen. Bevor sie wieder auf die Beine kommen konnte, stieß er sie von hinten an und sie lag mit dem Gesicht voraus auf der Matte.

Schnell stand sie wieder auf ihren Beinen, aber leider nicht schnell genug. Als sie sich Drew wieder zuwandte, sah sie nur noch eine behandschuhte Faust auf sich zukommen. Diese erwischte sie im Gesicht und sie verlor den Boden unter den Füßen, genau wie vorher Keith.

Die Matte bot keinen Schutz und bevor sie sich überhaupt bewegen konnte, saß Drew schon auf ihr.

Jonesy zählte: »Eins... zwei... drei!« Es war vorbei.

Drew stieß sich von ihr ab und griff dann nach unten, um ihr hoch zu helfen.

»Das war verdammt beeindruckend«, sagte er, nachdem er seine Handschuhe ausgezogen und den Zahnschutz entfernt hatte.

»Ich denke schon, aber gewonnen hast du trotzdem«, murmelte sie enttäuscht.

Drachenhaut

»Aber du hast mir 60 Mäuse eingebracht.« Butters sammelte die Scheine ein.

»Du schuldest mir immer noch 50, Butterball, also denk nicht, dass du nett essen gehen kannst oder so.«

Butters gab Hernandez ihr Geld, aber zu stören schien es ihn nicht. »Zehn Dollar reichen immer noch für Hühnchen und Waffeln. Das ist wenigstens eine Sache, die in dieser Stadt richtig läuft.«

Die beiden begannen sich zu streiten, wo man das beste Hühnchen und die leckersten Waffeln bekommt und ob zehn Dollar wirklich ausreichen würden, um das Essen zu bezahlen. Kristen ignorierte die beiden. Sie fühlte sich beschissen. Sie hatte wirklich gehofft, sie könnte gewinnen.

Drew fixierte sie und sprach sie direkt und ohne Spott an. »Ernsthaft, du hast echtes Potenzial. Du bist offensichtlich noch ungeschliffen, aber wenn du bereit bist, dich zu engagieren, kannst du mich vielleicht eines Tages schlagen.«

»Zu mir hast du das noch nie gesagt«, jammerte Keith.

»Weil das nicht wahr wäre, Frischling«, warf Jonesy ein.

»Aber ganz ehrlich, Kristen. Du magst das Zeug dazu haben, aber es wird nicht schnell gehen und es wird nicht einfach werden.« Drew starrte Kristen an. »Du wirst viel Arbeit investieren müssen.«

»Sir, langsam und einfach wollte ich nie. Ich bin zur Polizei gegangen, weil ich arbeiten wollte. Mein Vater hat diesen Job dreißig Jahre lang gemacht. Mein Ziel ist es, ihn so stolz zu machen, dass er ein bisschen eifersüchtig wird.«

»Sogar wenn das bedeutet, jeden Tag einen Arschtritt zu bekommen?«

Kristen musste grinsen. Wenn es das war, was man einen Arschtritt nannte, konnte sie damit umgehen. Die Gummigeschosse hatten ihr wehgetan und ja, ihr Stolz war verletzt worden, nachdem er sie auf die Matte gezwungen hatte, aber das bedeutete nicht, dass sie aufgeben würde.

Nicht jetzt und auch nicht später.

Die Übungen für das gewaltsame Eindringen waren hart gewesen, aber sie war bereit für jede Herausforderung. Die Polizeiakademie war schwer gewesen, aber sie hatte trotzdem mit Bravour bestanden. Vielleicht würde das SWAT-Team endlich die Herausforderung darstellen, nach der sie ihr ganzes Leben lang gesucht hatte.

»Sir, wenn das als Arschtritt zählt, dann seien Sie aber auch nicht sauer, wenn ich Ihnen irgendwann auch mal in den Arsch trete.«

Schließlich lächelte Drew – das tat er tatsächlich – und schlug die Hände zusammen. »Gut. Noch mal von vorn. Deine Augen müssen meinen folgen. Das wird dir helfen, meine Bewegungen zu erahnen.«

Sie gingen wieder an die Arbeit und sie versuchte – und scheiterte letztendlich daran – seinen Körper so zu bearbeiten, wie er den ihren. Als sie dann endlich fertig waren – gefühlt viele Stunden später – fühlte sie sich gut, aber erschöpft. Ihre Rippen schmerzten und sie wusste, dass sie, egal wie schnell sie heilte, dieses Training am nächsten Morgen spüren würde.

KAPITEL 7

Der ausgemusterte SWAT-Van fuhr auf den Parkplatz und machte trotz der holprigen Schotterpiste keine Anstalten zu bremsen. Wie Jonesy in den Besitz des Fahrzeugs gekommen war, wollte Kristen nicht einmal erraten. Sie hoffte, dass Captain Hansen, wie auch immer er seinen fahrbaren Untersatz erworben hatte, zumindest ein Auge darauf hatte. Im Hinterkopf hatte sie Visionen, wie er sich in ein Parkhaus schlich und den Van von Hand ankurbelte, aber sie redete sich ein, dass das reine Fantasie wäre. Hoffentlich.

Sie waren in der alten Klapperkiste meilenweit gefahren, angeblich zu einer Bar, aber nun registriere Kristen, dass sie davon weit entfernt waren.

»Ich dachte, wir wollten einen angenehmen, entspannten Abend verbringen. Eine Softair-Runde klingt nicht gerade entspannend«, sagte sie zu Keith, bevor der Van über eine Bodenwelle rauschte und sie sich ihre roten Haare aus dem Gesicht wischen musste. Sie und Keith saßen hinten im Van – zusammen mit Hernandez und Butters – auf einer Bank an der Seite und ausgestattet mit ausgesprochen unscheinbaren Sicherheitsgurten. Jonesy und Beanpole saßen vorn.

Kristen hatte sich für Jeans und flache Schuhe entschieden. Sie hatte seit Jahren davon geträumt, für die

Polizei zu arbeiten, also waren ihr Hosen schon lange lieber als Röcke. Das hier war trotzdem eine Überraschung, nachdem sie zur ›Happy Hour‹ an ihrem ersten Donnerstag im Job eingeladen worden war. Sie dachte, ihr neues Team wüsste einen Ort, an dem es anständige Getränke gab.

»Wir entspannen uns danach«, sagte Keith und versuchte, seine Stimme hart klingen zu lassen.

»Ganz sicher nicht«, meinte Hernandez. Außer dem einen Moment in der Umkleidekabine hatte diese Frau Kristen immer noch nicht sonderlich freundlich behandelt. Ein bisschen tröstlich war, dass sie auch sonst niemandem viel Respekt entgegenbrachte. »Keith hat eine Woche lang geflennt wie ein Baby. Er winselte, die Striemen auf seinem *Pompis* seien soooo schmerzhaft.« Sie schlug sich auf den Hintern, um den spanischen Ausdruck zu erklären, ehe Hernandez Kristen anstarrte. »Wir werden sehen, ob du das besser kannst.«

»Glaubst du wirklich, ich habe noch nie Softair gespielt?« Das waren natürlich nur Sprüche, aber das musste ja keiner wissen.

»Du siehst aber so aus, als ob du bisher lediglich Pilates und CrossFit gemacht hättest«, höhnte Hernandez mit einem breiten Grinsen im Gesicht.

Ob das eine Beleidigung sein sollte, war nicht klar zu erkennen. Hernandez jedenfalls kicherte, als würde Kristen ein beleidigtes Gesicht ziehen.

»Hab keine Angst vor Hernandez. Höchstwahrscheinlich sprengt sie sich da draußen eh mal wieder in die Luft«, sagte Butters beschwichtigend.

»Oh, halt bloß die Klappe, Butters. Wir wissen beide, dass du das leichteste Ziel auf dem ganzen verdammten Feld bist.«

Drachenhaut

»Was wir alle wissen, ist, dass ich trotz meiner Liebe für alles Frittierte viel früher Treffer platzieren werde.« Er tätschelte seinen großen, runden Bauch, als wäre das nur ein Witz, aber Kristen war begierig darauf, den Scharfschützen in Aktion zu sehen, auch wenn er nur Softair-Pistolen benutzen würde.

Der alte SWAT-Van hielt mit einem Ruck an und nach einem kurzen Moment öffnete Jonesy schwungvoll die Tür und zeigte damit den verwahrlosten Zustand seines Fahrzeugs deutlich auf.

»Seid ihr Arschlöcher jetzt bereit oder was?«, grinste der Sergeant.

»Pass auf, was du sagst, Jonesy, eine Dame ist anwesend«, sagte Hernandez und drängte sich an Kristen vorbei.

Kristen kletterte als Nächstes aus dem Wagen. Während sie auf Keith und Butters wartete, stieg Beanpole vorne aus.

»Bist du bereit, den Abend zu genießen?«, fragte er Kristen freundlich. Seine ständige Höflichkeit stand im Widerspruch zu allem anderen.

»Die große Schlacht beginnt in zehn Minuten«, brüllte eine Stimme aus der Lautsprecheranlage.

»Geil! Wir haben noch genug Zeit, schnell in einen Anzug zu schlüpfen«, sagte Jonesy, holte die Softair-Pistolen hinten aus dem Van und verteilte sie. »Ich regele das mit den geldgierigen Bastarden, während ihr euch umzieht. Wer von euch Schwächlingen will ein Leinenhemd?« Er deutete auf den Stand, an dem sie für die Benutzung der Anlage bezahlen mussten.

Hernandez zeigte mit dem Daumen auf Kristen. »Weiße Mädchen brauchen das.«

»Noch jemand?«, fragte er.

Butters kicherte. »Meine Größe haben die sowieso nicht!«

»Nein, danke«, sagte Beanpole.

»Keith?« Jonesy hob fragend eine Augenbraue.

»Du weißt... Sir. Ich will kein Hemd, es sei denn, du rätst mir...«, stammelte Keith vor sich hin, bis Jonesy ihm das Wort abschnitt.

»Ja, ja, ja. Verdammt noch mal, du kleiner Arschkriecher. Ich nehme keines, also bekommst du auch keines. Also nur Red?«

»Brauche ich nicht«, sagte Kristen schnell.

Er lächelte. »Bist du dir sicher? Diese Waffen entsprechen dem gesetzlichen Limit ganz genau. Die Scheiße brennt wirklich.«

»Nach welchen Regeln wird gespielt?«, fragte sie unsicher in der Hoffnung, dass es unterschiedliche Regelwerke gab und ihr Schwindel nicht aufgedeckt würde.

»Jeder hat neunzig Sekunden, um die gewünschte Position zu erreichen, dann komme ich und knall dich ab, dann haben alle freie Bahn«, erklärte Jonesy. »Wenn du getroffen bist, hisst du deine Totenflagge, damit keiner auf dich schießt, während du dich an die Seitenlinie verdrückst.« Er warf ihr ein rotes Halstuch zu. »Wer als Letzter steht, hat gewonnen.«

»Oder als Letzte«, meckerte Hernandez.

»Oder so. Das glaube ich aber erst, wenn ich es sehe«, blaffte Jonesy zurück und eilte los, um für ihre Teilnahme zu bezahlen, während der Rest des Teams die Waffen überprüfte und die Schutzbrillen aufsetzte.

Ein paar Minuten später ertönte ein Horn und alle rannten in die Arena.

Drachenhaut

Kristen musste zugeben, dass sie cool aussah. Das Gelände war etwa so groß wie ein Fußballfeld, gefüllt mit Bauten aus Holzpaletten – eines davon war sogar mehrstöckig – mit Fässern und sogar ein Paar ausgebrannte Müllcontainer standen in der Mitte. Es fühlte sich herrlich post-apokalyptisch an, hier herumzulaufen, ihren Kollegen zu entkommen und sich gegenseitig zu jagen.

Außer, dass sie noch nie etwas gejagt hatte, das auch hinter ihr her war.

Das Horn ertönte wieder und das weiche *Plop-Plop-Plop* der Softair-Waffen war in der Arena zu hören. Sie musste sich ducken und hinter einen Palettenstapel rutschen, um nicht getroffen zu werden, kam aber leicht wieder auf die Beine. Zum Glück hatte sie fast jede bekannte Sportart ausgeübt, also war es für sie selbstverständlich, auch mal durch den Dreck herumzurutschen.

Sie hielt den Lauf ihres Gewehrs durch die Paletten und versuchte ein Gefühl dafür zu bekommen, wo sich die anderen befanden. Es gab auch andere Leute in der Arena – hauptsächlich Jugendliche und einige Möchtegern-Jäger – aber die waren ihr egal, da schnell klar war, dass ihr Team das Spiel dominieren wollte.

Ein riesiger Schatten bewegte sich durch die oberste Ebene einer der Palettenkonstruktionen. Butters?

Er musste es sein. Jeder, der sich dem Bauwerk näherte, wurde in genau der Sekunde abgeknallt, in der er seine Waffe anhob.

Kristen würde ihn sich für später aufheben.

Fürs Erste musste sie...

»Ergib dich!« Keith hatte seine Waffe auf ihren Rücken gerichtet. Er hatte sich von hinten angeschlichen, während sie versuchte, ein Gefühl für das Spielfeld zu bekommen.

»Wie soll das gehen?«, fragte sie und drehte sich langsam zu ihm um.

»Du, äh... ergibst dich?«

Sie grinste ihn frech an. *Keine Chance.*

In der Hoffnung ihn unvorbereitet zu erwischen, rollte sie sich ab und versuchte, ihre Waffe in Position zu bringen, aber er hatte sie bereits im Visier. Sie musste die Waffe noch anheben und zielen, während er nur noch abdrücken musste. Natürlich tat er das und feuerte Dutzende von winzigen Kügelchen ab, die mit Hunderten von Metern pro Sekunde auf sie zuschossen.

Kristen blockierte sie mit ihrer Waffe – und zwar alle. Sie hielt einfach ihre Waffe hoch und lenkte die Kugeln ab, bis Keith – sein Unterkiefer hing vor Erstaunen praktisch am Boden – das Feuer einstellte. Während er sie völlig geschockt anstarrte, hob sie ihre Waffe und schoss ihm in die Brust.

»Au, Scheiße! Okay, okay. Du hast mich erwischt«, jammerte er und rieb sich die Brust, während er zur Seite ging und murmelte: »Ausgerechnet auf die verdammte Brustwarze. Autsch.«

Kristen grinste breit, aber ihr war auch bewusst, dass sie ihre erste Lektion in Sachen Softair hatte lernen müssen. Ähnlich wie in einem realen Kampf war es reiner Selbstmord, irgendwo still sitzen zu bleiben. Sie hatte keine Ahnung, wo sich der Rest von ihnen befand, aber weil sie davon ausging, dass Butters wahrscheinlich im Turm war, sprintete sie in diese Richtung und nutzte Paletten und Fässer als Schutz. Sie hatte einen Riesenspaß.

Drachenhaut

Es war merkwürdig, im Grunde machte sie genau das, was sie die ganze Woche über getan hatte – durch die Tarnungsmöglichkeiten sprinten, Orte infiltrieren und vorgeben, gegen Feinde anzutreten – und doch fühlte es sich mit einer Spielzeugwaffe in der Hand so gar nicht nach Arbeit an.

Vielleicht konnte sie auf dem Weg zum Turm noch mehr von ihrem Team finden.

»Leck mich, Beanpole!«, schrie Jonesy, als er aus einem der Müllcontainer sprang und auf den anderen Mann schoss, der verzweifelt versuchte, seinen Boss zu überwältigen.

»Oje, es reicht, es reicht!«, protestierte Beanpole lautstark, während er unter Beschuss stand.

»Hey, Sergeant«, sagte Kristen und hielt ihre Waffe schussbereit hoch.

Der Gesichtsausdruck des dünnen Mannes, während er sich umdrehte und registrierte, dass der neueste Rekrut der Truppe bereits Kugeln auf seine Brust abfeuerte, war unbezahlbar. Jonesy war zuerst schockiert, dann entsetzt und schließlich ein bisschen erstaunt, bevor er aufrichtig lächeln musste.

»Du hast mich verdammt noch mal erwischt«, sagte er und rieb sich die Brust, wo die Kügelchen eingeschlagen waren. »Bleiben noch zwei. Wenn du das hier gewinnst, bist du offiziell härter als Keith oder Hernandez.«

Sie hörte kaum noch zu und rannte bereits in Richtung des Palettenturms, auf dem sich Butters versteckte. Wenn sie nicht hineinkam, gab es keine Möglichkeit, ihn zu erwischen.

Sie schlich von einem Fass zu einem weiteren Palettenstapel und robbte schließlich hinüber.

Es fielen Schüsse und sie krabbelte hinter einem Fass hervor. Verdammt, er hatte sie doch gesehen.

Jetzt wieder auf den Beinen sprintete sie zur nächsten verfügbaren Deckung – zwei Fässer mit einem dritten obendrauf – aber es war zu weit. Ihr Gegner feuerte gezielt und Kristen – die sich jetzt nicht mehr zu verstecken brauchte – nahm ihre Waffe wieder hoch und benutzte sie noch einmal zum Blockieren der Kugeln.

Die Salve der wildesten Schimpfworte, die aus dem zweistöckigen Palettengebäude herunterprasselte, bestätigte deutlich, dass sich der Südstaatler tatsächlich da drin befand. Sie dachte nicht, dass irgendjemand anders das Wort ›deklarieren‹ mit so viel Gefühl und Nachdruck verwenden könnte, wie er es getan hatte.

Kristen schaffte es zu den drei Fässern und hielt inne, um Luft zu holen.

»Komm raus und ich frittiere dich wie einen Hähnchenschenkel«, brüllte Butters aus seinem Versteck.

»Du solltest wohl eher zu mir kommen. Macht das ein Südstaaten-Gentleman nicht so?«, schrie sie als Antwort.

»Warum sollte ich so etwas Blödes tun?«

»Weil ich dich erwischt habe, Butterball.« Jemand befand sich im unteren Teil des Turms. Kristen hatte Hernandez völlig vergessen. Die Frau stürzte hinter dem zweistöckigen Gebäude hervor und lachte wahnsinnig, als im Inneren etwas ertönte, das wie eine Reihe von Silvesterkrachern klang.

Nur hätten diese Kracher nicht das gesamte Bauwerk zum Knarzen und schließlich zum spektakulären Einsturz bringen können. Ein herrlicher Blitz schoss aus der unteren Etage, gefolgt von lautem Knacken des Holzes und schon kam die gesamte Konstruktion herunter.

Drachenhaut

Noch bevor sich der Staub gelegt hatte, stürzte Kristen hinein, fand Butters inmitten der Einzelteile und zielte mit ihrer Waffe auf seinen großen Bauch. »Ergibst du dich jetzt?«

»Ha-ha, nein. Nicht jemandem, dem gleich in den Rücken geschossen wird.«

»Scheiße!« Kristen warf sich auf den Haufen zerbrochene Paletten unter ihr, als Hernandez das Feuer eröffnete. Es war eindeutig ihr Fehler gewesen, anzunehmen, dass die Sprengstoffexpertin warten würde bis sich der Staub gelegt hat, bevor sie sich auf den Weg machte. Sie hatte die Frau offensichtlich unterschätzt, das würde ihr nicht noch einmal passieren.

Aber was Butters vorher über Hernandez gesagt hatte war korrekt. Obwohl sie eindeutig im Vorteil war, konnte sie Kristen nicht überwältigen. Kristen benutzte erneut ihre Waffe als Schild – und zog den gleichen verwirrten Blick auf sich, den sie von allen anderen, die sie dabei beobachtet hatten, erhalten hatte – und erschoss auch die Sprengstoffexpertin.

»Okay, okay. Du hast mich verdammt noch mal erwischt.« Hernandez warf ihre Todesflagge angeekelt in die Höhe.

Kristen nahm sich keine Zeit, sich zu freuen. Stattdessen drehte sie sich um und erschoss auch noch Butters.

Zuerst grunzte er vor Schmerz, fing dann aber schnell an zu lachen. Sie wussten beide, dass er es verdient hatte, weil er nach seiner Waffe gegriffen hatte, während sie anderweitig beschäftigt war.

Sie half ihm auf die Beine und sie machten sich auf den Weg aus der Arena.

Die Polizisten trafen auf den Besitzer, Manager oder Betreiber des Platzes, der Hernandez anblaffte. »Ich habe dir gesagt, du hast Hausverbot, verdammt. Wir machen euch für den Schaden haftbar, den ihr verursacht habt.«

»Welchen Schaden? Sie hat lediglich einen Haufen beschissener Paletten umgeworfen«, argumentierte Jonesy.

»Diese Scheiß-Paletten waren versichert.«

»Zeig uns die Papiere«, sagte Kristen. »Es würde mich sehr interessieren, wie diese Konstruktion die offizielle Kontrolle bestanden hat.«

Der Sergeant hob eine Augenbraue. Das war beinahe so, als hätte er sie schon die ganze Woche wegen ihrer guten Arbeit gelobt. Aber wie immer sagte er gar nichts und wandte sich stattdessen an den verärgerten Manager. »Ich habe deine Papiere hier«, sagte er und klatschte ein Bündel Zwanziger auf den Tisch.

»Die erste Runde war bereits mit Karte bezahlt...«, sagte der Manager vorsichtig.

»Und auch die zweite Runde. Das hier gibt es nur, damit du dich immer an die Nacht erinnerst, in der ein verdammter Neuling das, was ich für die beste Truppe unter den Detroiter SWAT-Einheiten gehalten habe, in einem kleinen privaten Match geschlagen hat.«

Der Mann nickte und machte keine Anstalten, die Zwanziger zu zählen. Der Stapel war dick genug, dass es nicht nötig war. »Das sollte die Paletten abdecken...«

»Das ist verdammt noch mal wesentlich mehr«, sagte Hernandez.

Er sah sie nur mürrisch an. »Das betrifft nicht dein Hausverbot. Wir haben das schon besprochen, Mister Jones, sie darf keine Bomben mitbringen.«

Drachenhaut

»Das nennst du Bomben? Hätte ich eine Bombe mitgebracht, hättest du es bis in deine verkackte Hütte am Eingang gemerkt«, protestierte die Sprengstoffexpertin wütend.

»Ist in Ordnung. Ich wollte sowieso einmal aussetzen. Du kannst mir Gesellschaft leisten«, sagte Jonesy.

Sie schaute finster drein, lehnte aber nicht ab.

»Was sagt ihr dazu? Wollt ihr Jungs eine Revanche?«, fragte Kristen selbstbewusst. Trotz des intensiven Spiels war sie nicht wirklich ins Schwitzen gekommen, sondern hatte sich lediglich aufgewärmt. Es fühlte sich viel zu gut an, die Leute zu erschießen, die ihr die ganze Woche über Fehler vor die Nase gehalten hatten.

Butters warf einen Blick auf Beanpole, der nickte. Beide Männer sahen Keith an, der unentschlossen von einem Mann zum anderen blickte, bis Butters sich schließlich räusperte.

Sie verstand was die drei im Sinn hatten, bevor Keith es tat – wir machen die Neue fertig und so. Das war für sie in Ordnung. Sie hatte gewusst, dass das die Art von Behandlung war, die auf sie zukommen würde, sowohl als Anfängerin als auch als Frau. Womit sie nicht gerechnet hatte, war, dass sie beim ersten Mal bewaffnet sein würden. So wie die Dinge aktuell standen, hatte sie fast Mitleid mit ihnen.

»Es sei denn, ihr seid feige Hühner?«

»Der Einzige von uns der Angst hat, bin ich und das nur, weil ich einiges zum Mittagessen hatte«, kicherte der untersetzte Mann, aber es klang hohl. Oh ja, die drei hatten definitiv vor, sich zusammenzurotten und sie ein oder zweimal zu erledigen – oder es zumindest zu versuchen.

Das Horn ertönte und sie sprinteten wieder in die Arena. Sie war bis auf den Schutthaufen am hinteren Ende unverändert.

Die Jungs trennten sich sofort und sie hatte keine Zweifel an ihrer Strategie. Butters würde versuchen in Position zu gehen, während die anderen beiden sie ablenken sollten.

Fürs Erste hatte sie ein Auge auf den Scharfschützen geworfen. Er verschwand zwischen den Mülltonnen, die einzige Möglichkeit in der Arena, die groß genug war, seine Körperfülle komplett zu verbergen.

Die beiden anderen hatten in aller Eile bereits mehr oder weniger geeignete Positionen gefunden. Keith duckte sich hinter ein paar Fässern und Beanpole hinter eine Wand aus Paletten, die seine Größe aber in keinster Weise komplett verbergen konnte. Sie hätte ihn für dumm gehalten, wenn sie nicht gewusst hätte, dass die beiden sie absichtlich zum Angriff provozieren wollten.

Nun, der beste Weg einen Feind zu besiegen, war, seine Stärken als Schwächen zu nutzen, also spielte Kristen in ihren kleinen Hinterhalt hinein. Sie näherte sich kriechend bis Keith sie erblickte und das Feuer eröffnete. Schnell rollte sie sich hinter einen Stapel Paletten, fand eine lockere, hob sie mit ihrem linken Arm an und schwang sie wie einen Schild.

Keith keuchte auf – er keuchte tatsächlich – als sie die Palette mit einer Hand schwang. Sie nutzte die Gelegenheit, die seine Verwunderung ihr gab, um Kugeln auf ihn regnen zu lassen. Ihre Genauigkeit ließ zu wünschen übrig, da sie nur eine Hand zum Feuern hatte, sodass sie statt eines kleinen Kreises auf seiner Brust die

Drachenhaut

Einschüsse auf seinem gesamten Oberkörper, seinen Beinen und seinem Gesicht platzierte.

Er fiel um und stöhnte vor Schmerzen.

Einer weniger. Ein Bier ausgeben, notierte sie gedanklich. Obwohl ihr erfolgreiches ›Töten‹ sehr befriedigend war, hatte sie nicht vorgehabt, ihn im Gesicht zu treffen.

Beanpole schoss auf sie bevor sie die Palette zum Blocken anheben konnte und eines der Geschosse prallte von ihrem Arm ab. *Zählt das als Treffer?* Sie hatte kaum etwas gespürt, war sicher nur ein Streifschuss.

Kristen brachte die Palette in Position, bevor der große Mann weitere Schüsse landen konnte, aber das war natürlich genau das, worauf Butters gewartet hatte.

Eine Salve von Geschossen kam auf sie zu. Sie hatte kaum Zeit, um sich auf den Bauch werfend in Deckung zu gehen.

»Das ist schlichtweg unmöglich«, schrie der Scharfschütze.

Sie hatte keine Ahnung, wovon er sprach – die Geschosse waren nicht so schnell gewesen und sie nahm an, dass seine Waffe wohl zu wenig Druck oder so hatte – aber verstehen konnte sie seine Überraschung nicht.

Auf allen Vieren kletterte sie auf Beanpole zu, ging in die Hocke, zielte und feuerte auf ihren großen Teamkollegen.

»Ich ergebe mich, bitte! Wir machen das bei den Neuen immer so, nicht nur bei Mädchen«, rief er und hob seine Waffe mit seiner Todesflagge in der Hand nach oben. Die Striemen am Hals und an der Brust berührte er vorsichtig mit der anderen.

In diesem Moment war ihr das ehrlich gesagt egal. Sie wollte einfach nur gewinnen und es war nur noch eine Person übrig.

»Bis zum Tod«, rief Butters.

Kristen schüttelte den Kopf, das war jetzt sein Fehler. Sie vernahm das Echo seiner Stimme, was bedeutete, dass das buchstäblich wie das Erschießen von Fischen in einem Fass enden würde.

Sie näherte sich den Müllcontainern und fand – wenig überraschend – heraus, dass Butters nicht dazwischen stand.

»Ohhhhh, ich frage mich, wo Butters hin ist?«, sagte Kristen so laut sie konnte, ohne dass es sich zu offensichtlich anhörte.

»Hier bin ich, du Yank-« Er konnte den Satz nicht zu Ende sprechen. Sobald er sich in dem Müllcontainer, in dem sie ihn bereits vermutet hatte, erhoben hatte, ließ sie kleine Kugeln auf seinen Riesenbauch regnen.

Sofort brach er in seinem Versteck mit einem donnernden Scheppern zusammen, das durch die gesamte Arena hallte.

Der Ton wurde schnell von Jonesys schallendem Gelächter verschluckt. »Das war verdammt gut, Red! Ich bin froh, dass ich das ausgesessen habe.«

Kristen lächelte und machte sich auf den Weg zum Ausgang.

Butters holte sie ein. »Hey, das war nicht fair«, sagte er. »Du wurdest getroffen.« Er zeigte auf ihren Arm.

»Ich dachte, du sagtest, es sollte wehtun.«

»Das sollte es«, sagte Beanpole. Er und Keith warteten am Ausgang auf sie und beide waren über und über mit Striemen bedeckt.

Drachenhaut

»Nächstes Mal nehme ich wohl lieber doch das Hemd«, sagte Keith schwach.
Jetzt lachte Jonesy sogar noch lauter als vorher.
Sie lächelte lediglich. Die Eskapaden heute Abend – und der abschließende Erfolg – ließen sie hoffen, dass sie es doch noch in dieses Team schaffen würde.

KAPITEL 8

Etwas steif schleppte sich Kristen am Freitagmorgen aus dem Bett. Sie humpelte durch ihre frühmorgendliche Routine und fragte sich, ob sie in besserer oder schlechterer Verfassung war als alle anderen, mit denen sie im Laufe der Woche zu tun hatte.

Sie machte sich auf den Weg zur Arbeit, parkte und ging an der Anmeldung vorbei in den Pausenraum zum Kaffeetrinken. Zu Hause hatte sie sich keine Zeit mehr dafür genommen, sie hatte lieber ausschlafen wollen.

Keith, Beanpole und Butters waren bereits dort, saßen zusammen auf der Couch und stillten ihren Kaffeedurst. Butters mampfte dazu wie immer einen Donut.

»Na sieh mal an, wer da kommt, die Verursacherin unserer Blutergüsse«, sagte er zur Begrüßung.

»Guten Morgen«, antwortete sie strahlend, nahm sich die Tasse mit einer Polizeimütze tragenden Bulldogge darauf und schenkte sich eine Tasse Kaffee ein.

Die schwungvolle Begrüßung war die richtige Antwort gewesen. Keith und Beanpole starrten sie an und sie konnte verstehen weshalb. Ihre Arme waren im Grunde genommen ein einziger Bluterguss. Ah… nichts schmeckte so süß wie Schadenfreude.

»Sei so nett und bring mir noch einen Kaffee«, bat Beanpole.

Drachenhaut

»Den gibt es genau hier«, nickte Kristen in Richtung der Kaffeemaschine.
»Ich weiß, ich weiß. Entschuldige.« Beanpole stand auf und stöhnte dabei mächtig auf. Die Bewegung war schmerzhaft und er sah ungefähr so beweglich aus wie ein Achtzigjähriger. Er stieß mit Keith zusammen, der ein ebenso jämmerliches Stöhnen verlauten ließ.
»Wenn ich dich angerempelt habe, dann verzeih mir bitte.« Beanpole legte eine Hand auf Keiths Schulter und drückte sich nach oben. Keith krümmte sich nun praktisch vor Schmerzen.
Kristen sah sich das ganze erbärmliche Spektakel an. Sie dachte, sie hätte niemanden mehr so leiden sehen, seit Brian in der neunten Klasse für die Fußballmannschaft gespielt hatte.
»Bist du auch so angeschlagen wie wir?«, fragte Keith neugierig, sobald er sein Gejammer unter Kontrolle hatte.
»Nicht wirklich, nein. Ich schätze, man muss richtig getroffen werden, damit es wehtut, oder?«
Butters lachte laut auf. Keith und Beanpole lächelten nachsichtig, denn entweder hatten sie nicht die Energie richtig zu lachen oder sie fanden ihren überwältigenden Sieg einfach nicht unbedingt lustig.
Sergeant Drew betrat den Aufenthaltsraum, runzelte die Stirn über die erwachsenen Männer auf der Couch und griff sich einen Donut. »Was zum Teufel ist mit euch allen passiert?«
Kristen hob eine Augenbraue und wartete gespannt darauf, wie sie das hier hindrehen würden.
»Harte Nacht«, platzte Keith heraus, als ob das irgendwas erklären könnte.

»War es gut auf dem Softair-Gelände?« Ihr Anführer beäugte die Wunden und Prellungen seiner Kollegen. »Haben noch andere Cops mitgespielt oder so?«

»Wir haben definitiv einem Polizisten gegenüber gestanden.« Butters warf einen Blick auf Kristen.

»Du hättest diese Arschlöcher sehen sollen.« Jonesy platzte in den Raum, sein Grinsen war breiter, als sie es sich je hätte vorstellen können. Er ging an Beanpole vorbei, der es immer noch nicht geschafft hatte, zur Kaffeekanne zu humpeln, die auf der anderen Seite des Raumes stand.

»Ist das also dein Werk?«, fragte Drew.

»Ha! Schön wär's.« Jonesy nahm sich gemächlich seinen Kaffee, während Beanpole versuchte, an ihm vorbeizukommen.

»Verzeihung«, sagte der große Mann.

»Einen Moment, mein Freund.« Jonesy klopfte seinem Teamkollegen auf den Rücken, was als freundliche Geste hätte gelten können, wenn Beanpole nicht nach Luft geschnappt hätte, als hätte er ein Messer in den Rücken gerammt bekommen.

Seine Reaktion schien genau das zu sein, was der Sergeant beabsichtigt hatte. Jonesy ging von der Kaffeemaschine weg, lehnte sich gegen den Tresen und grinste seinen Chef an. »Diese Dummköpfe haben zu Dritt versucht, Red fertigzumachen. Es war verdammt noch mal episch. Sie bekam ihre drei Ärsche auf einem verdammten Silbertablett serviert.«

»Stimmt das?« Drew sah tatsächlich beeindruckt aus.

»So würde ich es nicht ausdrücken«, wiegelte Beanpole direkt ab.

»Sie hatte das vorher schon mal gemacht«, protestierte Keith schwach.

Drachenhaut

»Wir wurden ziemlich böse vermöbelt, ja«, gab Butters endlich zu.

»Sie hat sie wie Fische an der Schnur aufgehängt«, lachte Jonesy. »Es war wie bei Wonder Woman – nein, warte, eher wie Captain USA oder wie auch immer der Typ mit dem Schild heißt. Sie nahm eine Palette und *plop, plop, plop*.« Er gab vor einen Schild zu halten, um die Schüsse zu blockieren. »Es war verdammt geil.«

»Sie war also mit dir und Hernandez zusammen in einem Team?« Drew sah Kristen immer noch an. Er schien sie zu beurteilen.

»Nein, gar nicht! Hernandez hat in der ersten Runde etwas in die Luft gejagt und war disqualifiziert. Übrigens wird sie deswegen heute wahrscheinlich sauer sein. Jedenfalls saßen sie und ich in der zweiten Runde draußen. Es war buchstäblich Red – frisch aus der Akademie, erste Woche bei der Polizei, Schau-meine-wundervollen-roten-Haare-an-Red – gegen drei der besten SWAT-Mitglieder Detroits. Nun, zwei der Besten und einen verdammten Frischling.«

»Ich bin kein Frischling mehr«, protestierte Keith wieder einmal, aber das kam nicht von Herzen. Die letzte Nacht hatte eindeutig gezeigt, dass er noch sehr viel zu lernen hatte.

»Sie hat ihnen mehr Pfeffer gegeben, als Butterballs in seine berühmte weiße Soße macht«, lachte Jonesy.

»Der gestrige Abend hat mir gezeigt, dass es durchaus ›zu viel Pfeffer‹ gibt«, fügte der Scharfschütze lachend hinzu.

»Ich bin überrascht, dass du ihnen allen so schlimm zugesetzt hast«, sagte Drew, aber er sah nicht wirklich überrascht, sondern eher beeindruckt aus.

Kristen versuchte, nicht zu breit zu lächeln. »Vielen Dank, Sir.«

»Hast du auch etwas abbekommen?«, fragte er.

Sie zuckte die Achseln. »Nicht wirklich. Ich wurde nur einmal getroffen.«

»Am Tag nach meinem ersten Softair-Spiel hatte ich das Gefühl, dass jemand meine Oberschenkel mit Eiskugeln umgestaltet hatte«, sagte Butters.

»Ähm, ich mache jeden Tag Kniebeugen und so, meine Beine sind in Ordnung.«

»Außerdem bist du doch herumgekrochen. Hast du deswegen gar keine blauen Flecken?«, fragte Keith.

Es war, als ob er sich wieder daran erinnerte, dass sie ihm ausgewichen und trotzdem wieder auf die Beine gekommen war. Es war irgendwie befriedigend für sie, im Revier zu sein, die Arbeitsgesichter dieser Leute zu sehen und dennoch zu wissen, dass sie ihnen allen in einem Sport, in dem Kirsten null Erfahrung hatte, ordentlich in den Hintern getreten hatte.

Kristen nahm einen Schluck Kaffee. »Ich heile schnell.«

»Man sieht auch keine Spuren«, meinte Drew.

»Ich habe keine. Ich habe geduscht, geschlafen und jetzt bin ich so gut wie neu.«

»Das ist gut. Aber ich schätze, wir haben das Training nicht hart genug vorangetrieben. Heute werden wir...« Er verstummte, als das Funkgerät auf seiner Schulter zum Leben erwachte.

»Wir haben einen 10-45 in einem Pfandhaus. Drei Gegner und vier Zivilisten wurden gemeldet, ein Beamter ist verletzt.«

»Wo?«, fragte Drew.

Drachenhaut

Der Funker gab ihm die Adresse.

»Wir kommen, aber ist niemand näher dran?«

»Sie verfügen über eine Schlagkraft, die die Möglichkeiten der regulären Polizeistreifen übersteigt. Das Gebäude ist abgeriegelt und die Beamten halten die Absperrung aufrecht, bis das SWAT-Team eintrifft.« Das Funkgerät knisterte.

»Auf dem Weg«, meldete Drew. Jonesy war schon auf dem Weg zum Parkplatz.

Keith und Beanpole halfen Butters auf die Füße. Alle drei Männer stöhnten, aber keiner beklagte sich.

»Ich hoffe, dass du mit den echten Waffen genauso gut zurechtkommst wie mit dem Spielzeug gestern Abend, denn du kommst auch mit«, sagte Drew zu Kristen.

Sie nickte. Ihre Zuversicht von der Nacht zuvor verpuffte auf einen Schlag.

Sie eilten durch das Revier in Richtung Parkplatz, Jonesy und Hernandez waren bereits dort und hatten sich umgezogen.

»Steigt verdammt noch mal ein«, sagte Jonesy.

»Alle Mann, Schutzkleidung an! Auch du, Butters«, befahl Drew. »Anscheinend haben die Gegner schwere Artillerie. Ich will, dass ihr die ganze Zeit Helme tragt, es sei denn, ihr drückt euer Auge gegen ein Zielfernrohr.«

Kristen schnappte sich eine kugelsichere Weste.

»Zieht euch während der Fahrt um, es gibt potenzielle Geiseln.« Der Teamleiter kletterte auf den Beifahrersitz.

»Wir haben keine Zeit, uns hübsch zu machen, Red.« Jonesy setzte sich hinters Steuer.

Sie ignorierte ihn und kletterte mit Keith, Hernandez, Beanpole und Butters hinten in den SWAT-Van. Dieser war in deutlich besserem Zustand als das ausgemusterte Fahrzeug, das sie in der Nacht zuvor benutzt hatten.

Die Reifen quietschten und sie schleuderten los bevor sie Zeit hatte, sich anzuschnallen. Sie schaffte es gerade noch, den Gurt einzurasten und nicht vom Sitz geschleudert zu werden. Sicher angeschnallt atmete sie tief durch. Sie waren auf dem Weg.

»Geht es dir gut?«, fragte Butters.

Kristen schüttelte zuerst den Kopf und nickte dann. »Mir geht's gut«, sagte sie unsicher.

»So siehst du aber nicht aus. Eher so, als hättest du Angst vor dieser Scheiße«, sagte Hernandez, als würden sie eine besonders aufregende Achterbahnfahrt machen, statt Menschen gegenüberzutreten, die versuchen würden, sie mit fortschrittlichen Waffen zu töten.

»Glaubst du wirklich, dass das jetzt angebracht ist?«, fragte Beanpole, als sie über eine Bodenwelle düsten.

»Es ist nichts falsch daran, Angst zu haben«, meinte Hernandez lässig. »Ich hatte beim ersten Mal solche Angst, dass ich mich fast eingenässt hätte. Da fällt mir ein, Kristen, warst du auf dem Topf, bevor wir los sind?«

»Oh, ganz ruhig«, sagte Butters.

»Es geht mir gut. Dafür haben wir doch trainiert«, antwortete Kristen.

»Guter Punkt.« Sie liebte Butters. Obwohl sie ihn erst seit einer Woche kannte, schien er ihr immer den Rücken freizuhalten.

Das war eine willkommene Abwechslung zu Hernandez, die Kristen unbedingt etwas anderes einreden wollte. »Ja, aber wir haben in einem leeren Gebäude trainiert, nicht in einem Pfandhaus. Da drin könnte auch ein Typ mit Kettensäge warten.«

Drachenhaut

»Halt den Mund«, warf der Scharfschütze ein.

»Hör nicht auf sie. Die werden nur Waffen haben, genau wie immer«, sagte Beanpole beschwichtigend, als ob sie sich dadurch besser fühlen würde.

»Ich erinnere mich gerade an mein erstes Mal«, brachte Keith vor.

»Wann genau war das? Letzte Woche?«, witzelte Hernandez.

»Nein, nicht das. Letztes Jahr. Ich war etwa zwei Wochen dabei.«

»Oh, also reden wir nicht über Sex?«, schrie Hernandez lachend über das Quietschen der Reifen des Vans.

Keith wurde knallrot, was Kristen zwangsläufig dazu brachte, sich zu fragen, worauf Hernandez hinauswollte.

Kristen wollte wissen, wie die Sprengstoffexpertin Ihre Energie unter Kontrolle hielt. Obwohl sie nur wenige Augenblicke vom bewaffneten Kampf entfernt waren, wirkte Hernandez ruhig und beherrscht. Ob sie vielleicht auch lernen könnte, so gelassen zu sein und nicht alle anderen nervös zu machen?

Keith sah man sein Unbehagen deutlich an und wie Kristen versuchte er verzweifelt, sich zu beruhigen. »Es war ein Überfall auf einen Schnapsladen. Der Gegner hatte eine Schrotflinte dabei. Du kannst den Wert des Whiskeys nicht erraten, den der Kerl zerschossen hat.«

»Eine Tragödie«, nickte Butters.

»Ich wurde aber nicht getroffen. Einem Schuss konnte ich ausweichen und dann hat die Waffe des Kerls geklemmt. Das war reine Glückssache. Ich habe dann eine Schnapsflasche auf seinem Kopf zerdeppert.«

Der Scharfschütze kicherte über die Geschichte. »Der Berg an Papierkram, der danach kam, erinnerte an den Olympus Mons!«

»Was ist mit deinem ersten Mal?«, fragte Kristen Butters interessiert. Sie hoffte, dass die Gelassenheit dieses Mannes auch für seine Kampfgeschichten gelten würde.

»Ich habe auch meine Lektionen gelernt«, begann er zu antworten. Aber bevor er mit der eigentlichen Geschichte beginnen konnte, hielt der Van, Jonesy riss die Hintertür auf und schrie allen zu, sie sollten sich in Position bringen.

»Plätze einnehmen, Leute, aber flott!«

Für einen Moment dachte Kristen, Jonesy und Drew hätten das alles als eine Art aufwendige Übung arrangiert. Aber als alle wie Ameisen aus dem Wagen strömten, wusste sie, dass das hier die Realität war.

Sie hatten hinten auf dem Parkplatz eines kleinen Einkaufszentrums geparkt. Darin waren die typischen Geschäfte der einkommensschwachen Wohnviertel untergebracht – ein Spirituosengeschäft, ein 1-Dollar-Laden, ein Auszahlschalter mit vergitterten Fenstern, ein Pfandhaus am Ende, ebenfalls mit vergitterten Fenstern und einer Reihe von angeketteten Fahrrädern davor.

Butters und Beanpole joggten sofort vom Pfandhaus weg. Es kam ihr kurz in den Sinn, dass die beiden wie sie Panik schieben könnten, aber dann fiel ihr ein, dass der eine der beste Scharfschütze und der andere sein Späher war und sie sich offensichtlich an einen höheren Punkt bewegten – vermutlich auf das Dach des Fast-Food-Burger-Lokals auf der anderen Straßenseite.

Drachenhaut

»Hernandez, ich will dich an der Tür haben. Sie ist aus Glas, also sehen sie uns kommen. Wir brauchen einen Plan. Keith, du bist hinter mir«, befahl Drew.

»Wo soll ich hin?«, fragte Kristen, aber das brachte ihr nur einen kurzen Blick von Drew ein.

»Jonesy, nimm Kristen mit nach hinten. Sieh nach, ob da ein anderer Ausgang ist und ob sie ein Fluchtfahrzeug haben. Und keine Heldentaten, verstehst du? Wenn die Tür nicht verschlossen ist, sag Bescheid. Geht es langsam an, Leute. Ich weiß nicht, welche Waffen sie haben, aber wir wissen, sie sind groß.«

Als hätten die drinnen seine Befehle gehört, brach aus dem Pfandhaus Kugelhagel los. In weniger als einer Minute war die Vorderseite des Ladens und das Auto, das die Polizei von Detroit davor abgestellt hatte, zerstört.

Kristen war erstaunt, wie sauber die Geschütze dies alles vor ihr zerlegt hatten. In einem Moment war da noch eine Glasscheibe und im nächsten war sie völlig durchlöchert. Um die Löcher bildeten sich netzartige Sprünge im Glas, dann zerbarst alles und stürzte in einem spektakulären Glasregen herunter.

Ein Teil von ihr zweifelte an der Weisheit der Kriminellen, als diese Glaswand zerstört wurde, aber es gab zwei Gründe, warum dies nicht der taktische Fehler war, an den sie zuerst dachte. Der erste war, dass Gitterstäbe noch immer den Zugang über die Vorderseite des Ladens dort blockierten, wo kurz zuvor noch Glas gewesen war. Der zweite war das, was mit dem Polizeiauto geschehen war.

Sie würde später nicht in der Lage sein, die Zerstörung des Fahrzeugs zu beschreiben, ohne die Worte »zerbissen« zu verwenden. Für sie sah es so aus, als wäre das Auto einfach von Kugeln zernagt worden. Platte Reifen, Lacksplitter und Glas spritzen in einer wahren Fontäne in alle Richtungen. Eines der Geschosse hatte den Motor getroffen, aus dem nun Qualm herauszog.

Alles deutete darauf hin, dass er eigentlich hätte explodieren müssen.

»Ihr seid gewarnt, wir gehen nicht rein. Diese Jungs fahren schwere Geschütze auf«, sagte Drew und nickte ihnen zu, dass sie hinten herumgehen sollten.

Jonesy nickte emotionslos, als würde man ihn zum Wassernachfüllen schicken, statt möglicherweise in den Tod. Kristen nickte auch, aber sie zitterte. Plötzlich schien ihre kugelsichere Weste nicht mehr auszureichen. Sie zog den Verschluss, der ihren Helm befestigte, an und joggte hinter Jonesy her. Sie eilten zum hinteren Teil des Einkaufszentrums – das Pfandhaus befand sich am Ende und erst dort hielt ihr Begleiter an.

»Da steht ein babyblauer 1971er Dodge Charger«, meldete sich Jonesy zu Wort.

»Ja, und?«

»Weißt du, wer ein Pfandhaus mit einem solchen Schmuckstück ausrauben würde?«

»Jemand, der nicht versucht, große Dinge zu klauen?«

»Die Breaks«.

»Wer?«

»Eine lokale Gang. Meistens klauen sie Autos, zerlegen sie in Einzelteile und verschachern diese. Als ich das letzte Mal von den Breaks etwas gehört habe, hatten sie aber keine solchen Waffen wie diese Wichser.«

»Und als ich sie das letzte Mal gesehen habe, haben sie tatsächlich die Vorderseite eines Gebäudes einfach ausradiert. Sollen wir jetzt an der Tür nachsehen und Drew das mit dem Auto weitergeben?«

Jonesy nickte und näherte sich dicht an die Wand gedrückt der Tür. Zum Glück gab es dort kein Glas, sondern nur gute, alte, hundertprozentig undurchsichtige Ziegel.

Als sie weiter schlichen, schaltete ihr Teamkollege sein Funkgerät ein.

»Drew, wir haben einen babyblauen Charger hier hinten, also sind da wahrscheinlich die Breaks drin. Wir überprüfen jetzt die Hintertür.«

Er tastete mit der Hand zur Hintertür des Pfandhauses. Zu seiner und Kristens Überraschung bewegte sich der Griff. Sie war nicht verschlossen, nicht einmal von innen.

»Drew, der Hühnerstall ist nicht gesichert«, plapperte er in sein Funkgerät. Es gab keine Reaktion, nur Rauschen. »Drew?«

Jonesy nahm sein Funkgerät von der Schulter und schlug mit der Hand darauf. Offensichtlich war er kein Techniker. Nachdem sein Plan, das Gerät durch rüde Gewalt wieder in Gang zu bringen, gescheitert war, sollte Kristen ihr Gerät benutzen.

Aber auch das funktionierte nicht.

»Irgendetwas stört die Signale«, vermutete sie, so seltsam es auch klang. Kriminelle, die Funksignale störten, hatten sie in der Polizeischule nie besprochen.

»Wir sind hier auf uns allein gestellt«, lächelte Jonesy. Er sah nicht halb so nervös aus, wie sie sich fühlte.

»Sollen wir nach vorne gehen?«, fragte sie und wollte sich sofort selbst treten, weil sie wie ein Feigling klang.

Glücklicherweise oder leider – abhängig von der Perspektive – erkannte er ihre Angst nicht.

»Auf keinen Fall, Red. Wir haben hier eine unverschlossene Hintertür. Wir warten auf die nächste Runde Gewehrfeuer, das Geräusch von zerbrechendem Glas und gehen rein. Sie sind offensichtlich auf die Vorderseite konzentriert.«

»Aber was ist, wenn einer von ihnen hier hinten ist?«

»Dann eliminieren wir das Arschloch. Wir reden hier von den Breaks. Wenn wir jetzt Auto fahren würden, würde ich zur Vorsicht raten, aber diese Arschlöcher können einen Silvesterknaller nicht von Gewehrfeuer unterscheiden. Ich weiß nicht, woher sie diese Waffen haben, aber derjenige, der sie mit diesem Arsenal ausgerüstet hat, hat sie mit Sicherheit nicht darin geschult.«

Weitere Schüsse schallten aus dem Inneren des Gebäudes. Jonesy sah sie an. »Bereit?«

»Nein!«

Er ignorierte sie und riss die Tür auf, wartete einen Herzschlag lang und trat mit seinem Sturmgewehr im Anschlag ein. Kristen bedauerte, dass sie nur eine Pistole hatte, folgte ihm aber.

Es dauerte einen Moment bis sich ihre Augen vom hellen Sonnenlicht und der trüben Bräunung der Außenmauer des Pfandhauses auf die dämmrigen Leuchtstoffröhren und den überfüllten Raum eingestellt hatten.

Sie befanden sich im Lieferanteneingang, der sich in den hinteren Teil des Ausstellungsraums öffnen würde – oder wie auch immer man die behelfsmäßigen Korridore nannte, die durch Regale voller Gitarrenverstärker, Gartenzubehör, Fernseher und Mikrowellengeräte gebildet wurden. Von ihrer Position aus konnten sie die beschädigte Vorderseite des Ladens sehen, aber sie hatten keine Sicht auf ihre Gegner.

Drachenhaut

Ihr Mannschaftskamerad holte Kristen direkt neben sich, damit sie, wenn sie das Ende des kleinen Ganges erreichten, in beide Richtungen schauen und sich gegenseitig decken konnten. Kristen – äußerst zufrieden mit sich, weil sie die SWAT-Handbücher gelesen hatte und daher seine Handzeichen verstehen konnte – ging in Position. Das Training und die Tatsache, dass sie bisher nicht unter Beschuss geraten waren, halfen ihr, sich etwas zu beruhigen.

Es kam zu weiteren Schusswechseln. Im Pfandhaus war es ohrenbetäubend laut, was aber gewährleistete, dass ihre Gegner absolut keine Ahnung davon hatten, dass sie beide von hinten in das Gebäude eingedrungen waren.

Der Vorteil war jedoch nur von kurzer Dauer. Eines der Gangmitglieder wandte sich im vorderen Teil des Ganges um, in dem sich Kristen und Jonesy nach vorne schlichen und richtete eine massive Handfeuerwaffe auf Jonesy.

Kristen hatte keine Zeit zum Nachdenken, sie konnte nur noch handeln. Sie fühlte, wie eine Welle Beschützerinstinkt über sie hereinstürzte – das war ihr Partner, ihr Mentor und vielleicht sogar ihr neuer Freund – und sie schob ihn in ein Regal.

»Verdammt, Red!«, sagte er, als er in die Regale sprang und stürzte.

Den Gegner schien es nicht zu beunruhigen, dass er sein ursprüngliches Ziel verfehlte. Er feuerte stattdessen eine Salve auf ihre Brust.

Sie feuerte ihre Waffe ebenfalls ab und fühlte im selben Moment, wie die Wucht der feindlichen Kugel sie in die Brust traf und zum Stürzen brachte.

Spritzendes Blut bestätigte, dass sie den Mann getroffen hatte, aber eines der Regale brach unter der Belastung und kippte über dem SWAT-Duo um.

Nicht, dass sie es wirklich bemerkt hätte. Die Kugel fühlte sich an, als wäre ein Güterzug in ihre Lungen geknallt. Sie konnte kaum denken, geschweige denn atmen.

»Schütz deinen Kopf, Red!«, schrie Jonesy, bevor er sich über seine eigenen Anweisungen hinwegsetzte und zu ihr kroch. Es fielen nicht nur Elektrowerkzeuge und Musikinstrumente auf sie, nein, auch er legte sich über sie.

Die Regale krachten schmerzhaft auf seinen Rücken und er grunzte beim Aufprall.

Anscheinend hatte der Rest des Teams draußen alles gesehen. Als die Regale kippten, hörte sie Stimmen von Männern und Frauen, die in das Pfandhaus stürmten. Sie klangen jedoch sehr weit entfernt und alles, was Kristen wirklich hören konnte, war ihr eigenes mühsames Atmen.

»Lemar liegt am Boden. Lasst uns verdammt noch mal gehen.« Das musste wohl einer der Kriminellen gewesen sein.

Zwei Männer – Kristen dachte, es seien zwei, aber es war schwer zu erkennen, weil sie unter einem Mann und einem Regal gefangen war – rannten an ihnen vorbei zum Hinterausgang des Ladens.

Sobald sie weg waren, stieß sich Jonesy von ihr ab und benutzte seinen Rücken, um das Regal anzuheben. Jetzt da der Mist, der darauf gelegen hatte, überall auf dem Boden verstreut lag, war es nicht mehr sonderlich schwer.

Drachenhaut

Das war der Moment, in dem ihr klar wurde, dass sie sich eine Rippe gebrochen haben könnte. Das dünne Holz hätte sich nämlich nicht annähernd so schmerzhaft anfühlen dürfen. Sie keuchte auf.

Er schob das Regal ächzend in die andere Richtung. »Drew wird in einer Minute hier sein. Erzähl ihm von dem verdammten Auto. Wir hätten die verdammten Reifen aufschlitzen sollen. Das war verdammt blöd von uns.«

»Warte... auf mich«, keuchte sie. Scheinbar verlangsamte der Schuss ihre Reaktionszeit zusätzlich zu einer möglicherweise gebrochenen Rippe. Er war ihr Partner und sie konnte ihn nicht alleine weglassen, auch wenn sie nur ihren Kopf unter die Arme nehmen und atmen wollte.

»Verdammt noch mal, Red. Du hast schon in deiner ersten Woche eine Kugel für mich abgefangen. Bleib hier, okay?«

»Jonesy-«, stöhnte Kristen, aber er war bereits durch die Trümmer des Ladens geklettert und zur Hintertür gerannt. Trotz ihres schmerzenden Brustkorbs stand sie auf und stolperte ihm nach.

Sie schaffte es rechtzeitig zum Ausgang, nur um zu sehen, wie er das Feuer auf den wegfahrenden Dodge einstellte.

Er lud seine Waffe nach, als das Auto hinter dem Einkaufszentrum wegfuhr. »Diese Arschlöcher halten sich für schlau. Sie wussten, dass sie hier nicht einfach so vorbeikommen würden, sonst hätten wir ihre Ärsche ins Jenseits befördert, aber du kannst verdammt noch mal davon ausgehen, dass Drew diesen Weg ebenfalls blockiert hat.« Er lächelte.

Der blaue Dodge raste an der Rückseite des Einkaufszentrums vorbei. Plötzlich erwachte ihr Funkgerät rauschend zum Leben. Offensichtlich waren die Signale jetzt nicht mehr blockiert.

»Feindliches Fahrzeug entkommt. Sollte an der Engstelle sein in drei... zwei...« Bevor Drew seinen Countdown beenden konnte, gab es eine Explosion am anderen Ende des Einkaufszentrums. Das Fluchtauto wurde allerdings nicht getroffen.

»Beamte verletzt, ich wiederhole, Beamte verletzt! Vorsicht beim Herankommen. Da könnte noch mehr Sprengstoff sein.«

»Diese Wichser haben uns eine Falle gestellt«, sagte Jonesy, als er das blaue Fahrzeug auf die Straße abbiegen und davonfahren sah. Ein paar heulende Sirenen folgten ihm, aber Kristen wusste, dass die Gangster entkommen würden. Bei diesem Gedanken wurde ihr schwindelig.

Ihr Teamkollege kam auf sie zu. »Du weißt, dass du das verdammt noch mal nicht hättest tun sollen, Red. Auch ich trage Schutzausrüstung. Es ist nicht deine verdammte Aufgabe, dir eine Kugel verpassen zu lassen. Okay, es war mutig – wirklich verdammt mutig und dumm genug, um mich zu beeindrucken, aber das ist nichts, was... Red?«

Kristen versuchte wach zu bleiben, aber das war alles zu viel. Angeschossen werden, fast zerquetscht werden, jemanden anschießen und tatsächlich selbst eine Kugel einfangen, war einfach zu überwältigend für sie. Sie setzte sich auf den Randstein, versuchte durchzuatmen und kippte dann einfach um.

KAPITEL 9

Als Kristen wieder zu sich kam, wollte sie zuerst instinktiv gegen das protestieren, was ihre Chefin ihr antat, aber Captain Hansen blieb hartnäckig. »Du hast Quetschungen und zwei Rippen an drei Stellen gebrochen. Du bist beurlaubt, bis du ohne zu husten Luft holen kannst und darüber wird nicht diskutiert.«

»Aber Captain...«, versuchte die junge Polizistin zu widersprechen, was sie nur wieder zum Husten brachte. Die Luft aus den Lungen herausgequetscht zu bekommen und gebrochene Rippen war anscheinend nicht sonderlich förderlich für die eigenen Debattierfähigkeiten.

»Das ist genau der Punkt. Du hast dich gut geschlagen. Ich werde nicht riskieren, dich zu verlieren, weil du nicht bei vollen Kräften bist.«

»Meine Ausbildung...«

»Kann warten. Nimm dir ein paar Tage Zeit. Ruf mich an, wenn du in der Lage bist, ein Gespräch zu führen. Es ist dann zwar noch immer zu früh um wiederzukommen, aber wenigstens weiß ich, dass du dann in ein paar Tagen wieder fit bist.«

Kristen atmete tief ein, um weiter zu protestieren, aber es schmerzte, also hielt sie lieber den Mund.

Captain Hansen nickte Kristen zu, zeigte auf ihre Kleidung, die gefaltet auf einem Stuhl im Krankenzimmer lag, rief ein Taxi für sie und ging.

Ärgerlich zog sich Kristen an. Sie dachte nicht, dass sie so schwer verletzt sei, außer dass sie nicht wirklich sprechen konnte, bis sie ihre Verletzungen tatsächlich sah. Die gesamte linke Seite ihres Brustkorbs – vom Schlüsselbein abwärts über die Brust, vom Brustbein bis zur Achselhöhle – war ein einziger Bluterguss und schillerte in verschiedenen Farben.

Kristen berührte die Stelle, um – welche Überraschung – zu spüren, dass es höllisch weh tat. Sie entschied sich klugerweise, den Befehlen ihrer Vorgesetzten zu gehorchen und zumindest so lange nicht zu telefonieren bis die Prellung weitgehend verheilt war. So wie sie ihren Körper kannte, würde das ohnehin nicht lange dauern. Das hoffte sie zumindest. Schließlich war sie noch nie angeschossen worden.

Sie verließ das Krankenhaus und fand das wartende Taxi. Der Fahrer hatte ihre Adresse bereits, aber anstatt sich nach Hause fahren zu lassen, sagte sie dem Taxifahrer, er solle sie zum Haus ihrer Eltern bringen.

Die Fahrt dauerte etwa dreißig Minuten von dem Krankenhaus, das dem Pfandhaus in Eastpointe am nächsten lag, bis zu dem Ort an dem ihre Familie in Dearborn lebte.

Sie gab dem Fahrer ein gutes Trinkgeld – sowohl für die Fahrt als auch dafür, dass er sie nicht mit irgendwelchen Gesprächsversuchen belästigt hatte, nachdem sie auf dem Rücksitz halb ohnmächtig zusammengesunken war – und betrat den Garten ihrer Eltern.

Drachenhaut

In ihren Augen war das Haus, in dem sie aufgewachsen war, ein typisches Vorstadthaus in Michigan und sie hatte kein Problem damit.

Eine große Kiefer dominierte den gepflegten Vorgarten. Eine kleine Hecke aus grünem Bergbuchsbaum kämpfte mit dem Flieder um die Vorherrschaft unter dem vorderen Fenster. Die Buchsbäume waren die Lieblingspflanzen ihres Vaters und der Flieder die ihrer Mutter. Sie hatte die langjährige Konkurrenz der beiden immer irgendwie süß gefunden, aber jetzt fand sie es verrückt, dass man jahrelang über die Vorzüge verschiedener Gestaltungsmöglichkeiten im eigenen Garten streiten konnte, wo an anderer Stelle Menschen auf Personen schossen und Regale voller Kettensägen auf diejenigen herunterpolterten, die versuchten, sie zu aufzuhalten.

Kristen klingelte zweimal in schneller Folge, dann noch einmal nach einem Moment – das geheime Klingelzeichen der Familie. Sie trat auf die geschützte Veranda, zog ihre Schuhe aus und fand ihren Vater, der von der Couch aus die Tigers im Fernsehen ansah.

»Krissy, Süße! Bist du etwa gekommen, um deinen alten Herrn zu verhaften? Lass hören, wie du die Miranda-Rechte aufsagst.«

»Ich glaube, da steh ich drüber«, keuchte sie. Es war schon weniger schmerzhaft zu reden, aber immer noch nicht ganz einfach. Meistens schmerzte es jetzt nur noch, tief durchzuatmen.

»Tatsächlich? Hast du dir ein bisschen Freizeit oder so verdient? Warum holst du uns nicht ein paar Bierchen und verwöhnst deinen alten Herrn nach deiner ersten Woche bei der Polizei?«

Sie fischte ein paar Biere aus dem Kühlschrank und kalte Gläser aus dem Tiefkühler. Obwohl ihr Vater jahrelang in der Strafverfolgung gearbeitet hatte, konnte er es nicht lassen, in Bars Gläser zu klauen. »Was ist mit dem Spiel?«

»Scheiß Tigers«. Im zweiten Durchgang lagen sie sechs – sechs verfluchte Runs lang – vorn, jetzt sind wir beim neunten und sie liegen drei zurück.«

»Sie könnten es immer noch schaffen.« Kristen schenkte das Bier ein. Sie goss zu schnell ein, der Schaum lief über und gefror an der Außenseite des eiskalten Glases sofort. Als kleines Mädchen hatte sie diese Wirkung immer als magisch empfunden. Sie leckte über die Außenseite – wem sollte sie was vormachen? Gefrorener Bierschaum war immer noch magisch – und reichte den Becher ihrem Vater.

»Es ist mir scheißegal, ob sie es schaffen. Das hätte ein leichter Sieg werden sollen, aber wegen ihres schlampigen Spiels wurden sie überrannt. Geschieht ihnen recht. Danke übrigens«, beendete ihr Vater sarkastisch und bedachte den Zungenabdruck auf dem Becher mit einer entsprechenden Grimasse, griff aber nicht nach dem anderen Glas. Seine Kinder hatten immer an seinen gefrorenen Gläsern gelutscht seit sie alt genug waren, sie für ihn aus der Tiefkühltruhe zu holen.

Kristen saß auf der Couch neben ihm. Er schaltete den Fernseher auf stumm aber nicht aus und drehte sich – wie für ihn üblich – nicht einmal zu ihr um.

»Wie geht's Mom?«, fragte sie.

»Es geht ihr gut, sie fragt sich wahrscheinlich, was das neueste SWAT-Mitglied mitten am Tag bei ihren Eltern macht.«

Drachenhaut

Sie schluckte. »Okay, ich nehme an, Captain Hansen hat euch nicht angerufen.«

Ihr Vater rülpste. »Um uns was zu sagen?«

Vorsichtig stellte sie ihr Bier weg. »Dad... ich wurde angeschossen.«

Frank Hall ließ sein Glas fallen und es zerbarst lautstark in der plötzlich eingetretenen Stille.

»Verdammt noch mal, Krissy! Wann? Warum zum Teufel wurden wir nicht benachrichtigt?«

»Es ist erst heute passiert.« Kristen machte sich auf die Suche nach einem Lappen. »Ein paar Arschlöcher wollten ein Pfandhaus ausrauben.«

»Jesus! Und jetzt bist du hier?« Er schien abgelenkt und blickte von ihr auf das verschüttete Bier, als ob er nicht wüsste, worauf er sich konzentrieren sollte. Kristen erkannte, dass sie bei ihrem Dad einen Herzinfarkt hätte auslösen können. Sie ignorierte einen Moment lang das verschüttete Getränk und das zerbrochene Glas und setzte sich wieder.

»Ja. Es hat meine Kevlarweste getroffen, also geht es mir gut. Dad, atme bitte ein paar Mal tief durch und beruhige dich.«

Er nickte. »Ja, mach ich. Holst du mir ein Aspirin, ja?«

Sie stand schnell auf und holte ein Aspirin mit einem Glas Wasser. Er schluckte die Pille, spülte sie runter und lehnte sich auf die Couch zurück. Sie wischte das Bier und die Scherben auf und setzte sich wieder an die Seite ihres Vaters.

»Nun... was ist passiert?«, fragte er. »Und erzähl langsam, um Himmels willen.«

»Das Wichtigste ist, dass es mir gut geht. Okay? Ich habe ziemlich schlimme Prellungen, aber in ein paar

Tagen sollte es wieder gut sein.« Sie zog ihr Shirt runter, um ihm den massiven Bluterguss an ihrem Schlüsselbein zu zeigen.

»Wo wurdest du getroffen? In die Brust oder so? Krissy, du bist wunderschön, aber das will ich nicht sehen. Zeig es deiner Mutter.«

»Nein, Dad, ich wurde hier angeschossen«, zeigte Kristen auf die Stelle unterhalb ihres Schlüsselbeins, nur um festzustellen, dass der Bluterguss dort, wo er nur eine Stunde zuvor gewesen war bereits kleiner wurde.

»Ich schätze, ich verstehe, warum du nicht ausflippst«, sagte ihr Vater zögernd.

»Aber... das ist unmöglich. Ich... es war genau hier. Ich habe auch zwei gebrochene Rippen.« Sie griff an ihre Rippen. Sie taten immer noch weh, aber sie bemerkte, dass sie nicht mehr kurzatmig war.

»Es sieht nicht so aus, als hätte man auf dich geschossen, Krissy. Sieht aus, als wärst du einer Kugel ausgewichen. Vielleicht ist das ein Zeichen oder so was, wie deine Mutter immer sagt.«

»Ein Zeichen für was?«

»Dass du um eine andere Stelle bitten solltest. Du bist erst seit einer Woche beim SWAT und schon angeschossen worden. Da ist jemandem offensichtlich ein Fehler unterlaufen.«

»Dad, ich habe heute meinem Partner das Leben gerettet.«

»Oh, du willst mir sagen, er hatte keine Weste an und du schon? «

»Nein, natürlich hatte auch er eine Weste an, aber wenn ich nicht gehandelt hätte...«

Drachenhaut

»Kristen, wärst du eine Sekunde schneller oder langsamer gewesen, wärst du jetzt tot.«

»Ich weiß nicht, warum du dich aufregst. Ich trete in deine Fußstapfen und versuche nur, ein guter Polizist wie mein Vater zu sein.«

Etwas glitt über Franks Gesicht, als sie das sagte. Eine ganze Reihe von Dingen wirklich – Zweifel, Schuld, Scham und schließlich die Auflösung, als sein Blick ihr Gesicht wieder fand.

»Kristen...« Er schaute weg, holte tief Luft und zwang sich, sie wieder anzusehen. »Ich bin nicht dein Vater, jedenfalls nicht biologisch.«

Einen Moment lang fühlte sie überhaupt nichts. Das war genau wie damals, als Brian ihr erzählt hatte, dass sie von Kobolden bei ihnen zu Hause zurückgelassen wurde – es war ein Witz, offensichtlich – aber der Ausdruck ihres Vaters sah nicht nach Witz aus. Außerdem waren Witze nicht gerade Frank Halls Ding.

»Mom... hatte eine Affäre?«

Er schnaubte. »Glaubst du ernsthaft, sie würde eine Scheibe trockenes Brot akzeptieren, wenn sie den Schweinebraten zu Hause essen könnte?« Er rieb sich genüsslich den Bauch.

»Dad, behauptest du ernsthaft, dass ich adoptiert bin?« Sie stand mit ihrem Bier auf und ging auf und ab.

»Ja. Na ja, irgendwie schon. Sieh mal. Du solltest dich dafür wahrscheinlich setzen. Ich will nicht noch ein Bierglas klauen müssen. Es ist leichter, sich mit nur einem rauszuschleichen.«

Sie knallte das Glas auf den Tisch und schrie mit den Händen auf den Hüften auf ihn ein. »Was zum Teufel ist hier los? Willst du mir sagen, ich gehöre nicht zur Familie?«

Frank lächelte und sie bereute es sofort, das gesagt zu haben. Das war dasselbe Lächeln, das sie gesehen hatte, als sie schwimmen gelernt oder ihr erstes Tor geschossen hatte und als sie zum Abschlussball gegangen war. Was auch immer Frank Hall sagen wollte, in einem Punkt war sie sich sicher, er war immer noch ihr Vater.

»Nein«, sagte er und das sanfte Lächeln, das sie so gut kannte, blieb auf seinem Gesicht. »Wenn ich mir einer Sache ganz sicher bin, dann, dass ihr alle drei, deine Mutter, dein Bruder und auch du, meine Familie seid.«

»Was erzählst du mir dann? Wo komme ich her?«

»Ich weiß es ehrlich nicht, Kristen.«

»Du weißt nicht, wie ein Baby zufällig in dein Leben geraten ist?«

»Nein, ich weiß genau wie wir dich bekommen haben, aber ich weiß nicht, ob wir tatsächlich eine Familie sind. Meine Schwester Christina hat dich zu uns gebracht. Du warst noch soooo klein, also kannst du erst ein paar Tage alt gewesen sein.«

Kristen konnte nicht sprechen. Tatsächlich konnte sie sich trotz ihres Dranges nach Geschwindigkeit nur am Tisch festhalten und versuchen, stehen zu bleiben.

»Sie fragte, ob wir dich beschützen können.« Frank lachte schwach und schüttelte den Kopf, als er sie ansah. »Deine Mom hat ja gesagt bevor ich überhaupt begreifen konnte, was los ist.

»Also... also bin ich deine Nichte, nicht deine Tochter?«

Ihr Dad – Frank? Onkel Frank? In ihrem Kopf drehte sich alles. »Ich habe Christina gefragt, wann sie schwanger geworden ist. Wir standen uns nicht so nahe, sahen uns nur in den Ferien und haben manchmal telefoniert. Aber trotzdem denke ich, sie hätte es mir gesagt, wenn sie schwanger gewesen wäre, weißt du?«

»Was hat sie gesagt?«

»Sie hat mir nicht geantwortet und nur gesagt, wir sollen dich beschützen. Als sie sah, wie Marty dich nahm und dabei liebevoll lächelte, ging sie sofort weg.«

»Du hast sie nie angerufen?«

Frank schüttelte den Kopf und schnaubte – seine Reaktion – weil er nicht weinen wollte. »Sie starb in derselben Nacht bei einem Autounfall. Irgendein Arschloch hat sie von der Straße gedrängt – zumindest sahen die Beweise für mich, einen verdammt erfahrenen Polizisten, so aus. Im offiziellen Bericht hieß es, es sei ein Unfall gewesen. Es war Scheiße, das war es. «

»Hast du nachgeforscht?«

»Ich hätte es tun können. Ich wollte Bescheid wissen, aber Marty hat es mir ausgeredet.«

»Warum hätte sie das tun sollen?«

»Weil sie dich liebt, Krissy. Sie liebte dich von dem Moment an, als sie deinen kahlen kleinen Kopf mit dem komischen roten Haarbüschel gesehen hatte. Ich war bereit, die Hölle für Christina loszutreten. Sie hatte Angst, Krissy, verdammt viel Angst. Keine Ahnung vor was, aber ich wollte es herausfinden, doch deine Mutter wollte es nicht. Sie sagte, wir sollten dich im Gedenken an sie Kristen nennen und alles vergessen.«

»Aber... aber wie konntest du nur? Du wusstest nicht einmal, ob sie meine richtige Mutter war.«

»Marty ist deine richtige Mutter«, sagte er flehend, als wollte er nicht zulassen, dass sein Herz bricht. »Das war sie, seit sie dich zum ersten Mal gesehen hat.«

»Du meinst, sie ist meine richtige Mutter, obwohl sie mich mein ganzes Leben lang belogen hat?«, rastete Kristen aus.

»Wir beide haben das getan, Krissy. Wir mussten es tun. Deine Tante Christina… sie war so klug, wie du es bist. Sie hat studiert, um Evolutionsbiologin oder so etwas zu werden – ich habe nie wirklich auch nur die Hälfte der Scheiße verstanden, über die sie gesprochen hat. Sie arbeitete an einem der wenigen Orte, die nicht geschlossen wurden, als Detroit seinen Tiefpunkt erreicht hatte. Gerüchten zufolge wurde das Ganze finanziert von…« Er schaute sich um, als ob in seinem eigenen Haus vielleicht jemand lauschen würde, eher er mit leiser Stimme fortfuhr. »Von Drachen.«

Endlich setzte sich Kristen. Ihr Vater war nicht mehr ihr Vater und ihre Mutter war nicht ihre Mutter? Kristen war die Nichte oder… oder… irgendwas. Sie wusste nicht, was sie denken sollte.

»Jetzt siehst du, warum ich so nervös war wegen der ganzen Polizeiakademie und deiner Zuteilung zum SWAT«, sagte Frank. »Ich glaube, dass deine Mutter – also meine Schwester Christina – aus irgendeinem Grund versucht hat, dich vor den Drachen zu beschützen. Vielleicht haben sie dich wiedergefunden und… ich weiß nicht, sie machen etwas mit meiner kleinen Krissy, das mir nicht gefällt. Ich denke, dass du nach dem, was jetzt passiert ist, die Möglichkeit hast da rauszukommen. Dein Captain wird das verstehen. Nicht jeder verkraftet es, angeschossen zu werden.«

»Ja, aber ich kann es«, schrie sie zornig. Sie wollte zwar nicht die Beherrschung verlieren, aber sie konnte nicht mehr anders. »Du sagst mir, dass du das mein

Drachenhaut

ganzes Leben lang vor der Welt verborgen hast. Du lässt sie den Mord an deiner eigenen Schwester vertuschen und denkst, ich solle einfach die Kurve kratzen?«

»Ich kann nicht zulassen, dass du verletzt wirst, Krissy.«

»Ich bin eine erwachsene Frau und nicht einmal deine Tochter. Du hast nicht mehr zu entscheiden, was ich tun kann und was nicht.«

»Aber Kristen, du bist unsere Tochter. Das warst du von dem Moment an, als wir dich aufgenommen haben.«

»Warum hast du dann gelogen?«

»Wir hatten nicht das Gefühl, eine andere Wahl zu haben. Wir taten es, um dich zu beschützen.«

»Nun, ich habe nicht das Gefühl, dass ich die Wahl habe, ob ich beim SWAT bleibe oder nicht.«

»Das ist überhaupt nicht dasselbe«, konterte er und sein Gesicht lief rot an.

»Hör auf, mich kontrollieren zu wollen.« Sie wollte schon hinausschreien, dass er nicht ihr richtiger Vater sei, tat es aber nicht. Stattdessen brach sie in Tränen aus und ging zur Tür.

»Krissy, gottverdammt, Kristen!« Ihr Dad – Frank, sein Name war Frank – rief ihr nach. »Kristen, komm zurück. Bitte.«

Kristen ignorierte seine Bitte. Stattdessen schnappte sie sich die Schlüssel zu seinem Auto – das Problem der Vorstädte war, dass Kneipen selten zu Fuß erreichbar waren – und verschwand.

Als sie in der Kneipe ankam, war das Baseballspiel, das Frank angesehen hatte, bereits vorbei. Normalerweise wäre die Sportkneipe voll, aber da die Tigers verloren hatten, war sie leer. Das kam Kristen gerade recht.

Sie zog einen Hocker heraus, ließ ihre Ellbogen auf das lackierte Holz vor ihr fallen und bestellte einen Whiskey und ein Labatt's Blue zum Nachspülen.

Der Barkeeper stellte die Getränke vor sie hin und brummte »Zum Wohl.«

Sie nickte zum Dank, stürzte den Whiskey hinunter und kippte die Hälfte ihres Bieres hinterher. *Ugh. Ich hätte etwas Besseres bestellen sollen.* Selbst mit dem Bier zum Nachspülen war der Whiskey nicht gerade toll. Sie bestellte etwas anderes. Ihr Barkeeper grunzte »gute Wahl« und servierte ihr den neuen Drink.

»Das ist eine Frau, die weiß was sie trinkt«, sagte einer der Gäste in ihrer Nähe und deutete auf den Whiskey.

»Ja, nun, Flüssigkeitszufuhr ist enorm wichtig für den Körper. Es ist eigentlich verdammt erstaunlich, dass Frauen genauso gut trinken können wie Männer, wenn man darüber nachdenkt.«

Ihr Gegenüber wusste offensichtlich nicht, was er mit ihrer Aussage machen sollte, also lächelte er ein wenig nervös. Sie studierte ihn offen und versuchte zu entscheiden, ob sie ihm sagen sollte, dass er sich selbst ficken könne.

Der Fremde war auf eine rätselhafte Art irgendwie gut aussehend mit kurzen, fast weißen, gegelten Haaren. Er hatte scharfe Augen und das, was sie später als ein schelmisches Lächeln beschreiben würde. Überraschenderweise trug er einen blauen Seersucker-Anzug, zwar mit Weste, aber ohne Krawatte – ein T-Shirt mit Siebdruck war unter dem Hemd versteckt – und seine Schuhe sahen aus, als wären sie kurz vor dem Betreten der Bar poliert worden.

»Darf ich mich setzen?«

Drachenhaut

Kristen wollte ihm sagen, er solle verschwinden, aber irgendetwas an ihm ließ sie glauben, er sei mehr als ein Widerling der versucht, eine betrunkene Frau aufzureißen. Das lag vermutlich an seinem Anzug. Widerlinge neigen dazu, weniger auffällige Kleidung zu tragen. Außerdem hatte sie eine Schwäche für seinen britischen Akzent, obwohl er ihn zu verbergen versuchte.

»Sicher, setz dich, aber wenn du denkst, dass du mich betrunken machen kannst... das wird auf keinen Fall passieren.«

»Ich sah dich den Whiskey runterschütten. Du hast kaum gezuckt. Ich wäre nicht überrascht, wenn du Feuer speien könntest.«

Sie wusste nicht, was sie davon halten sollte. Das war offensichtlich eine Redewendung – Drachen mussten oft herhalten, wenn es um Redewendungen ging, weil sie die menschliche Kultur immerhin von Anfang an begleitet hatten – aber der Kommentar, so kurz nach dem Gespräch mit ihrem Vater, war... nun, eher unheimlich.

»Bring diesem Mann zwei Whiskey und ein Labatt's. Auf meine Rechnung«, sagte sie.

»Nein, bitte wirklich, das ist nicht nötig.«

»Du übernimmst die nächste Runde, wenn du das überstehst.«

Er nickte höflich, setzte sich, schüttete die beiden Whiskeys hintereinander hinunter und nippte am Labatt's Blue. Es muss eine optische Täuschung gewesen sein, aber Kristen war als könnte sie sehen, wie Rauch aus seiner Nase strömte, als er sein Bier abstellte.

»Ich bin übrigens Chadwick, Chadwick Kensington.«

»Chadwick Kensington? Du machst wohl Witze.«

»Ich fürchte nicht. Das ist heutzutage in der Tat vielleicht ein bisschen viel, gerade in diesem Land. Aber es gab eine Zeit, in der das ein so gewöhnlicher Name war wie...«

Kristen sah ihn an. Er lächelte sie mit hochgezogener Augenbraue an. Oh, richtig, puh. »Kristen Hall.« Sie hob ihr Bier an und er tat dasselbe. »Meine Freunde nennen mich Kristen.«

»Ich habe versucht, meine Freunde dazu zu bringen, mich Ken zu nennen.«

»Ken, das gefällt mir. Aber es hat nicht funktioniert?«

»Nein.« Der Mann verzog das Gesicht. »Sie bestehen auf Chadwick, obwohl es ausgesprochen ungewöhnlich ist.«

»Nun, ich nenne dich Ken, Ken.« Sie grinste und merkte, dass der Whiskey seine Wirkung entfaltete.

»Vielen Dank, Kristen. Also, was bringt dich nach dem Spiel in eine Sportkneipe?«

Sie zeigte auf die Whiskey-Wand.

»Ah.« Er nickte. »Einen nach dem anderen also. Tony, könnten Sie sich um eine weitere Runde kümmern? Diesmal auf meine Rechnung.«

»Natürlich, Mister Kensington.« Der Barkeeper holte eine Flasche Whiskey aus einem Schrank und schenkte jeweils ein Getränk in ein Kristallglas ein. Sie hatte keine Ahnung gehabt, dass es in dieser Kneipe tatsächlich Kristallgläser gab, aber wenigstens wusste sie jetzt, dass Ken schon einmal hier gewesen war. Sollte er sich als Widerling herausstellen, könnte der Barkeeper ihre Beschreibung bei der Polizei bestätigen. Sie machte eine Pause als ihr klar wurde, dass sie jetzt ja selbst die Polizei war.

Drachenhaut

Sie schlürften an ihrem Whiskey und Kristen versuchte, nicht zu zeigen, wie gut er war. Es war erstaunlich, dass die gleichen Zutaten – in diesem Fall Getreidealkohol, behandelte Fässer und Zeit – Produkte von so unterschiedlicher Qualität erzeugen konnten. Der Whiskey, den sie zuerst getrunken hatte, schmeckte nach Benzin, der nächste nach Rauch und dieser schmeckte nach feinem Tabak, Schokolade und Haselnüssen, mit einer Hitze, die den Mund austrocknete und einen Geschmack von Haferflocken geröstet mit braunem Zucker, zurückließ. Sie war froh, dass er diese Runde auf seine Rechnung hatte setzen lassen. Dieser eine Drink kostete wahrscheinlich mehr als alles, was sie in ihrem ganzen Leben insgesamt getrunken hatte.

»Also, was führt dich hierher?«, fragte sie ihn.

»Ich liebe das Gefühl in Bars, wenn die Leute weg sind. Man kann die Menschen und ihre Anwesenheit noch spüren, aber es ist nicht mehr so laut«, kicherte er.

Sie sah ein, dass sie wirklich nicht wusste, was sie von diesem Kerl halten sollte, aber sie dachte sich, dass sein Aussehen vielleicht mehr und mehr Sinn ergeben würde. Diese Art von Kerl, der über billigen Whiskey die Nase rümpfte, Seersucker-Anzüge trug und sich über laute Bars beschwerte, schien die Art von Kerl zu sein, dem ziemlich regelmäßig in den Arsch getreten wurde. In einem Punkt war sie sich jedoch sicher – sie fühlte sich nicht von ihm bedroht. Etwas an ihm war einfach... beruhigend.

»Man fühlt ihre Anwesenheit, ich verstehe.« Sie nahm noch einen Schluck von ihrem Whiskey.

»Wie meinst du das?«

»Hast du jemals gedacht, du kennst jemanden, nur um herauszufinden, dass du ihn nicht wirklich kennst und dass er dich die ganze Zeit angelogen hat?«

»Ich muss zugeben, ich kenne das Gefühl. Erzähl, geht es um Freunde oder Familie?«

Kristen machte sich darüber lustig. »Weder noch? Beides? Ich weiß es nicht mehr, ehrlich gesagt. Meine familiäre Situation wurde plötzlich... komplizierter. Okay, ich liebe meinen Dad, aber es hat sich herausgestellt, dass er nicht... Nun, sagen wir, er ist nicht der Mann, für den ich ihn gehalten habe.«

»Gute Väter sind selten. Sie sind schließlich auch nur Menschen... meistens jedenfalls.«

Sie nickte. »Da ist was dran, schätze ich. Er ist kein Monster.«

»Dann darfst du dich glücklich schätzen. Mein Vater ist – im wahrsten Sinn des Wortes – so monströs wie er nur sein kann, aber wenigstens hat er mich zu dem gemacht, was ich bin.«

Nach einem Moment des Nachdenkens schüttelte sie den Kopf. Es gefiel ihr nicht, aber was Ken sagte, traf sie sehr. Sie war, wer sie war, wegen Frank und sie mochte es, wer sie war – nun ja, meistens. Nur eines mochte sie nicht und das war wie hart ihre erste Woche beim SWAT gewesen war. Die Dinge sollten eigentlich einfach für sie sein, aber ihre letzte Woche war das definitiv nicht gewesen.

»Was machst du beruflich, Ken?«, fragte sie und hoffte, das Thema wechseln zu können. Ihr war schon jetzt klar, dass sie sich bei Frank entschuldigen musste und sie musste danach auch mit ihrer Mutter sprechen.

Drachenhaut

»Ah, Amerikaner... einfach nur plaudern geht nicht, wenn man auch über die persönliche wirtschaftliche Situation reden kann.«

»Entschuldigung. Ich wollte nicht, dass du dich angegriffen fühlst.«

Ken wiegelte ihre Entschuldigung ab. »Bitte, es ist in Ordnung. Ich bin mit den entsprechenden Mitteln aufgewachsen. Mein Vater hat vor langer Zeit einige sehr kluge Investitionen getätigt, sodass ich nie richtig arbeiten musste. Die wirklich Wohlhabenden reden generell nicht über ihren Reichtum. Wenn du möchtest, kann ich dir Geschichten über mich erzählen, wie ich mit meiner Jacht um das Horn von Afrika gesegelt bin oder über Partys mit angesehenen englischen Dramatikern.

»Ich bezweifle, dass ich wüsste, von wem du sprichst. Ich kenne keine englischen Stückeschreiber.«

»Oh, ich bin mir sicher, dass du selbst als Amerikanerin zumindest von einem oder zwei Stücken von Bill gehört hast, aber es ist okay, ich würde lieber hören, was du beruflich machst.«

»Ich bin beim SWAT.«

»SWAT?« Kristen konnte nicht sagen, ob er jetzt beeindruckt war oder um Aufklärung bat.

»Das ist die Abkürzung für ›Spezialwaffen und -taktiken‹. Du weißt schon, die Polizei in den gepanzerten Transportern mit den schweren Waffen.«

»Ja, ich habe das im Fernsehen gesehen. Ist es wirklich so, wie es aussieht? Waffenlager beschlagnahmen und Raubüberfälle verhindern?«

Sie zuckte mit den Achseln. »Ich weiß nicht so recht. Ich bin erst seit einer Woche im Team.«

»Ah.« Er klang etwas enttäuscht. »Dann also nur Papierkram?«

Sie musste unwillkürlich grinsen. »Nun, heute Morgen...«

Aus irgendeinem Grund vertraute sie ihm und erzählte ihm alles über die vergangene Arbeitswoche. Die Geschichte handelte von ihren feindseligen Teammitgliedern, ihrem Chef, den Kopfschmerz verursachenden Trainingseinheiten und dem Einfangen einer Kugel am Ende des Ganzen. Alles in einem halb betrunkenen Zustand zusammenzufassen, ließ sie erkennen, wie verrückt das alles war. Sie war erst eine Woche dort und es war schon so viel passiert. Sie hatte das Gefühl, die Polizeiakademie verschlafen zu haben und auch den größten Teil ihres bisherigen Lebens.

»Ich weiß ehrlich nicht, warum es so schwer ist«, endete sie. »Ich war schon immer eine Supersportlerin. Ich war gut in der Schule und aus welchem Grund auch immer, SWAT ist irgendwie viel härter als all das zusammen.«

Ken kicherte. Es war eine angenehme, höfliche Art von Glucksen, das aus seiner Nase kam. »Eine Sache, die ich in meiner... ähm, Position gelernt habe, ist Geduld. Vielleicht brauchst du mehr als eine Woche, um so gut zu sein wie die Leute, die seit Jahren dort sind.«

»Ja, nun, wenn man es so ausdrückt, klingt es offensichtlich. Ich schätze, ich muss weiter trainieren.«

»Manchmal ist es schwer zu sehen, was im eigenen Leben offensichtlich ist.« Er zuckte die Achseln. »Wir brauchen oft eine andere Perspektive – sozusagen die des Drachens.«

Drachenhaut

»Ja... den Blick von oben«, sagte sie und verlor sich für einen Moment, während sie in ihr Glas und den darin enthaltenen bernsteinfarbenen Schnaps starrte bevor sie ihn herunterstürzte. »Tony?« Sie hob ihr Glas zum Nachschenken.

»Ist das klug, Kristen?«, fragte ihr Begleiter.

»Ich dachte, du wolltest mich betrunken machen. Alkohol ist eine notwendige Zutat dafür.«

»Ich dachte, du hättest beschlossen, dass du weiter trainieren musst. Eine Bar ist nicht gerade der beste Ort, um seine Fähigkeiten zu verfeinern.«

»Mein Vater war 30 Jahre lang Polizist und wusste, wie man trinkt.«

Er zog die Stirn in Falten. »Ich will nichts Unpassendes sagen, aber ist das nicht der Mann, von dem du gerade gesagt hast, er hätte dich angelogen? Bist du sicher, dass du ausgerechnet seinen Ratschlag in Bezug auf Trinken befolgen willst?«

»Er ist immer noch mein Dad.«

»Aber wenn du nicht ein wichtiges Detail ausgelassen hast, war er nie beim SWAT.«

»Worauf willst du hinaus?«

»Ich? Auf gar nichts. Ich frage mich nur, ob dein Vater seine Arbeit leicht gefunden hat.«

»Natürlich fiel es ihm nicht leicht. Er war Polizist. In Detroit. Er sagte immer, wenn nur einmal am Tag auf ihn geschossen wurde, war es ein guter Tag. «

»Und doch erwartest du, innerhalb einer Woche und mit Hilfe von Whiskey beim SWAT klarzukommen – einem Niveau an Intensität, das dein eigener Vater nie erreicht hat?« Er schaute taktvoll in sein eigenes Glas Whiskey, bevor er es schnell austrank. »Denn wenn das so ist, ist das Mindeste, was ich für dich tun kann, eine weitere Runde zu bestellen.«

»Nein. Weißt du was? Du hast recht. Tony, meine Rechnung bitte und ruf' mir ein Taxi, wenn du schon dabei bist. «

Der Barkeeper nickte.

»Weißt du was, Chadwick Kensington? Danke.«

Ken lächelte freundlich. »Wofür, bitte schön, sag es mir.«

»Dafür, dass du mich daran erinnert hast, dass ich habe, wonach ich mein ganzes Leben gesucht habe. Ich bin noch nie vor etwas zurückgeschreckt und es hat keinen Sinn, jetzt damit anzufangen. Ich bin seit einer Woche dort und habe schon eine Kugel für meinen Partner abgefangen. Das ist nicht so wild.«

»In der Tat nicht.«

»Ich gehe zu meinen Eltern, hoffe zum Teufel, dass meine Mom und mein Dad schon schlafen und ruhe mich auf der Couch aus. Morgen früh laufe ich die fast sieben Kilometer hierher, hole das Auto und werde den Kater, der sicher kommen wird, wieder los.«

»Ein bewundernswerter Plan. Ich glaube, dass ich – mit einem weit weniger anspruchsvollen Job als deinem – noch einen Whiskey trinken werde und wünsche dir viel Glück.«

Kristen nickte und verließ die Bar. Irgendwie machte seine Aussage ihre Ziele so viel klarer. Es gab Menschen auf dieser Welt, die ein leichtes Leben hatten – sie hatte Beweise dafür, denn eine solche Person hatte gerade bei ihr gesessen – aber sie wollte keiner von ihnen sein. Sie hatte ihr ganzes Leben lang hart gearbeitet, um erfolgreich zu sein und hatte nicht die Absicht aufzugeben,

Drachenhaut

jetzt, wo sie endlich etwas gefunden hatte, was wirklich eine Herausforderung war.

Ihr Taxi fuhr vor, sie gab dem Mann die Adresse und kehrte zu ihren Eltern zurück. Sie fand ihren Vater schlafend auf der Couch mit einem Dutzend Bierflaschen auf dem Couchtisch davor. Es erinnerte sie daran, dass sie es besser machen konnte. Frank zuliebe musste sie es tun.

Etwa zur gleichen Zeit, als Kristen in ihrem früheren Zimmer einschlief, leerte Chadwick Kensington seinen Whiskey, gab dem Barkeeper ein gutes Trinkgeld, weil er nach all den Jahrzehnten weiter dafür sorgte, immer eine Flasche parat zu haben und verließ die Bar.

Die Nacht war kühl und absolut perfekt, mit klarem Himmel und Nebelschwaden, die um die Straße zogen, obwohl es in der Nähe keine Gitterroste gab, die Dampf aus den Dampftunnels unter Detroit spuckten. Er überlegte, sich auch ein Taxi zu rufen. Auch nach all den Jahren, seit es Fahrzeuge gab, fand er es immer noch aufregend, wie eine Maus mit Rädern durch die Straßen zu rasen. Aber die Nacht war viel zu schön, um nicht in die Luft zu gehen.

Er trat in eine Gasse, schaute in den Himmel und entledigte sich seines Erscheinungsbildes. Zuerst veränderte sich sein Kopf. Seine weißen Haare formten sich zu weißen Hörnern, seine Haut vernarbte und teilte sich in blaue Schuppen. Dann verlängerten sich seine Finger, Knöchel für Knöchel und schwarze Krallen wuchsen dort, wo Nägel gewesen waren. Seine Kleidung veränderte sich gleichzeitig mit seiner Haut, zerfiel in

Schuppen und dehnte sich aus, als sein Körper von der Größe eines Mannes zu etwas heranwuchs, das einen Mann mit Leichtigkeit fressen konnte. Schließlich erreichte er seine volle Größe, breitete er seine Flügel aus und sprang in den Nachthimmel.

Kurz dachte er darüber nach, am Haus des Hall-Mädchens vorbeizufliegen, um sicherzustellen, dass sie zur Vorbereitung auf einen weiteren Trainingstag tatsächlich schlief, entschied sich aber dagegen. Wenn sie einen Drachen durch die Nacht fliegen sehen würde, könnte das ihre unmittelbaren Prioritäten ändern – etwas, das er nicht wollte, besonders deshalb nicht, weil seine Manipulationen so gut gelaufen waren.

Nachdem er mit dem Mädchen gesprochen hatte, wurde ihm bewusst, dass die anderen recht hatten. Ginge es nach ihnen, würden sich Kristens Prioritäten – und auch ihr ganzes Leben – schon sehr bald ändern.

KAPITEL 10

Die Tür flog auf und landete an der Innenwand. Kristen verlor keine Zeit, stürmte hinein, suchte die linke Seite ab und dann die rechte, indem sie das Licht an ihrer Waffe benutzte, um die Dunkelheit zu durchdringen.

»Sicher!«

Sie ging ins Nebenzimmer. »Hier ist die Polizei. Öffnen Sie die Tür.«

Als sie keine Antwort erhielt, trat sie die Tür ein.

»Sicher!«

Im Nebenraum hatte ein Krimineller eine Frau als Geisel genommen und hielt ihr eine Pistole an den Kopf.

Ohne zu zögern, schoss Kristen ihm zwischen die Augen.

»Nur eine verdammte Sekunde.«

Die Stimme kam aus ihrem Funkgerät und sie fuhr fast aus ihrer Haut. Sie hatte nicht damit gerechnet, weil es bereits nach Feierabend war und sie sich alleine in einem der Trainingsgebäude des SWAT befand.

Nach einem schnellen, tiefen Atemzug drückte sie die Sprechtaste an ihrem Funkgerät. »Wer ist da?«

»Wer zum Teufel glaubst du, ist hier? Ich bin's, Jones.«

»Jonesy?«

»Ja, Red, der verdammte Jonesy.«

Kristen suchte den Raum erneut ab, ging schnell in die Küche und schaute auch dort nach, konnte ihn aber nicht finden. Sie hatte immerhin das Haus geräumt, also hätte sie ihn sehen müssen. »Wo bist du?«

»Ich bin draußen. Glaubst du, ich verstecke mich in den Küchenschränken oder so? Komm schon. Ich bin kein Idiot, vor allem nicht, nachdem du die Pappfiguren fertig gemacht hast.«

»Wie kannst du mich dann sehen?«

»Verdammt noch mal. Es gibt Ferngläser. Schonmal davon gehört?«

Ihr Gesicht lief rot an und wurde ohne Zweifel so rot wie ihr Haar. Sie machte sich auf den Weg aus dem Haus zu der Stelle, an der Jonesy von irgendwo auf dem Parkplatz auf sie zukam. Genau wie er gesagt hatte, trug er ein Fernglas um den Hals.

»Was machst du hier?«, fragte sie neugierig.

»Ich könnte dir die gleiche Frage stellen.«

»Drew und Captain Hansen haben recht. Ich bin noch unerfahren und habe eigentlich kein Recht hier zu sein, so wie der Rest von euch. Ich weiß nicht, warum ich diese Möglichkeit bekommen habe, aber ich habe nicht vor, sie zu vergeuden. Ich werde diese Übungen machen, bis sie im Muskelgedächtnis landen. Was ist mit dir?«

Er zuckte die Achseln und grinste halb. »Manchmal komme ich gerne hier her und schieße die Fenster raus.« Er deutete auf den leeren Wohnblock, der in der Dunkelheit zu sehen war.

»Aber das ist Polizeieigentum.«

»Ich weiß. Das macht es ja perfekt. Sie glauben immer noch, dass es ein paar dumme Kinder sind, die Schüsse abfeuern.« Er lachte. »Apropos, so einen Schuss kannst du nicht abgeben.«

»Auf ein Gebäude in der Dunkelheit?« Sie hatte nicht verstanden, wovon er sprach.

»Nein, der letzte Schuss, den du drinnen abgefeuert hast. Jemand hatte eine Geisel mit einer Pistole am Kopf. Du kannst ihm nicht eine Kugel zwischen die Augen jagen.«

»Das Protokoll sagt, wenn du eine Chance hast, dann ergreifst du sie.« Sie war sich dessen ziemlich sicher, denn sie hatte das Handbuch studiert, wenn sie ihren Trainingsabend für eine Pause unterbrach.

»Ja, technisch gesehen hast du recht. Aber du kannst dennoch nicht schießen. Zuerst wird ein Gegner sehen, wie du die Tür eintrittst und er muss nur noch abdrücken, um es für dich zu beenden.«

»Deshalb muss ich schneller sein.«

»Ich bewundere deine Entschlossenheit, wirklich. Das tue ich verdammt noch mal auch, aber du kannst den Schuss so nicht ausführen. Selbst wenn du so gut schießen kannst wie Butters, kannst du es immer noch nicht.«

»Warum nicht?«

»Wenn du es tust, hast du eine Geisel, die mit dem Gehirn eines Arschlochs bedeckt ist, was einen verdammten Albtraum an Papierkram bedeutet.«

Kristen musste darüber lachen. »Willst du behaupten, ich soll einen Mann wegen des Papierkrams davonkommen lassen?«

»Ich meine, du solltest darüber nachdenken. Wenn du die Wahl hast, einen Schuss zu platzieren und möglicherweise eine arme Frau zu töten oder den Schuss zu setzen und sie mit einem Gehirn zu bedecken, musst du zuerst einige andere Optionen ausprobieren.

»Was zum Beispiel?«

»Beim SWAT geht es nicht darum, dass eine Person das Richtige tut. Es geht um eine Teamleistung. Du kannst niemals ein Gebäude alleine einnehmen. Das wäre wie ein Wolf, der alleine unterwegs ist. Diese Scheiße passiert nicht.«

Sie schüttelte den Kopf. »Ich weiß, ich weiß, du hast recht, aber ich weiß nicht, was ich sonst tun soll. Ich muss besser werden, aber ich kann die Leute doch nicht einfach bitten, nach der Arbeit zu bleiben und mir beim Training zu helfen. Daher muss ich die Übungen einfach alleine weiterführen, bis ich es anständig kann.«

»Das ist verdammte Zeitverschwendung und wir beide wissen das.«

Schließlich seufzte und nickte sie. Er hatte ja recht. Das würde nicht wirklich funktionieren.

»Gib mir eine Sekunde, um eine Weste anzuziehen und wir machen ein paar Übungen zusammen.«

Kristen sah ihn schnell an. Er zuckte nur die Achseln und hob eine Augenbraue. »Jonesy, das würde mir so viel bedeuten.«

»Halt einfach die Klappe, okay? Ich tue das nicht für dich. Ich tue es für die Dame, die du mit Gehirn bespritzen wolltest.«

»Das ist immer noch irgendwie edel.«

»Ach, fick dich«, erwiderte er. »Ich sagte doch, es bedeutet einen Berg von Papierkram. Außerdem, wenn ich dir beibringen kann, nicht so viel Mist zu bauen, lässt du mich nicht wieder schlecht aussehen, indem du noch mehr verdammte Kugeln in die Brust bekommst, die du eigentlich nicht mitnehmen darfst.«

»Danke, Jonesy.«

Der Mann wischte ihre Dankbarkeit mit einer abweisenden Geste weg. »Im Ernst, nicht der Rede wert. Ich... Hör zu, du hast Talent, okay? Es ist offensichtlich für Drew und es ist offensichtlich für mich. Die Art und Weise, wie du das alles angegangen hast, macht es verdammt offensichtlich, dass du deinen Abschluss mit Auszeichnung oder so gemacht hast.«

»SWAT ist nicht wie die Akademie.«

Jonesy grinste wissend. »Siehst du? Du lernst schon. Der Punkt ist, dass ich glaube, dass du das Zeug dazu hast. Du wurdest angeschossen, aber anstatt den Schwanz einzuziehen und aufzuhören, um Buchhalterin zu werden, hast du dich entschieden, Überstunden zu machen. Das zeigt Entschlossenheit.«

Danach führten sie gemeinsam Übungen durch und er stattete das Haus mit verschiedenen Szenarien aus. Das war viel nützlicher für sie, als es allein zu tun. Zunächst einmal wusste sie nicht, wo jeder Gegner sein würde. Mit ihm an ihrer Seite wurde außerdem jeder Fehler, den sie beging, mit ausreichend Strenge korrigiert, damit sie sich daran erinnerte, es nicht noch einmal zu tun.

»Verdammt noch mal, Red. Tritt keine Tür ein und steh einfach nur da. Wartest du darauf, dass dir ein Arschloch eine überzieht?«

»Jesus Christus am Kreuz, glaubst du, jeder verdammte Mensch ohne Waffe ist unschuldig? Du wurdest von einer alten Dame mit einer Knarre in der Tasche in den Rücken geschossen und komm mir nicht mit dem

›sie war eine alte Frau‹-Scheiß. Ich habe schon viele Männer gesehen, die von alten Schlampen erschossen wurden. Wenn du schon irgendwo reinplatzt, sorgst du dafür, dass alle auf dem Boden liegen. Sie sollen sich nur nicht die Hüfte dabei brechen!«

»Das war ein Test und du bist verdammt noch mal durchgefallen. Wenn du ein verdächtiges Paket mit heraushängenden Drähten findest, machst du nicht einen auf MacGyver, du rufst Hernandez!«

Nach jeder Übung kam eine andere. Jonesy schien wirklich zu wissen, was er tat, weil er bei jedem Fehler, den sie begangen hatte, an einer weiteren Übung arbeitete, aber nie an der unmittelbar folgenden. Das hatte zur Folge, dass sie seine einfachen Ratschläge immer wieder aufnehmen und nicht nur auf die nächste, sondern auf alle folgenden Missionen anwenden musste.

Sie arbeiteten ein paar Stunden lang auf diese Weise, bis er behauptete, dass sie die Übungen verzögern würde, weil sie ihn hecheln gehört hatte, als sie die Treppen des Wohnblocks hinuntergegangen waren.

»Lass uns die Scheiße vergessen. Du verlierst deine Form und du musst für morgen frisch sein. Trink etwas Wasser und geh ins Bett.«

»Willst du etwas essen gehen?«, fragte Kristen müde.

»So spät wird nirgendwo mehr geöffnet sein.«

»Ich dachte an White Castle. Ich habe das Abendessen ausgelassen.«

Er sah sie einen Moment lang an und zuckte schließlich die Achseln. »Klar, machen wir das, aber bestell keine verdammten Pommes. Der Scheiß besteht nur aus Fett und Kohlenhydraten. Bestell dir ein paar Burger,

Drachenhaut

wenn du hungrig bist. Den Scheiß habe ich von diesem fettärschigen Butterball gelernt. Er besteht praktisch aus Pommes und Soda. Iss eine Woche lang mit ihm zu Mittag und es wird dein Leben verändern.«

Sie nickte weise, als ob dieser Ratschlag genauso wertvoll wäre wie die korrekte Durchsuchung eines Gebäudes nach Gegnern.

Sie fuhren hintereinander bis zum nächsten White Castle – sie hatte auf dem Weg eines gesehen – bestellten ihr Essen am Drive-in-Schalter und fuhren noch ein paar Blocks weiter, bis sie über den Detroit River auf die Lichter von Windsors beleuchteter Skyline blicken konnten, der Großstadt im kanadischen Ontario auf der Südseite des Flusses.

»Heilige Scheiße, du hast meinen Rat wirklich befolgt«, sagte er, als er neben ihr auf dem Bordstein saß. Er nahm zwei Burger aus seiner Tüte.

Kristen hatte acht bestellt. »Ich bin hungrig.«

Der Mann nickte und sah aus, als wollte er noch etwas sagen, aber als sie begann ihr Essen praktisch zu inhalieren, hielt er den Mund. Dennoch konnte man von seinem Gesicht ablesen, dass er noch nie eine Frau so essen gesehen hatte, wie sie es gerade tat. Sie lächelte lediglich. Zumindest auf diese besondere Art und Weise würde sie immer eine Hall sein. Niemand konnte schneller essen als ihre Familie – niemand.

»Es ist komisch zu wissen, dass jenseits des Wassers ein Land ist, das nicht von Menschen regiert wird«, sagte sie.

Ihr Begleiter zuckte die Achseln. »Ähhh. Unser Land wird auch kaum von Menschen regiert, zumindest glaube ich das. Die verdammten Drachen haben

147

jahrhundertelang die Fäden gezogen, ohne dass wir eine Ahnung davon hatten. Zumindest ist es in Kanada allgemein bekannt, dass die Zwerge die Kontrolle haben. Ich glaube, das Komische ist, dass wir gerade jetzt nach Süden über einen Fluss nach Kanada schauen.«

Sie warf einen Blick auf Jonesy, der seinen zweiten Burger eifrig mampfte. Zu diesem Zeitpunkt hatte sie bereits fünf gegessen. »Jones, danke dafür. Im Ernst, ich meine es wirklich so.«

Er schüttelte den Kopf und sah ausgesprochen ungehalten aus. »Ich versuche nicht, dir nahezukommen oder so, Red, also beruhige dich verdammt noch mal. Ich mag den verfluchten Akademie-Freak nicht mal, der denkt, er kann hier einfach reinspazieren und meinem verdammten Team beitreten – aber na ja, ich bin auch ein Cop, oder? Ich trage nur meinen Teil dazu bei, dass du niemanden umbringst.«

»Nun, was auch immer deine Motivation ist, es bedeutet mir viel.«

Sein Gesichtsausdruck fror ein und er warf den letzten Bissen seines Burgers in den Fluss. »Ich verpisse mich hier, bevor die Scheiße noch so rührselig wird wie ein verdammtes Hallmark-Special und nenn mich nicht Jones, okay? Alle werden sonst anfangen zu denken, wir wären Freunde oder so was. Nenn mich Jonesy wie der Rest dieser Arschlöcher auch.«

»Alles klar, Jonesy.«

Selbst das schien ihm zu herzlich zu sein. Er sah sie nur noch einmal höhnisch an, stieg in sein Auto und fuhr weg.

Kristen lächelte, bevor sie mit ihrem nächsten Burger begann. Der Mann war ein Miesepeter, aber das störte sie nicht. Es war ihr egal und wenn er an sie glaubte, wusste sie, dass sie es schaffen konnte.

Wenn sie nur Hernandez auch irgendwie überzeugen könnte...

KAPITEL 11

D rew platzte in den Pausenraum und sein schlagartiges Eintreten ließ diejenigen, die ihren Kaffee bereits getrunken hatten, aufspringen. Die anderen schauten missmutig drein. »Alles klar, Leute. Zieht eure Stiefel an und geht zum Wagen. Wir haben eine Bombendrohung.«

»Scheiße, ja!« Hernandez stieß ihre Faust in die Luft.

Kristen hatte ein paar Tage lang ein ziemlich intensives Training absolviert und Jonesy war jede Nacht erschienen, um ihr zu helfen. Das wäre ihr erster Kontakt mit einem Kriminellen, seit auf sie geschossen wurde.

»Wem gilt die Drohung?«, fragte der dünne Sergeant. Er hatte seinen Kaffee noch nicht getrunken. »Weil es wäre hilfreich, darüber nachzudenken, wie dringend das SWAT-Team gebraucht wird.«

»Ein Lohnauszahlungsschalter. Es wurde ein Hotrod in der Nähe gesehen, also denken wir, dass es wieder die Breaks sein könnten, auch wenn dieser Scheiß nicht zu ihrem üblichen Tätigkeitsfeld passt. Warum stehst du noch? Wenn du noch Kaffee brauchst, trink ihn schwarz und steig in den verdammten Van. Wenn du in 90 Sekunden nicht auf Touren bist, ersetze ich alles in diesem Raum durch koffeinfreien Kaffee. Und jetzt beweg dich.« Der Ton des Teamleiters ließ keinen Zweifel mehr zu.

Drachenhaut

Alle fügten sich hastig. Jonesy trank seinen Kaffee während Hernandez und Keith auf dem Weg nach draußen an ihm vorbeirannten. Kristen nahm an, dass Beanpole und Butters bereits draußen waren.
Sie stand schnell auf und wandte sich der Tür zu.
»Nicht du, Hall. Du bleibst hier.«
»Was? Das gibt's doch nicht! Ich habe trainiert.«
»Nicht mit Bomben, noch nicht. Wir brauchen dich nicht. Außerdem wurdest du vor weniger als einer Woche angeschossen. Ich bin sicher, du bist immer noch höllisch wund. Es ist besser für dich, wenn du hier wartest.«
»Mir geht's gut, meine blauen Flecken sind alle verheilt, schau.« Sie riss den Kragen ihres Hemdes nach unten, um ihm zu zeigen, dass sie keine blauen Flecken mehr hatte.
Er hob eine Hand, damit er die Haut unter ihrem Hals nicht sehen konnte. »Herrgott, Hall, lass dein Shirt an. Du hast Hausarrest. Diskussion beendet.«
»Ich kann aber helfen.«
Jonesy ging an ihr vorbei. »Willst du wirklich helfen, Red? Mach uns ein verdammt schönes Mittagessen. Zu sehen, wie Hernandez die Bomben entschärft, macht mich immer hungrig.«
Für Kristen fühlten sich die Worte an wie eine Ohrfeige. Sie dachte ursprünglich, Jonesy wäre hinter ihr und warf ihm einen nachtragenden Blick zu. Er ging aber an ihr vorbei und sah ihr direkt in die Augen. Mit dem Mund formte er die Worte, *noch nicht. Warte einfach.*
Sie war sauer, weil sie hart trainiert hatte, aber wenn er dachte, sie solle warten, konnte sie dieses Mal

aussetzen. Drew hatte immerhin recht. Sie wusste nichts über Bomben.

Also, sosehr sie sich auch aufregte, sie sah ihnen beim Gehen zu. Befehle sind Befehle, sagte sie sich, aber das gab ihr zu denken.

Jonesy hatte ihr gesagt, sie solle das Mittagessen vorbereiten. Was, wenn sie das berühmte Hühnchen Cacciatore ihrer Mutter als Überraschung machen würde?

Als Erstes stellte sie ihr Funkgerät auf die Frequenz ihres Teams ein – sie musste sich vergewissern, dass es ihnen gut ging – bevor sie ihren Kopf in das Büro des Captains steckte.

»Captain Hansen, ist es in Ordnung, wenn ich für alle das Mittagessen mache?«

Die Frau machte sich nicht die Mühe von dem, was auch immer ihre Aufmerksamkeit hatte, überhaupt aufzuschauen. »Was immer du willst, Hall. Solange dein Papierkram auf dem neuesten Stand ist und du den Laden nicht abfackelst, ist mir das egal.«

Das, so entschied Kristen, könnte als Vertrauensbeweis gewertet werden. Wenn der Captain darüber besorgt gewesen wäre, dass ihr neuer Rekrut nicht wusste, was er tat, hätte sie ihr sicherlich eine Aufgabe zugewiesen oder etwas zu lernen gegeben - oder sie hoffte immer noch, dass sie einfach verschwinden würde. Sie versuchte, nicht zu viel über diese Möglichkeit nachzudenken.

Stattdessen eilte sie in den Laden, kaufte das Hühnchen, die Nudeln und die Zutaten für die Soße und machte sich an die Arbeit.

Als sie die Zwiebeln, den Knoblauch, den Sellerie und die Rüben für die Soße hackte – ihre Mutter hat dafür

Drachenhaut

Rüben verwendet, oder? Sie konnte sich nicht mehr erinnern – hörte sie ihrem Team über Funk zu.

Bis sie den Lohnschalter erreicht hatten, war jedes Anzeichen dafür, dass ein Hotrod herumgefahren war, längst verschwunden. Das Team richtete eine Absperrung ein und Drew sagte Butters und Beanpole, dass sie die Augen nach dem Fahrzeug offenhalten sollten, aber keiner von ihnen fand das gemeldete Fahrzeug.

Hernandez machte schnell ihre Arbeit an der Bombe und beschimpfte denjenigen, der ihr über Funk Anweisungen gegeben hatte. Obwohl sie, nachdem sie die Bombe entschärft hatte, zugeben musste, dass sie genug Sprengstoff enthalten hatte, einen ganzen Wohnblock dem Erdboden gleichzumachen. Drew war sauer deshalb und stürzte sich auf sie, weil sie ihr Leben riskiert hatte, anstatt das Bombenkommando damit zu beauftragen. Sie behauptete einfach weiter, dass die Konstruktion so schlecht zusammengebaut gewesen sei, dass sie wahrscheinlich nicht gezündet hätte, auch wenn sie sie nicht entschärft hätte. Ohne weitere Spuren zu verfolgen und ohne Anzeichen von den Kriminellen fuhr das Team zurück zum Revier.

Es würde knapp werden, aber sie hatte dennoch genug Zeit, das Essen fertigzumachen.

Sie nahm das Hühnchen aus dem Ofen. Es war etwas... dunkler, als wenn es ihre Mutter zubereitet hätte, aber es war nur ein paar Minuten im Ofen gewesen, also verbrannt konnte es nicht sein. Als Nächstes kochte sie die Nudeln, war aber von der Soße abgelenkt – die Balance der Gewürze war nicht perfekt hinzubekommen – und als sie sich wieder den Nudeln zuwandte, waren die bereits mehr als *al dente* gekocht. Nun, *al dente* war lediglich eine seltsame Vorliebe ihrer Mutter. Sie fand, dass das Essen gut roch und das war es, was wirklich zählte.

Als ihr Team zurückkam, hatte sie das Essen schon auf dem Tisch. Eine panierte Hühnerbrust auf einem Bett aus Nudeln und frisch zubereiteter Soße erwartete jedes Mitglied ihres Teams.

»Der Parmesankäse.« Sie erinnerte sich an das letzte Detail und streute ihn hastig über alle Teller, als sie die Leute den Flur herunterkommen hörte.

»Ist hier drin jemand gestorben?« Hernandez betrat den Pausenraum und rümpfte die Nase wegen des Geruchs.

»Nein, ha-ha«, meinte Kristen lächelnd. »Ich habe das Mittagessen vorbereitet. Das berühmte Hühnchen Cacciatore – ein Rezept meiner Mutter.«

»Geschwärztes Huhn, was?« Butters schob sich bei der Erwähnung von Essen an Hernandez vorbei. »Normalerweise finde ich das bei Wels und so besser, aber ich probiere alles einmal aus, vor allem, wenn es ein Familienrezept ist.« Er setzte sich an den Tisch und betrachtete seinen Teller.

»Gut, dass wir nicht bei diesem Diner gehalten haben, was, Jonesy?« Keith nickte dem Sergeant zu.

»Was zum Teufel auch immer, Frischling. Lass uns einen Eindruck von Reds kulinarischen Fähigkeiten bekommen, bevor wir Louie's beleidigen. Dort gibt es das beste Corned Beef in der ganzen Stadt, das sage ich euch.« Jonesy setzte sich und untersuchte argwöhnisch seinen Teller.

Beanpole und Drew nahmen kommentarlos Platz, Beanpole wollte Nudeln aufgabeln und hob eine

Drachenhaut

Augenbraue. Kristen bemerkte, dass sie die Nudeln wohl ein wenig zu lange gekocht hatte, denn selbst sie wusste, dass sie nicht so auseinander fallen sollten.

»Wie sieht es mit unserer Krankenversicherung aus?«, fragte Hernandez, als sie sich endlich setzte.

»Die ist in Ordnung, warum?«, fragte ihr Anführer.

»Ja, wenn mir von der komischen Kocherei dieser weißen Schlampe schlecht wird, will ich sicher sein, dass ich abgesichert bin.«

Kristen zwang sich ein Lächeln auf. Die Frau hatte noch nicht einmal probiert.

Butters versuchte eine Gabel mit Nudeln zu füllen, hatte aber ein wenig Schwierigkeiten. Das war aber wirklich übertrieben. Sie hatte das Malheur selbst schon bemerkt, aber trotzdem sollte es gut schmecken und darauf kam es an.

»Mmm...«, kaute der runde Mann. »Weißt du, ich glaube, Nudelsoße mit Chilipulver und Zimt hatte ich noch nie.«

Jonesy lachte brüllend. »Das ist das Schlimmste, was er je über etwas Essbares gesagt hat.«

»Es ist nicht so schlimm...« Beanpole hatte einen Bissen von dem Huhn genommen. »Obwohl, wie du es geschafft hast, das Schweinefleisch außen zu verbrennen und es in der Mitte kühl zu lassen, ist ähm... beeindruckend.«

»Sie sagte, es sei Huhn, kein Schwein«, warf Keith ein.

Beanpole spuckte sein Essen aus. »Ahhh ja... das erklärt die Farbe!«

»Drew, ich glaube, ihre Kochkünste sind viel gefährlicher, als wenn wir sie auf eine verdammte Mission mitnehmen.« Jonesy lachte wieder. Er machte keinen einzigen Versuch, sein Essen zu probieren.

»Aber im Ernst.« Hernandez nickte. »Ich habe genug Sprengstoff entschärft, um die Brücke von hier nach Kanada zu Fall zu bringen, aber es gibt keine verdammte Möglichkeit, diesen Teller hier sicher zu machen.«

»Okay, okay, sei nachsichtig mit ihr«, sagte Drew. Kristen lächelte. Wenigstens einer mochte ihre Kochkunst. »Das Huhn muss verdorben sein oder so.«

Kristen entglitten die Gesichtszüge. Sie hatte es gerade erst gekauft.

»Wer ist dafür, zu Louie's zu gehen?« Jonesy hob seine Hand.

Auch der Rest des Teams verhielt sich wie Drittklässler, die darüber abstimmten, wer Pudding lieber mag als Rosenkohl.

Alle standen auf und gingen zur Tür. Sie versuchte, ihre Schultern nicht hängen zu lassen, aber sie war niedergeschlagen. Es schien der ultimative Misserfolg zu sein, dass sie nicht einmal ein Mittagessen für ihr Team zubereiten konnte. Sie würden sie niemals akzeptieren. Nun, zumindest konnte sie aufräumen. Das war der Job, den sie auch bei ihrer Mutter immer erledigen durfte.

Sie räumte die Teller ab, warf das Hühnchen Cacciatore in den Müll und begann mit dem Geschirr.

»Hey, was machst du da?«, fragte Drew. Alle anderen hatten den Raum bereits verlassen.

»Aufräumen.« Sie versuchte, ihre schlechte Laune nicht durchscheinen zu lassen, aber sie war sich sicher, dass sie auch dabei versagt hatte.

»Um all das kümmerst du dich später. Das Team geht zum Mittagessen.«

»Du meinst... ich auch?«

»Ja, natürlich. Du gehörst doch zum Team, oder?«

Kristen ging mit einem so breiten Lächeln zum Mittagessen, dass sowohl Hernandez als auch Jonesy sich genötigt sahen, sie während des Essens öfter als sonst zu beleidigen.

KAPITEL 12

Es war unmöglich, im SWAT in Routinearbeit zu verfallen. Die alltäglichen Anforderungen des Jobs waren einfach zu vielfältig und doch tat Kristen ihr Bestes, sich an ihr neues Leben anzupassen.

Die Tage waren gefüllt mit Training – und es war hart, während die Nächte dazu dienten, die Fertigkeiten zu trainieren und zu verfeinern, die ihr Körper brauchte, sie ohne Nachdenken zu verstehen. Natürlich war kein Zeitplan perfekt, auch wenn ein Teil der Jobbeschreibung darin bestand, in einen Van zu steigen und Arschlöcher mit Waffen zu konfrontieren. Dennoch gewöhnte sie sich an den Übergang von Pausenraumwitzen in Situationen auf Leben und Tod so gut, wie man sich an diese Art von Situation eben anpassen konnte.

Das ständige Erfordernis allzeit bereit zu sein, in Aktion zu treten, machte sie dankbarer für die Tage, an denen das nicht geschah. Natürlich verbrachte man die ruhigen Tage in schwülwarmen, baufälligen Wohnhäusern und übte das Eindringen in Räume.

»Kristen, du übernimmst die Führung. Wir haben einen Gegner, der einen unserer Offiziere als Geisel genommen hat. Er weiß, dass er umzingelt ist, also ergibt es keinen Sinn, leise zu sein«, knisterte Drews Stimme über das Funkgerät.

Drachenhaut

Sie hatte Butters und Beanpole mit Gesten angewiesen, dass sie die Ausgänge beobachten sollten. Ihre Zeichensprache hatte sich zusammen mit all ihren anderen Fähigkeiten deutlich verbessert. Sie bedeutete Hernandez, sie solle die Tür aufbrechen und bereitete sich darauf vor, den riesigen Teddybär zu retten, der als Geisel fungierte.

»Ich würde ja gerne, aber meine ganzen Vorräte wurden in der Basis zurückgelassen«, protestierte die Sprengmeisterin fadenscheinig.

»Zeitverschwendung, Kristen. Was machst du?« Der Teamleiter hatte dies offensichtlich so geplant.

Eine höhnische Erwiderung lag ihr verlockend auf der Zunge, aber es galt keine Zeit mehr zu verlieren. Mit einem Grunzen trat sie gegen die Tür und zersplitterte das Holz um die beiden Riegel, die sie verschlossen hielten.

Noch bevor die Tür überhaupt weit aufgeschwungen war, stand sie mit gezogener Waffe im Raum. »Das Wohnzimmer ist sauber. Jonesy, komm hier rein.«

»Ich versuche es. Ich warte nur darauf, dass sich der Staub wieder legt!«

Sie wartete ein paar Herzschläge und sobald sie seine Schritte hörte, bewegte sie sich vorwärts. Sie traten aus der Küche und begannen im Flur. Sie trat die erste Schlafzimmertür ein und katapultierte sie aus den Angeln.

»Heilige Scheiße, Red.«

»Bleib dran, Jonesy.« Sie ging weiter ins Zimmer daneben.

»Wenn du hier reinkommst, blase ich dem Teddybären das verdammte Hirn raus! Wie Baumwollflocken an der ganzen Zimmerdecke! Willst du damit leben?«, brüllte Keith durch die Tür. Er spielte die Rolle des Gegners und leistete verdammt gute Arbeit. Seine Stimme klang sogar nach einer Spur von Terror. Drew hatte erwähnt, das sei das Gefährlichste, was man in der Stimme eines Feindes hören könne. Angst machte jeden unberechenbar.

An der Stimme war jedoch zu erkennen, dass er fast direkt hinter der Tür stand.

Das war sein erster Fehler.

Bevor jemand etwas anderes sagen konnte, drehte sie sich in einem Roundhouse-Tritt und die Tür flog in den Raum. Sie hatte bereits die Scharniere der letzten getestet und fand sie schwach, also hatte sie ein ziemlich gutes Gefühl dafür, was sie mit dieser machen konnte.

»Ah! Scheiße!«, fluchte ihr Teamkollege lauthals unter der Tür.

Kristen stürzte nach vorne, bis sie über ihm war, also steckte er effektiv unter ihr fest.

»Netter Versuch, aber...« Bevor Drew seinen Satz beenden konnte, machte sie einen Überschlag, schnappte sich ein Kissen aus dem Bett und schleuderte es dorthin, von wo seine Stimme vernahm.

Ein dumpfer *Aufprall* bestätigte, dass das Kissen in seinem Gesicht gelandet war und in der nächsten Sekunde war sie bei ihm. Sie packte einen seiner Arme, zerrte ihn hinter seinen Rücken und versuchte, den anderen zu greifen.

»Ja, klar, du rothaarige Schlampe.« Er stieß ihr einen Ellbogen ins Gesicht.

Der Teamleiter hatte vorher deutlich gemacht, dass er glaubte, sie wüst zu beschimpfen sei ein wichtiger

Bestandteil des Trainings, weil Gegner Polizisten in der Regel hassten und daher war es wichtig, dass sie sich daran gewöhnte.

Dem musste sie zweifellos zustimmen. Als Schlampe bezeichnet zu werden, ließ jedes Schuldgefühl einfach verpuffen, das sie vielleicht empfunden haben könnte, als sie ihm in die Rippen geschlagen hatte, während sie sich fallen ließ und gleichzeitig seinem Ellbogen ausweichen musste.

Er grunzte nach dem Schlag, also ließ sie den Arm los und warf den Mann dann – mit einer der Lieblingsbewegungen ihres Bruders Brian – über ihr ausgestrecktes Bein zurück und schlug ihm die Beine weg. Er lag wie ein trostloser Haufen da und – wie eine Kirsche zur Deko obendrauf – zog sie ihre Pistole und zielte auf sein Gesicht.

Drew nickte zufrieden und begann zu lächeln.

Bevor sie darüber nachdenken konnte, donnerte ihr Keith einen Stuhl auf den Rücken. Er hatte sich offensichtlich überhaupt nicht zurückgehalten, weil der Stuhl auf ihrem athletischen Rücken in Stücke gebrochen war.

Die Kraft des Schlages ließ sie wanken und sie ertappte sich dabei, dass sie zum Abstützen Drews Körper statt des Bodens benutzte, was den Mann ein weiteres Mal grunzen ließ.

Kristen schnappte sich eines der Stuhlbeine und drehte sich, um es in den Körper ihres Angreifers zu schleudern. Zumindest hatte sie das so vorgesehen, aber stattdessen erwischte sie ihn im Gesicht.

»Ah!«, schrie er im Moment des Auftreffens, taumelte zurück, stolperte über die kaputte Tür und krachte ins Bett.

»Oh, mein Gott! Keith, es tut mir so leid!«, stotterte sie und wusste nicht was sie tun sollte. Sie wollte die Übung nicht abbrechen, aber sie konnte sehen, wie er sich die Nase hielt und Blut floss. Offensichtlich hatte sie ihn viel härter getroffen als geplant.

»Es geht schon, es geht schon«, blubberte er, während er sich die Nase zuhielt und versuchte, den Blutfluss zu stoppen. »Das ist die Quittung fürs Improvisieren.«

Sie bereitete sich auf einen weiteren Angriff von Drew vor, aber es kam nichts mehr.

Der Teamleiter drückte sich lediglich vom Boden hoch – dabei stöhnend, was sie viel stolzer machte als jeden anderen, der seinem Chef einen Schlag in die Rippen verpasst hatte – und brach das Training ab.

»Verdammte Scheiße, Red. Das war verdammt unglaublich«, nickte Jonesy, als er die Trümmer begutachtete, die sie hinterlassen hatte. Es war ziemlich beeindruckend – drei kaputte Türen, ein zersplitterter Stuhl und zwei verletzte Beamte.

»Versuch das nächste Mal einfach, niemandem die Nase zu brechen«, sagte Hernandez und Kristen runzelte die Stirn. Selbst nach all den Monaten des gemeinsamen Trainings war die Frau noch immer nicht freundlich zu ihr, außer dem einen Mal in der Umkleidekabine. »Es sei denn, es ist die von Jonesy. Jemand muss das krumme Ding ja irgendwann auch mal wieder gerade biegen.«

Kristen lächelte und entspannte sich. Von Hernandez war das im Grunde wie eine Umarmung und ein Schulterklopfen.

»Entschuldige wegen des Stuhls«, murmelte Keith und kniff immer noch den Nasenrücken zusammen.

Drachenhaut

»Entschuldige dich nicht«, polterte Drew und rieb sich die Rippe, die Kristen getroffen hatte. »Gegner improvisieren oft und es ist ja nicht so, dass du sie verletzt hättest. Stimmt's, Kristen?«

»Ich hatte Glück.« Sie zuckte mit den Achseln. »Der Stuhl muss wohl ziemlich morsch gewesen sein.«

Die anderen Teammitglieder teilten untereinander einen Blick, der besagte, dass der Stuhl definitiv nicht morsch war.

»Das hat nichts mit Glück zu tun. Du hast verdammt hart trainiert und das merkt man. Du bist schneller und stärker als jede Frau, die ich je getroffen habe«, sagte Drew anerkennend.

»Jede Frau?«, mischte sich Hernandez ein. »Ich habe noch nie jemanden gesehen, der unseren furchtlosen Anführer mit einem Schlag in die Rippen einfach umhaut.«

Er versuchte, nicht darüber zu lächeln, scheiterte aber kläglich. »Ja, da hat Hernandez wohl recht. Ich habe noch nie außerhalb eines Wrestling-Rings jemanden stehenbleiben sehen, nachdem ihm ein Stuhl auf den Rücken geknallt wurde.«

Kristen versuchte, bescheiden zu bleiben. »Ich habe euch gesagt, dass ich früher Sport getrieben habe.«

»Blödsinn«, schüttelte Jonesy den Kopf. »Du hast jede verdammte Nacht Überstunden mit mir gemacht – wir können das übrigens beenden und dazu übergehen, einfach nur ein Bier zu trinken – und du hast dabei gelernt. Du kannst besser mit den verdammten Handzeichen umgehen als ich.«

Hernandez schnaubte. »Jeder kann besser mit den Handzeichen umgehen als du.«

»Ja? Wie wär's mit einem Handzeichen speziell für dich?« Er streckte seinen Mittelfinger und hielt ihn der Frau vors Gesicht.

»Eines meiner Lieblingszeichen. Soll ich ihn abreißen? Du könntest ihn dir in den Schritt kleben und schon wäre dein Schwanz doppelt so groß!«

»Genug, ihr zwei«, unterbrach Drew die Streiterei. »Tatsache ist, du hast dich verbessert. Ich werde anfangen, dich anstelle von Jonesy die Führung übernehmen zu lassen«, sagte er ganz nebenbei.

»Oh, komm schon, wirklich?«, protestierte der Sergeant.

»Ich bin überrascht, dass du dich beschwerst, um ehrlich zu sein. Aber du hast recht, fair ist fair. Keith, schnapp dir den Stuhl und zerschlag ihn auf Jonesys Rücken. Wenn er stehen bleibt, wissen wir alle, dass Kristen noch viel zu lernen hat.«

»Solange wir wissen, dass sie vorne steht, weil sie gerne auf sich schießen und Stühle auf sich zerbrechen lässt! Ich habe kein Problem damit, mit einem Schild aus Fleisch und Blut zusammenzuarbeiten.«

»Danke, Jonesy«, sagte Kristen stolz. Wie bei Hernandez klangen seine Komplimente grundsätzlich nicht wie Komplimente, aber in den vergangenen Monaten hatte sie gelernt, sie zu erkennen.

Butters' Stimme kam über Funk. »Ich hasse es, das Geplänkel zu unterbrechen, aber wir werden im Büro verlangt. Es sieht so aus, als hätte unser kleiner Star Besuch.«

»Alles klar, wir kommen. Starte den Wagen und lass die Klimaanlage laufen«, befahl Drew.

Kristen strahlte, während sie die Stufen des Wohnblocks hinunterlief. Sie hatte ihre erste Herausforderung gemeistert und sich ihrem Team gegenüber bewährt. Nun war es an der Zeit für die weit schwierigere Aufgabe, Kriminelle zu aufzuhalten, die sie erschießen wollten, statt sie mit Stühlen abzubremsen.

KAPITEL 13

Zurück im Büro, schlüpfte Kristen als Erstes unter die Dusche. Sie wusste, dass sie sich in der vergangenen Situation gut geschlagen hatte. Aber das bedeutete nicht, dass es sich nicht um harte Arbeit handelte, die sie genug ins Schwitzen gebracht hatte, um ihre Kleidung zu durchnässen. Bevor sie jedoch in der Umkleidekabine ankam, rief Captain Hansen aus ihrem Büro durch das Revier. »Hall, reinkommen.«

Mit einer unwilligen Grimasse – aber entschlossen, ihren bisher fast perfekten Tag fortzusetzen – gehorchte sie dem Befehl.

Sie betrat das Büro ihrer Vorgesetzten und hielt sofort inne, weil sie zwei Fremde dort sah. Allein deren Anwesenheit war schon ungewöhnlich, aber noch seltsamer war die Tatsache, dass einer von ihnen auf Captain Hansens Stuhl saß, während der andere – noch verwirrender – rauchte.

»Hall, das sind unsere Gäste, Mister Lyra und Miss Damos«, erklärte Hansen. Obwohl jemand anderes an ihrem Platz saß, verhielt sie sich als wäre scheinbar alles wie immer.

»Eine Freude, Sie kennenzulernen, Kristen Hall«, sprach Mister Lyra vom Stuhl des Captains. Er trug einen schwarzen Anzug mit einer silbernen Krawatte und – das war wirklich schräg – ein Seidenhemd mit aufwendigen Manschetten und Rüschen an der Knopfleiste, die unter seinem Jackett hervorquollen. In ihren Augen sah er aus wie ein Profipirat, ein besserer Ausdruck fiel ihr nicht ein.

Miss Damos nickte ihr anerkennend zu: »Wir haben schon so viel von Ihnen gehört.« Sie trug ein grellviolettes Kostüm mit einem roten Schal. Beide Farben waren einzeln schon viel zu bunt für die SWAT-Büros, aber zusammen taten sie beinahe in den Augen weh. »Captain, ein Aschenbecher?«

»Ja, hier ist der verdammte Aschenbecher«, sagte Captain Hansen, brachte den Papierkorb herüber und hielt ihn, während die Miss die Asche ihrer Zigarette abklopfte.

Kristen hatte keinen Zweifel daran, dass die beiden Gäste Drachen waren. Zum einen würde sich sonst niemand so kleiden, zum anderen war ihren langsamen und fast lethargischen Bewegungen eine große verborgene Kraft anzumerken. Dann war da noch die Tatsache, dass ihre Chefin einem von ihnen erlaubte, auf ihrem Stuhl zu sitzen. Drachen umgab eine Aura, welche die meisten Menschen dazu brachte, ihren Wünschen zu gehorchen. Sogar die mit starkem Willen – wie Captain Hansen – gehorchten, murrend aber mit Haltung, das war ganz normal.

Nichts davon konnte Kristen jedoch beeindrucken. »Was zum Teufel kann ich für Sie tun?«

Die Besucher tauschten einen Blick und ein Lächeln aus, das Kristen gründlich verärgerte.

»Wir sind nur gekommen, um uns über deine Fortschritte zu informieren«, sagte Mister Lyra und legte seine Füße bequem auf den Schreibtisch.

Der Captain blickte ihn böse an, sagte aber nichts.

»Sie meinen wohl, Sie sind gekommen, um mir endlich zu sagen, was zum Teufel hier los ist?« Kristen warf ihm einen finsteren Blick zu.

»Was willst du damit sagen?«, fragte Miss Damos und kam näher. Ihre High Heels – die natürlich zum Schal passten – klackten irritierend auf dem Boden.

»Sie sind offensichtlich Drachen. Niemand sonst trägt Rüschen oder was auch immer Sie da in Kombination tragen.« Sie deutete auf die bunten Kleidungsstücke der Frau. »Also, sind Sie hier, um mir zu sagen, warum Sie mich zum SWAT-Team geschickt haben?«

»Aber Kristen...« Als die Besucherin lächelte, wurde klar, dass auch ihre Zähne seltsam waren. Nicht unattraktiv oder so, sondern eher makellos und sichtbar scharf. »Wir hatten nichts mit deinem Einsatzbefehl für hier zu tun. Es war deine harte Arbeit an der Akademie und die Tests, die du bestanden hast, die deinen Platz in der Truppe rechtfertigten. Wir sind nur hier, um uns danach zu erkundigen, wie es dir geht. Die Tests sind leider nicht immer ganz genau.«

»Es geht ihr gut«, bestätigte Captain Hansen ungefragt und unfähig der Bitte der Drachenlady um Informationen zu widerstehen. »Besser als erwartet, in der Tat. Halls Trainingsleistung entspricht aktuell fast den Mindestanforderungen. Ehrlich gesagt erwarte ich das so nicht von Rekruten, die ohne meine Erlaubnis in mein Team gesteckt werden«. Sie hielt einen Moment inne, um die Drachen anzustarren. Es war seltsam zu sehen, wie sie trotz der Macht, die die Geschöpfe ausstrahlten, immer noch versuchte, ihre eigene Meinung kundzutun. Hansen behandelte sie wie die aufdringlichen, unwillkommenen Gäste, die sie waren und doch protestierte sie weder gegen Mister Lyras Füße auf ihrem Schreibtisch noch gegen Miss Damos, die in ihrem Büro rauchte.

»Nun, ich nehme an, das beantwortet dann wohl alle unsere Fragen. Mister Lyra, wollen wir?«

»In der Tat, Miss Damos, wir gehen.«

Damit hob er seine Füße vom Schreibtisch, stand auf und glättete seinen Anzug. Miss Damos löschte ihre Zigarette an der Sohle eines ihrer High Heels – und demonstrierte dabei ein unglaubliches Gleichgewichtsgefühl – warf die Kippe in den Papierkorb und ging voraus.

»Hall, die Tür«, befahl Captain Hansen, als sie ihren Stuhl zurückhatte.

»Ja, Ma'am.« Kristen schloss die Tür zum Büro des Captains.

»Ich hasse diese verdammten Viecher. In ihrer Nähe zu sein, ist wie im Nebel zu stehen. Aber Sie schienen in Ordnung zu sein.«

»Ma'am?«

»Lassen Sie den Scheiß, Hall. Wer zum Teufel sind Sie wirklich und was zum Teufel haben Sie getan, um diese Art von Aufmerksamkeit zu erregen? Ich hatte noch nie einen Drachen in meinem Büro und jetzt waren es gleich zwei. Spucken Sie es aus.«

»Ich weiß es ehrlich nicht.« Sie versuchte nicht mit der Wimper zu zucken, aber sie scheiterte. »Ich habe Ihnen alles gesagt, was ich weiß. Ich habe einen bei einem Konzert getroffen, er schickte mich auf das Testgelände, dann in die Akademie und dann hierher.«

»Es ist also ein Rätsel?«

»Ja, Ma'am, ich nehme es an.«

»Ich hasse Geheimnisse, verdammt noch mal.« Der Captain atmete tief ein und durch die Nase wieder aus. »Und ich mag keine Drachen oder andere, die sich bei meinen Leuten einmischen.«

»Sir, ist das… bin ich einer Ihrer Leute?«

»Oh, kommen Sie schon, Hall, Sie sind jetzt seit Monaten bei uns. Sie haben eine Kugel für Jonesy abgefangen und Hernandez auch irgendwie auf Ihre Seite gezogen. Natürlich sind Sie einer meiner Leute.«

Kristen musste grinsen. Sie konnte ehrlich gesagt nicht anders. »Hernandez hat gesagt, sie mag mich?«

Captain Hansen schnaubte. »Natürlich nicht! Bei Hernandez ist es mehr das, was sie nicht sagt.«

»Natürlich, Ma'am.«

»Ihre Akte spricht für sich selbst. Sie haben sich hier gut geschlagen, aber bei diesen Drachen… Ich will nicht, dass mir der Boden unter den Füßen weggezogen wird.«

»Ich auch nicht, Ma'am.«

»Nun, ich schätze, wir haben vorerst keine andere Wahl als weiterzumachen. Sie können gehen, Hall.«

»Ja, Ma'am!« Sie drehte sich um, um zu gehen, blieb aber stehen, weil der Captain sich räusperte.

»Oh, und Kristen? Gehen Sie duschen, Sie stinken.«

»Unsere Anwesenheit hatte keine Wirkung auf sie«, sagte Damos, als sie das Revier verließen.

»In der Tat nicht«, antwortete Lyra.

»Das ist ein Hinweis darauf, dass sie eine von uns ist.«

Drachenhaut

»Das sage ich, seit sie unsere Tests gemacht hat.«

»Die Ergebnisse waren aber nicht schlüssig.«

»Ein nicht eindeutiges Ergebnis bedeutet, dass sie nicht nur ein Mensch ist, was darauf hindeutet, dass sie ein Drache sein muss.«

»Pah!«, schnaubte seine Begleiterin. »Es gab schon mal Falschmeldungen. Ein nicht eindeutiges Ergebnis bedeutet nur genau das. Selbst wenn sie eine von uns wäre, wo kommt sie her? Wie ist sie entstanden?«

»Du stellst die Fragen, die ich bereits gestellt habe. Erwarte nicht, dass ich jetzt so ganz spontan die Antworten darauf habe.« Er knurrte vor Ärger. Es war ein tiefer Ton, der eher zu einem Tiger oder Bären passen würde als zu einem Menschen, aber der Ton wurde ja auch nicht von einem Menschen erzeugt.

»Die Fragen ihretwegen sind wie Rauch im Wind«, murmelte Miss Damos.

»Deshalb war die Polizeiakademie die richtige Wahl für sie. Wir konnten sie leicht überwachen und sie hat sich dort wie nur wenige Menschen hervorgetan.«

»Und du stehst zu deiner Entscheidung, sie zum SWAT-Team zu schicken?«

»Natürlich tue ich das!« Er mochte die Fragerei nicht. »Schon jetzt kann sie unserer Aura widerstehen. Je mehr Gefahren sie überlebt, desto mehr werden sich ihre Kräfte manifestieren. Wenn sie ein Drache ist, werden ihre Fähigkeiten sie nicht sterben lassen und sie wird nicht wie ein gewöhnliches Tier in der Gosse bluten.«

»Und wenn du dich irrst? Wenn die Tests nicht schlüssig waren, nur weil sie ein wenig begabter ist als die meisten ihrer Artgenossen?«

»Niemand wird über den Verlust eines weiteren Menschen trauern.«

Damos nickte zustimmend.

Gemeinsam legten die beiden Drachen ihre menschliche Gestalt ab und begaben sich in ihrer wahren Gestalt in den Himmel – ein purpurner Drache mit roten Krallen und ein großer schwarzer Drache mit silbernen Kämmen, der den Wind aufnahm und sich hoch über die Stadt anheben ließ. Das Paar hatte aus dem Schatten regiert, seit es Jahrhunderte zuvor von ihresgleichen geschaffen worden war.

KAPITEL 14

Als Kristen das Büro des Captains verließ, wartete Jonesy bereits auf sie. »Was zum Teufel sollte das, Red?«

Sie schob sich an ihm vorbei. »Wenn ich es wüsste, würde ich es dir sagen.«

Er ging hinter ihr her. »Ach, komm schon, Red. Waren diese beiden verdammten Dandys Freunde von dir?«

»Nein.«

»Familie also? Vielleicht ehemalige Chefs?«

Sie erreichte den Pausenraum, in dem sich der Großteil des Teams bereits versammelt hatte. »Ich sage es noch mal, ich weiß es nicht.«

»Was nicht wissen?«, fragte Butters neugierig.

»Wer diese beiden komischen Gestalten waren, die gerade das Revier verlassen haben«, erklärte Jonesy.

»Du musst doch wenigstens eine Ahnung haben«, sagte der Scharfschütze. »Ihre Klamotten verlangen geradezu nach einer Geschichte.«

»Drachen?«, meinte Beanpole zweifelnd.

»Ja, wahrscheinlich.« Kristen holte tief Luft.

»Drachen, hm? Was zum Teufel wollten sie von dir? Eine Modeberatung?«, grinste Hernandez herausfordernd. »Wäre zumindest nötig gewesen, grässliche Farbwahl.«

»Ich habe Jonesy schon gesagt, dass ich nicht weiß worum es geht, okay? Ich habe sie gefragt, warum sie mich zum SWAT geschickt haben, obwohl ich nicht qualifiziert genug bin, aber sie haben mir nicht geantwortet.«

»Du warst nicht qualifiziert, aber jetzt bist du es«, zwinkerte Butters ihr zu.

»Danke, Butters, ich weiß das zu schätzen.«

»Vielleicht ist das der Grund, warum du beim SWAT bist und nicht für die normale Polizei arbeitest. Deine detektivischen Fähigkeiten sind beschissen«, gab Jonesy grinsend zu bedenken. »Du hast wirklich keine Ahnung, warum die Drachen nach dir gefragt haben, Red?«

»Nein, Jonesy, das habe ich wirklich nicht.«

»Vielleicht haben sie mit dir darüber gesprochen, das nächste Mal behilflich zu sein, wenn wir eine Runde Softair spielen gehen.«

»Ich brauche keine Hilfe in Sachen Softair. Ich habe euch alle vernichtend geschlagen, wisst ihr noch?«

Gerade jetzt trat Drew mit Keith auf den Fersen in den Raum und ließ seinen Blick schweifen. »Worum es auch geht, lasst es gut sein.«

»Wir haben wichtigere Dinge, um die wir uns kümmern müssen«, fügte Keith hinzu.

»Halt die Klappe, Frischling.« Trotz der harten Worte lächelte Jonesy.

»Halt du die Klappe, Jonesy«, erwiderte der andere Mann.

»Kinder, es reicht.« Der Blick des Teamleiters brachte alle im Raum schließlich zum Schweigen. »Es kam ein Anruf. Ein Banküberfall läuft gerade und die Kriminellen sind schwer bewaffnet. Wir reden von ernsthafter

Drachenhaut

Feuerkraft, erstklassiger Panzerung und einer Bombendrohung. Also das schlimmste Szenario, dass man sich vorstellen kann, also macht euch fertig und wir treffen uns am Van.«

»Ja, Sir!«, hieß es wie aus einem Munde und das Team verließ den Aufenthaltsraum, um nebenan die Ausrüstung zu holen.

Jonesy marschierte neben Drew. »Glaubst du, es sind diesmal wieder die Breaks?«

»Angesichts der zunehmenden Aktivitäten und der Waffen, die wir in der Pfandleihe gesehen haben, ja. Ich denke schon und das bedeutet, keine Zeit zum Trödeln. Es wurde noch kein Fluchtauto identifiziert, aber es wird erwartet, dass sie einen Fluchtversuch unternehmen wollen.«

»Ah, Scheiße, ja. Ich habe noch ein Hühnchen mit diesen Hotrod-Fickern zu rupfen.«

»Heute nicht, sie haben Geiseln.«

Kristen rutschte das Herz in die Hose. Trotz ihrer monatelangen Dienstzeit war sie noch nicht bei einer tatsächlichen Geiselnahme dabei gewesen. Sie hatte mit ihren Kollegen das gewaltsame Eindringen in Gebäude geübt, aber das war etwas völlig anderes, als wenn wirklich Geiseln genommen worden waren. Wenn sie heute Mist bauen würden, könnten Menschen sterben – unschuldige Menschen.

Sie kletterten in den Van und fuhren zur Bank. Es war eine der schöneren Filialen in der Innenstadt in der Griswold Street. Die Lobby befand sich im Erdgeschoss mit Büroräumen darüber, die sich in die Skyline der Autostadt erstreckten. Klassische amerikanische Architektur definierte den Eingangsbereich mit seinen

Glastüren, die hinter einem Ziegelbogen lagen. Um die Ziegelmauern herum waren zur Dekoration Säulen angebracht.

Die Glasscheiben waren bereits durch Kugeln zerfetzt worden und zwei durch Schüsse zerstörte Polizeiautos auf beiden Seiten des Bogens ließen das Ganze ausgesprochen post-apokalyptisch wirken. Diese Art von Aktivität sollte in Detroit nicht mehr vorkommen – jetzt nicht und auch nicht in Zukunft.

»Also gut, passt auf. Wir sind Team A. Butters und Beanpole, ihr postiert euch auf der anderen Straßenseite, im zweiten oder dritten Stock des Gebäudes. Keith, Jonesy und Hernandez bleiben bei mir. Wir werden laut reingehen und die Eingangstür stürmen – so soll es zumindest aussehen. Während Team A die Aufmerksamkeit auf sich zieht, wird sich Team B durch die Hintertür hineinschleichen.«

»Und die Bombe, Sir?«, fragte Hernandez.

»Die Arschlöcher sagten, es sei eine Bombe im Gebäude, aber wir wissen nicht, wo. Sie könnte in den Büros oben oder in der Bank selbst sein oder es ist einfach ein Bluff. Fürs Erste, Hernandez, bist du bei uns. Sobald wir irgendwelche genaueren Informationen darüber haben, gehst du hin.«

»Ja, Sir.«

»Was ist mit mir?«, fragte Kristen. »Bin ich im Team B?«

»Auf keinen Fall. Ich will, dass du im Van bleibst. Du wirst ihn näher ranfahren, wenn wir reingehen, damit wir einen Rückzugsort haben, der bessere Deckung zu bieten hat als diese Polizeiautos, die sie bereits zerlegt haben.«

»Aber Drew, ich habe trainiert! Ich kann da mit euch reingehen.«

»Nicht heute.«

»Aber...«

»Das ist ein Befehl!«

Sie fluchte leise, nickte aber.

»Gut, lasst uns gehen.«

Innerhalb von drei Minuten bestätigten Butters und Beanpole, dass sie in Position wären und das Team vordringen könne. Team A rannte gebückt zu den Polizeiautos – alle außer ihr – und zog weitere Schüsse aus dem Inneren der Bank auf sich.

Kristen seufzte und trat mit dem Fuß auf das Gas, um den Wagen vorwärts zu bewegen. Es wurden weitere Schüsse abgegeben, die aber von der Front des Fahrzeugs abprallten. Einige Monate zuvor wäre sie vielleicht noch erleichtert gewesen, aber jetzt empfand sie das als Verschwendung ihrer Talente. Warum hatte sie so hart trainiert, wenn man sie einfach auf der Ersatzbank sitzen ließ?

Weitere Schüsse aus der Bank wurden von Butters und Beanpole beantwortet, der Plan schien aufzugehen. Die Gespräche über Funk zeigten an, dass sich Team B bereits im Inneren der Bank befand und sich langsam durch die Innenräume bewegte.

Plötzlich war eine donnernde Explosion über das Funkgerät zu hören und für einen Moment entstand eine Rückkopplung.

Nach einer gefühlten Ewigkeit, sprach eine Stimme über die Funkverbindung. »Wir haben Männer am Boden, eine gottverdammte Bombe ist hochgegangen. Wir... wir brauchen Unterstützung. Ich habe hier überall blutende Leute!«

Drew meldete sich über Funk. »Planänderung! Wir gehen rein! Kristen kann dich...«

Seine Worte wurden abrupt unterbrochen und durch Rauschen ersetzt. Sie dachte sofort an das Pfandhaus zurück, hatte da nicht auch etwas die Funkgeräte gestört?

Butters begann zu schießen und gab ein Deckungsfeuer auf die Vorderseite der Bank ab, während Jonesy, Keith, Drew und Hernandez sich von einem der zerstörten Polizeiautos an den Rand des Eingangsbogens bewegten.

Kaum hatten sie ihn erreicht, explodierte eines der Polizeiautos. Die Explosion war höllisch und stark genug, das Auto auf dem Dach landen zu lassen.

Drew gestikulierte, dass alle zurückweichen sollten, aber eine Salve aus der Bank zwang das Team hinter den Ziegelmauern auszuharren. Sie hatten keine Möglichkeit, von dort wegzukommen. Ohne das Polizeiauto gab es einfach keine weitere Deckung.

»Wir bitten um sofortige Unterstützung«, sagte der Beamte von Team B über Funk, er schien sich über den Störsender kurzzeitig hinwegsetzen zu können. »Mitch hustet Blut und Garcia... Garcia ist raus. Er braucht einen verdammten Arzt. Vielleicht auch einen Scheiß-Priester. Scheiße!« Schüsse fielen im Hintergrund, gefolgt von noch mehr Rauschen. Was auch immer das Funkgerät störte, es war wieder eingeschaltet.

Sie mussten handeln, und zwar sofort.

Aber sie konnten es nicht, bemerkte Kristen mit wachsender Frustration. Das gesamte Team war festgenagelt und es gab nichts, was Butters von seiner Position aus tun konnte.

Eine weitere Kugel aus der Bank hatte den Van getroffen.

Drachenhaut

Kristen versuchte nicht zu lächeln, als ein Plan in ihrem Kopf Gestalt annahm. Als sie in einen niedrigen Gang schaltete und das Gaspedal durchdrückte, grinste sie.

Das gepanzerte Fahrzeug beschleunigte und sie raste auf das Gebäude zu während die Kugeln an der Panzerung abprallten. Sie hatte recht mit dem Platz zwischen den Säulen – er war nicht groß genug – und als sie den Van mitten hindurch steuerte, zerstörte er sie einfach komplett, offensichtlich waren sie nur dekorativ und nicht tragend.

Dahinter befand sich das, was von den Glasscheiben an der Vorderseite des Gebäudes übrig geblieben war.

Das bot keinerlei Widerstand, der Wagen preschte durch und ließ Glassplitter in die Lobby spritzen, aber Kristen nahm den Fuß nicht vom Gas. Es wurden weiterhin Schüsse von hinter einer langen hölzernen Abtrennung, die normalerweise die Kassierer von den Besuchern der Bank trennte und nun den Verbrechern Deckung gab, abgefeuert.

Mit grimmigem und fokussiertem Ausdruck krachte sie mit dem Van auch durch die Holzwand und verlor kaum an Geschwindigkeit, bis sie auf die dahinter liegende Wand traf. Diese war offensichtlich belastbarer und stoppte ihre Fahrt abrupt.

Der Airbag löste aus und Kristen verlor für ein paar Sekunden das Bewusstsein.

Sie öffnete die Augen und blinzelte in ihre Umgebung, bevor sie erkannte, dass sie, wenn ihr jemand eine Kugel in den Kopf hätte jagen wollen, ihm jetzt die Gelegenheit gegeben hatte.

Zum Glück war Team A sofort hinter ihr hergekommen und hatte nun die Waffen erhoben und die

Verbrecher ins Visier genommen. Wahrscheinlich half es auch, dass die Kriminellen – deren Tarnung sie zerstört hatte – noch fassungsloser waren als ihre eigenen Teamkollegen.

»Waffen fallen lassen, Arschlöcher oder wir sagen dem Van, er soll den Rückwärtsgang einlegen.« Das war Jonesy, meldete Kristens Kopf.

Das Geklapper von Waffen folgte, aber keine Schüsse mehr, sodass Kristen annehmen konnte, die Verbrecher hätten aufgegeben.

»Das Gebäude ist sicher«, meldete Drew über Funk. »Ich brauche so schnell wie möglich Sanitäter hier drinnen. Ich habe drei Beamte, die ärztliche Hilfe benötigen.«

»Was ist, wenn da noch mehr Bomben sind?«, fragte jemand über Funk.

»Diese Jungs hier haben keine Zeit mehr.«

»Diese Bombe wurde sowieso per Hand ausgelöst«, warf Hernandez ein. »Wir haben die Verbrecher. Jetzt kommt rein und rettet unsere Kollegen.«

Schritte hallten in der seltsamen Blase wider, die Kristen zu umgeben schien und Leute rannten mit Tragen an ihr vorbei. Bevor sie sehen konnte, ob sie zurückkehrten, lehnte sich Drew durchs Fenster.

»Wie viele Finger halte ich hoch?«

»Einen. Den gemeinen.«

»So ist es, Hall und jetzt raus aus dem Wagen.«

Er half ihr mit dem Sicherheitsgurt, untersuchte sie kurz auf Wunden und als er keine fand, knöpfte er sie sich mit mehr Energie vor, als sie je von ihm gesehen hatte. »Das war das Dümmste, was ich je gesehen habe und ich arbeite sowohl mit Jones als auch mit Hernandez. Du hast ein Jahrzehnte altes Stück Architektur zerstört, ganz zu schweigen von den Antiquitäten, die du in Anzündholz verwandelt hast. Und dann der Van! Wenn das Getriebe ruiniert ist, wird Captain Hansen dein Gehalt anzapfen. Ich habe das schon mal erlebt und ich will verdammt sein, wenn ich für jemanden, der sich so unverantwortlich verhält, argumentieren würde.«

»Entschuldigung, Sir«, sagte Kristen und folgte ihm durch die verwüstete Lobby. Sie hatte mit dem Van wirklich eine große Nummer abgezogen. Wo vorher der Raum bis auf die Einschusslöcher weitestgehend intakt war, gab es nun einen Zerstörungspfad in Vangröße von der Vordertür bis zur hinteren Wand.

»Schau mal da raus.« Er deutete durch das Loch, das sie in der Fassade des Gebäudes hinterlassen hatte.

Sie gehorchte und sah, wie die drei verletzten Mitglieder des B-Teams in die Krankenwagen gebracht wurden. Zwei von ihnen erhielten bereits Infusionen. Sie fühlte ein schlechtes Gewissen. War das ihre Schuld?

»Sie sind am Leben, weil du etwas unternommen hast. Dummes und rücksichtsloses Handeln war das, ja, aber du hast heute mindestens drei Leben gerettet, vielleicht mehr.«

Erschrocken blickte sie ihn an, sah sein Lächeln und die feuchten Augen. Eine Träne – eine echte Träne – lief ihm über die Wange. Er räusperte sich. »Mitchs Frau bekommt in einem Monat ein kleines Mädchen. Ihr erstes Kind. Das ist alles, worüber er immer redet, verdammt. Jetzt hat die Kleine dank dir immer noch einen Daddy.«

Kristen nickte, dachte an ihren Vater und schluckte ihre eigenen Tränen hinunter. Bevor sie jedoch sprechen konnte, sagte Drew einem Sanitäter, dass sie eine Gehirnerschütterung haben könnte und sie wurde zur Überwachung in einen Krankenwagen verfrachtet.

Sie schlossen Kristen an Maschinen an, die sie nicht kannte und stellten ihr Fragen, die sie nicht beantworten wollte, denn in diesem Moment war ihr alles egal. Sie hatte heute Leben gerettet. Nach ihrer monatelangen Ausbildung hatte sie es endlich geschafft. Das war der Grund, warum ihr Vater so lange gearbeitet und so viel von sich selbst für seinen Job gegeben hatte – weil sich das Retten von Menschen gut anfühlte.

Zum ersten Mal seit sie beim SWAT war, stellte sie ihre Position nicht infrage und wunderte sich auch nicht über den Drachen, der sie auf diesen Weg geführt hatte. Und zum ersten Mal hatte sie auch das Gefühl, dazuzugehören.

Der Sanitäter stellte ihr noch ein paar Fragen, war aber anscheinend zufrieden mit ihren Antworten und ließ sie aus dem Krankenwagen aussteigen.

Jonesy wartete auf sie mit etwas im Gesicht, das sie nur als scheiße-fressendes Grinsen beschreiben konnte. »Verdammt gute Arbeit da drinnen. Ich habe die Vorderseite dieser abgrundtief hässlichen Bank immer gehasst.« Er führte sie zum Rest des Teams. »Ich glaube, du brauchst einen neuen Spitznamen, Red.«

»Wie wär's mit Speed Racer?« grinste Keith.

»Ich mag das, ich mag das«, sagte Butters und rieb sich das Kinn, bevor er zu singen begann. »Speed Racer los, Speed Racer los, los Speed Racer, los!«

»Schmeiß deinen Hauptjob bloß nicht hin!« Hernandez hielt sich die Ohren zu, als ob sein Gesang bleibende Schäden verursachen könnte.

Drachenhaut

»Ich bin etwas ausgetrocknet. Vielleicht sollten wir das bei einem Happen besprechen.« grinste der Scharfschütze.

»Ich hab einen, ich hab einen«, Hernandez musste sich das Lachen verkneifen und stimmte einen Song von Miley Cyrus an. »*She came in like a wrecking baaaaall! Die verdammte Kristen Haaaaaall!...*«

Alle lachten viel zu sehr darüber und Kristen musste in Betracht ziehen, dass dies der Moment sein könnte, der ihren Karriereweg – und viel wichtiger, wer sie für ihre neuen Freunde war – definieren würde.

Sie beschloss, dass das in Ordnung für sie wäre.

KAPITEL 15

Das letzte Mal, als John Murray die Breaks in dieses Lagerhaus gelotst hatte, hatte er noch das Gefühl alles zu kontrollieren. Detroit war schließlich seine Stadt und wer auch immer das reiche Arschloch hinter den verspiegelten Glasfenstern gewesen sein mag, er musste lernen, wo sein Platz war, wie das für reiche Arschlöcher dringend nötig war.

Aber die Dinge hatten sich geändert. Er fühlte diese Kontrolle nicht mehr. Die letzten Monate hatten gut begonnen. Es gab nichts, verglichen mit dieser starken Artillerie, was einen Überfall auf Pfandhäuser und Schnapsläden noch einfacher machen könnte. Er hatte Lemar verloren, was ihm zugegebenermaßen mehr wehgetan hatte als erwartet, aber die Dinge waren ansonsten gut gelaufen oder besser gesagt – so dachte er – gut genug. Aber als sie die Bank ausrauben wollten… Es war ein Wunder, dass er es überhaupt durch diese Scheißshow geschafft hatte, um die Geschichte zu erzählen.

Die meisten seiner Gang hatten das nicht.

Das war ein weiterer Grund, weshalb er die Kontrolle nicht mehr fühlen konnte, obwohl es sich um dasselbe Lagerhaus handelte, das zuvor schon für das Treffen mit seinem bewaffneten Wohltäter ausgewählt worden war.

Drachenhaut

Die Breaks waren nicht mehr die einzige Gang, die bei diesem Treffen anwesend war.

Er stand vor einer 1971er Corvette mit braunen Ledersitzen, Kupferlackierung und verchromten Blenden. Dahinter stand ein Ford Truck von 1965 in blau-weiß mit einem nagelneuen Motor. Er hatte den Truck mitgebracht und gehofft, das Lager mit neuen Vorräten füllen zu können. Aber als er die anderen anwesenden Gangs sah, fragte er sich, ob es überhaupt genug für alle geben konnte.

Das war wirklich Schwachsinn. Die Breaks hatten zu viele Männer verloren – zu viele Freunde – die versucht hatten, sich diesem mysteriösen Finanzier zu beweisen und so wurden sie belohnt?

»Wo zum Teufel ist dein Mann, Murray?« Das war Lee, der Anführer der Dead Reds. Er hatte chinesische Einwanderer um sich geschart, die Pech gehabt hatten und jetzt meist mit Glücksspiel arbeiteten, meinte Murray sich zu erinnern. Er fuhr einen primitiven kleinen Honda, der mehr aus Plastik bestand als aus Metall.

»Er wird kommen«, murmelte er.

»Das sollte er auch besser«, sagte ein Möchtegern-Ganove namens Marcus. »Du hast uns den gleichen Lagerbestand versprochen, den du bekommen hast.«

»Einen Scheiß habe ich euch versprochen! Ich sagte, ich hätte ein Treffen mit dem Kerl und er wollte euch unbedingt dabei haben. Wir haben keine weiteren Vereinbarungen.«

Murray hasste den Mann. Er war mit beschissenen Tätowierungen überdeckt, die man auf seiner dunklen Haut kaum erkennen konnte und gehörte zu den Knights, einer Gruppe von Crack-Dealern und

Pillenverkäufern. Schlimmer noch, das Arschgesicht fuhr ein gottverdammtes Schiff, einen Chrysler aus den achtziger Jahren, der tiefergelegt war mit Subwoofern, die er wohl versäumt hatte abzustellen. Das Ding war weniger ein Auto als vielmehr eine verdammte, fahrbare Disco – gottverdammt peinlich für ein amerikanisches Fahrzeug.

Es hatte ihn ohne Ende verärgert als der Typ, der ihm die Waffen verkauft hatte, ihm befahl – ausgerechnet John Murray befahl – die Drogenhändler zu kontaktieren. Murray wollte sich nicht auf deren Niveau begeben, aber er brauchte auch mehr Feuerkraft, also hatte er diese verdammte Entscheidung getroffen.

Ein paar andere Bandenchefs waren auch noch anwesend, aber er kannte ihre Namen nicht. Sie waren alle nur Amateure.

»Wird er jetzt endlich auftauchen oder was?«

Murray blickte Lee finster an und kehrte zu seiner Corvette zurück. Er hatte etwas im Kofferraum für diese verdammten Angeber. Vielleicht war das eine Art Test – eine Art »wer zuletzt steht, gewinnt«. Er schaute seine Jungs an und wollte ihnen gerade das Zeichen geben, als ein Geräusch vom anderen Ende des Lagers die Aufmerksamkeit aller auf sich zog.

Ein Tor wurde aufgeschoben, der schwarze Van fuhr herein und hielt an.

Der Mann, der die Tür zum Lagerhaus geöffnet hatte, stieg in den Wagen und dieser fuhr weiter. Der Wagen wurde so in Position gebracht, dass die Beifahrerseite in Richtung der versammelten Kriminellen zeigte, dann hielt er in der Mitte des Halbkreises der Bandenführer und ihrer engsten Vertrauten an.

Drachenhaut

Murray musste zugeben, dass der Typ hinter dem Glas tatsächlich Eier hatte. Das Fahren des Vans mitten in die Gruppe glich einem Sprung ins Haifischbecken.

Genau wie zuletzt stiegen zwei Männer in schwarzen Anzügen, Krawatten und Sonnenbrillen aus und stellten sich auf beide Seiten der Beifahrertür.

Und wieder wollte Murray diese beiden Arschlöcher umlegen. Sie trugen keine Schutzkleidung. Sie war offensichtlich unter ihren verdammten Maßanzügen nicht unterzubringen.

»Seid ihr hier, um uns dieses Mal ein paar wirklich anständige Waffen zu überlassen?« lachte er.

Das Beifahrerfenster öffnete einen Spalt und eine Zigarrenrauchwolke strömte heraus.

»Ich glaube mich zu erinnern, dass ich dir schon ein ganzes Waffenlager ausgehändigt habe, Murray von den Breaks.«

»Ja und wir haben sie genau so eingesetzt, wie du verdammt noch mal gesagt hast. Wir haben uns immer größere Ziele ausgesucht und was hat uns das gebracht?« Er schaute sich im Kreise der Kriminellen um und dann zurück zum Van, wobei er jeden mit seinem Blick davor warnte, auch nur ein Wort zu sagen. »Verdammtes Kopfweh, das war es. Wir haben eine Bank überfallen – eine richtige Bank – und das gottverdammte SWAT-Team ist mit gepanzerten Fahrzeugen, Maschinengewehren und Scharfschützen aufgetaucht. Wir brauchen besseres Werkzeug, um die Chancen auszugleichen.«

»Schwachsinn«, warf Marcus ein. »Du hattest deine Chance. Es ist Zeit, zu schauen, ob der Rest von uns das Zeug dazu hat. Deshalb sind wir doch hier oder nicht? Um die Breaks auseinanderzunehmen?«

»So sprichst du nicht mit mir, Markus von den Knights«, sagte der Mann aus dem Fahrzeug heraus.

»Markus von den Knights? Was zum Teufel glaubst du, was das hier ist? Die Tafelrunde am Hofe König Arthurs?«, schnaubte er die Mitglieder seiner Gang an und alle lachten. Doch niemand sonst gab einen Laut von sich und die Stille schluckte bald die Versuche der Knights, die Situation ins Lächerliche zu ziehen.

Das Fenster des Vans fuhr hoch.

Der Kriminelle lachte wieder, obwohl es jetzt eher gezwungen klang. »Verdammte Pussy.«

Einer der Männer in schwarzen Anzügen öffnete die Beifahrertür. Heraus trat der größte Mann, den Murray je gesehen hatte.

Er war so groß wie ein Profi-Basketballer und seine Schultern sahen aus, als könnten sie das Dach einer Scheune tragen. Seine Haut war gebräunt und sein schwarzes Haar war zu einem strengen Pferdeschwanz zusammengebunden, der irgendwie im Widerspruch zu seinem schwarzen Spitzbart zu stehen schien. Er trug einen schwarzen Anzug mit einem roten Seidenhemd darunter, eine Krawatte im gleichen Rotton und schwarze Handschuhe, an jedem Finger mit einem roten Streifen. Der Anführer der Breaks hätte den Mann als eine Riesenpuderquaste beschreiben wollen, wenn er nicht so ausgesehen hätte, als könne er jeden im Lagerhaus in zwei Hälften reißen. In seinen riesigen Händen sah die Zigarre wie eine Zigarette aus.

»Kommt her, Marcus von den Knights und Murray von den Breaks.«

Murray warf einen Blick auf Marcus, der ebenso zu zweifeln schien wie er selbst.

Drachenhaut

»Jetzt«, sagte der Mann und strich gelangweilt über seine Zigarre.

Murray trat vor und der andere Bandenchef tat eine Sekunde später dasselbe.

»Jetzt kniet euch hin.«

»Für wen zum Teufel hältst du dich?« Marcus stand streitlustig vor dem Goliath.

»Für deinen Lehnsherren«, antwortete er und trat Marcus mit einem glänzenden schwarzen Schuh in die Brust, hart genug, um ihn auf den Arsch zu zwingen.

Murray musste es nicht zweimal gesagt bekommen. Er kniete nieder.

»Jetzt komm her und knie dich hin, Marcus von den Knights. Auch andere hier haben Fehler begangen, doch ich bin einer, der an Vergebung glaubt.«

»Sicher tust du das, verdammt noch mal«, murmelte der Anführer der Knights, aber er trat vor den Mann, der ihn mit einem einzigen Tritt umgeworfen hatte und kniete vor ihm nieder. Der Fremde streckte eine Hand aus. Er trug einen goldenen Ring mit einem massiven Rubin. Marcus runzelte die Stirn, aber er verstand die Botschaft und küsste den Ring.

»Euer... äh, Ehrwürdiger«, stammelte Murray, unfähig die Stille zu ertragen. »Ich weiß, wir haben Sie enttäuscht, aber bitte geben Sie uns noch eine Chance. Wenn wir bessere Waffen haben als die Polizei, können wir uns in dieser Stadt alles nehmen, was wir wollen.«

»Hör auf zu reden«, sagte der Mann. »Du darfst mich... wie sagt man heute?« Er drehte sich zu einem der Männer um, die noch vor dem Wagen standen.

»Mister«.

»Ihr dürft mich Mister Black nennen.«

Murray nickte. »Ja, Mister Black.«

»Ich bin nicht zufrieden mit dir, denn ich mag keine Versager und du hast mich enttäuscht. Es wäre vielleicht am klügsten und einfachsten, wenn meine Männer dich einfach töten würden und fertig.«

Die beiden Männer öffneten den Wagen und nahmen jeweils ein Sturmgewehr heraus. Jedes Gangmitglied im Lager wich sichtbar zurück. Diese Waffen waren vom Militär, ein paar Stufen besser als das, was sie den Breaks vorher gegeben hatten.

»Wir haben nichts falsch gemacht«, sagte Lee. »Lasst uns euch dienen.« Murrays Unterkiefer fiel fast zu Boden als Lee sich näherte und vor Mister Black niederkniete. Lee hatte keinen Befehl dazu erhalten. Die beiden anderen Bandenchefs folgten ihm wenige Augenblicke später. Auch sie näherten sich und knieten nieder.

»Ich akzeptiere eure Unterstützung, aber versteht auch, dass die, die mir dienen, bereit sein müssen, mir wirklich zu dienen. «

Murray konnte den Wind hören und eine Wolke bewegte sich, um die Sonne, die durch die Fenster des heruntergekommenen Lagerhauses schien, zu verdecken. Ein Donnerschlag dröhnte und der Schatten wand sich um Mister Black. Zwei riesige schwarze Flügel entfalteten sich an seinem Rücken, ein Schattenschweif peitschte in der Dunkelheit und sein Gesicht – sein Gesicht war zu schrecklich, es anzusehen. Es bestand aus Stacheln, Zähnen und Hörnern und er hatte schreckliche, rote Augen, die aussahen, als ob sie hungrig wären.

Murray versuchte, nicht daran zu denken, dass er selbst nur ein Mann aus Fleisch und Blut war und das Wesen vor ihm so viel mehr zu sein schien.

Drachenhaut

Im nächsten Moment verschwand die Wolke, Sonnenlicht flutete das Lagerhaus und die Illusion war verschwunden. Mister Black stand wieder vor ihnen, mehr als zwei Meter an Muskeln und Körperkontrolle, aber zumindest ein Mensch oder zumindest eine menschliche Form. Murray hatte sich schon gefragt, ob der Mann ein Drache wäre. Nun war er sich sicher.

»Täuscht euch nicht – wenn ihr von dieser Stadt verschlungen werdet, würde niemand auch nur einen von euch vermissen. Aber ich finde, das wäre eine Verschwendung von Ressourcen. Trotz deines Scheiterns glaube ich, dass du der Beste für den Job bist, schließlich hast du Zwietracht und Angst gesät. Diejenigen, die auf den verborgenen Thronen sitzen und die diese Stadt kontrollieren, mögen diese Art Störungen nicht, die ihr verursacht habt. Sogar durch euren Misserfolg wurden sie dazu gebracht, aus ihren Löchern zu kriechen und herumzuflattern. Außerdem benutzt man immer das Werkzeug, das man hat und nicht das, von dem man sich wünscht, es zu haben. Stimmt es, Murray von den Breaks?«

»Ja, Mister Black.« Als der Drache nichts sagte, beeilte er sich, weiterzusprechen. »Und mit besseren Werkzeugen kann ich jeden in diesem Lagerhaus dazu bringen, diese Stadt von all den Schweinen und dem korrupten Stadtrat zu übernehmen.« Deshalb waren die anderen Gangs wohl auch da, oder? Damit er sie in das große Spiel einführen konnte.

»Maße dir nicht an meine Befehle zu kennen, du infantiles Murmeltier.« Er hatte nicht geschrien oder seine Stimme erhoben und doch hallten die Worte in der Lagerhalle wider.

Murray blieben die Worte im Halse stecken.

»Warum sollte ich dir zutrauen mein General zu sein, wenn du mit dem was ich dir gegeben habe, nicht einmal eine Bank ausrauben kannst? Warum sollte man einen Hund füttern, der sein Abendessen nicht fangen kann?«

Als der Mann sprach, fuhr ein Schrecken in Murrays Bauch und breitete sich in seiner Brust aus. Nach wenigen Augenblicken zitterte sein ganzer Körper vor Angst und er war nicht der Einzige. Der Geruch von heißer Pisse stieg ihm in die Nase und er wusste, dass er nicht der Einzige war, der fühlte was hier geschah. Er hatte gehört, dass Drachen dies tun konnten – dass sie einen Menschen auf eine bestimmte Art und Weise fühlen lassen konnten – aber ein Gerücht zu hören war eine Sache, es am eigenen Leib zu erfahren war eine ganz andere.

Auch wenn das Monster sie nicht gefressen hatte, so wollte er diesen Schrecken doch nie wieder erfahren.

»Bitte, Sir!« Er warf sich vor dem mächtigen Wesen, das unerbittlich vor ihm stand, auf die Knie. »Wir lassen uns nicht mehr von der Polizei überrumpeln. Wir hatten noch nie mit einem SWAT-Team zu tun. Das nächste Mal werden wir bereit sein.«

»Er hatte seine Chance, Mister Black. Bitte, lasst die Knights Euch dienen.« Auch Marcus legte seine Stirn auf den Betonboden der Lagerhalle.

»Die Dead Reds werden Ihnen mit den Werkzeugen, die Sie den Breaks gegeben haben, große Ehre erweisen.« Auch Lee hatte seinen Kopf auf den Boden gelegt.

Die Anführer der anderen beiden Banden folgten dem Beispiel, murmelten leere Versprechungen und versuchten, Murray die Schuld für das Versagen zuzuschieben.

»Bitte, Sir, bitte«, flehte der Breaks-Anführer. »Sie sind zu uns gekommen, weil wir die organisierteste Gang in Detroit sind. Lassen Sie mich uns alle gegen die Korruption in dieser Stadt führen. Lassen Sie mich die Motor City für Sie in Brand stecken.« Er hatte ehrlich gesagt keine Ahnung, woher diese Worte kamen, aber in dem Moment als er sie sagte, glaubte er sie tatsächlich. In diesem Moment gab es nichts, was er mehr wollte, als diesem Mann zu gefallen, auch wenn das bedeutete, seine Heimatstadt bis auf den Grund niederzubrennen.

»Erhebe dich, Murray von den Breaks, und nimm meinen Segen.«

Murray stand langsam auf. Mister Black trat auf ihn zu und griff ihm mit einer seiner massiven, behandschuhten Hände an die Wange.

»Ja, Sir. Danke, Sir.«

»Du wirst mein General sein.« Sein Chef – oder vielleicht eher sein Besitzer – zog den Handschuh aus, um die spitz geschliffenen Fingernägel zu enthüllen. Wieder griff er in das Gesicht des Bandenchefs, aber dieses Mal kratzte sein Daumen eine blutige Linie auf dessen Wange.

»Vielen Dank, Sir. Vielen Dank«, stammelte Murray und erschrak beim Anblick seines eigenen Blutes an der riesigen Hand, als Mister Black wieder dorthin zurücktrat, wo er zuvor gestanden hatte. Einer der beiden Anzugträger reichte ihm ein Taschentuch und er wischte das Blut weg.

»Versteht, dass dies das letzte Mal sein wird, dass ich Versagen belohne, denn wenn ihr keinen Erfolg habt, wird es kein nächstes Mal geben. Es wird kein Flehen und keine Vergebung geben. Ihr werdet ausbluten und ihr werdet verbrannt werden.« Mister Black erhob seine Stimme. »Erhebe dich, Marcus von den Knights und nimm meinen Segen.«

Marcus stand auf und der Mann kratzte mit einem Fingernagel eine Linie auf seine Stirn. Der Anführer der Knights dankte ihm für die Wunde.

»Erhebe dich, Lee von den Dead Reds. Erhebe dich, Hektor von den Eskeletos Muertes. Erhebe dich, Jane von den Stray Cats.« Die Bandenchefs fügten sich und er markierte hintereinander jedem die Stirn. »Ich glaube an jeden von euch. Mit Murray an eurer Spitze könnt ihr sicher die kaputten Schienen, auf denen diese Stadt läuft, erneuern. Und wenn es ihm an Führungskraft fehlt, kann mir sicher einer von euch Vieren die Mühe ersparen, diesen nutzlosen Hund einschläfern zu lassen.«

Murray schluckte hart, als die vier Anführer der anderen Gangs in der Stadt nickten. Trotz der Angst, die sie sicher alle fühlten, trugen sie das Lächeln des Verrats auf ihren Gesichtern. Sie waren wirklich nichts mehr als Tiere.

»Jetzt kommt, seht die Gaben, die ich euch bringe.«

Die beiden Schergen öffneten den Wagen. Das letzte Mal, als Murray das Innere des Fahrzeugs gesehen hatte, war darin das größte Waffenlager, das er je zu Gesicht bekommen hatte. Diese Schatzkammer heute jedoch reichte aus, ein ganzes Land zu übernehmen.

Es gab bessere Schutzkleidung mit passenden Helmen, Sturmgewehre in Militärqualität, zwei schwere Maschinengewehre, von denen er dachte, sie würden verdammt fantastisch aussehen, wenn sie auf einem seiner Autos montiert wären und – das Beste von allem – einen Raketenwerfer.

Er sah seinen Wohltäter an wie ein Kind am Weihnachtsmorgen. Sie konnten nicht scheitern, nicht wenn sie zusammen arbeiten würden. Mit diesem Arsenal müssten sie nicht bei der Polizei aufhören, diesen Schoßhunden der Politiker. Sie könnten das gesamte verdammte Establishment zerstören und den Menschen, die diese Stadt führten, endlich die Ungerechtigkeit vor Augen führen.

Mister Black lächelte, hob den Raketenwerfer von seiner Halterung und legte ihn in seine Hände. »Du wirst teilen müssen, Murray von den Breaks und du musst vorsichtig sein. Diese Stadt ist eine Feuerwerkfabrik und ich habe dir das Streichholz gegeben.« Trotz seiner Worte schien er über die Auswirkungen dieser Aussage überhaupt nicht besorgt zu sein. Tatsächlich sah er sogar noch begeisterter aus, als sein neuer General sich fühlte.

Einige Minuten lang sagte der Mann nichts und rauchte nur seine Zigarre, während die Gangs die Waffen entluden. Am Ende bekam Murray eines der schweren Maschinengewehre auf eines seiner Autos montiert, sowie den Raketenwerfer. Schließlich war er in seine Hände gelegt worden und er wollte ihn nicht verlieren. Er hatte sich bereit erklärt, das andere schwere Maschinengewehr zu teilen und die Sturmgewehre auf alle anderen zu verteilen.

Aber waren das überhaupt noch andere Gangs? Man hatte ihm das Kommando übertragen und das bedeutete, dass jeder dort zu ihm gehörte... solange er nicht versagte.

»Geht jetzt, ihr alle. Ich werde zu euch zurückkehren, wenn die Krankheit, die diese Stadt seit Jahrzehnten erstickt, ausgebrannt ist. Du wirst das Lauffeuer sein, das das Land vor dem Regen reinigt.« Mister Blacks rote Augen glänzten.

Murray nickte. Er konnte die Vision in den roten Augen sehen und sie war wunderschön. Die Stadt würde bald im Chaos versinken. Die Gangs würden an jeder Ecke Verwüstungen anrichten, bis die Machthaber das Fundament ihrer Türme aus Stahl und Beton erzittern spüren würden. Zusammen würden die fünf Gangs eine Faust bilden, die die Fenster dieser Stadt zertrümmern würde. Sie würden jedes Geschäft in Brand stecken. Schließlich konnten in der Motor City nur die Korrupten gedeihen. Diejenigen, die erfolgreich waren, hatten das nur erreicht, indem sie von Menschen wie ihm einfach nahmen.

Und dann, wenn alles kaputt und verbrannt wäre, käme Mister Black.

Und er – sein treuer General – würde dort sein.

KAPITEL 16

Kristen parkte im Parkhaus, joggte die Treppe hinunter – das hatte sie sich durch das Training mit ihrem Team angewöhnt – und ging ins Polizeirevier.

Der Empfangstresen war verlassen. Ihre Hand näherte sich ganz von selbst der Hüfte und suchte nach ihrer Waffe, die sie noch nicht umgeschnallt hatte.

Sie fand nur eine winzige Webcam, die auf den Eingang des Reviers gerichtet war. Das war seltsam.

Ihr monatelanges Training zahlte sich aus, versetzte sie in höchste Alarmbereitschaft und sie suchte schnell ihre Umgebung ab.

Alles war verlassen, bemerkte sie. Niemand schob Papierkram umher, wanderte in den Pausenraum oder bewegte sich einfach so. Ihr Herz begann lauter zu klopfen. Sie atmete einmal tief ein und dann ganz langsam aus, damit sie sich konzentrieren und herausbekommen konnte, was hier vor sich ging.

Vorsichtig bewegte sie sich weiter durch die Büroräume, vorbei an den ebenfalls leeren Zellen und in Richtung des Aufenthaltsraums. Sie wollte dort hineinschauen und wenn sie niemanden finden würde, wie der Teufel in den Ausrüstungsraum rennen, sich bewaffnen und zurückkehren. Dann würde sie versuchen, der Sache besser vorbereitet auf den Grund zu gehen, als sie es im Moment war. Könnte die ganze Truppe entführt worden sein? Das konnte nicht passiert sein, das war unmöglich, oder? Aber was sonst könnte das Fehlen ihrer Kollegen erklären?

Ein Geräusch erregte ihre Aufmerksamkeit, aus dem Keller vielleicht? Die Geiselszenarien aus den monatelangen Trainingseinheiten schossen ihr in den Kopf.

Nach einem langen, langsamen Atemzug näherte sie sich in der Hocke dem Aufenthaltsraum. Sie wusste nicht, was sie dort vorfinden würde, aber ihr war klar, dass sie für alles – was auch immer es war – bereit sein wollte.

Sie presste ihr Ohr an die Tür, hörte aber keine Stimmen mehr. Etwas raschelte und erinnerte sie an zusammengedrängte Körper.

Kristen nickte, holte tief Luft und trat die Tür ein.

»Überraschung...«

Der Schwung, den sie hatte, ließ sie sauber abrollen. Sie wagte sich hoch und erwischte den Körper, der ihr am nächsten war. Der Raum war dunkel und sie konnte nichts erkennen, aber sie war entschlossen, sich von niemandem überwältigen zu lassen.

»Jemand soll Licht machen!«

Die Lichter gingen an und sie starrte Keith ins Gesicht, den sie am Revers gepackt hatte.

»Äh... Überraschung?«, sagte er vorsichtig lächelnd.

Ein flüchtiger Blick um sie herum bestätigte, dass das gesamte Revier dort eingepfercht war. Der Raum war dekoriert – gut, ein einzelnes Banner hing an der Wand, auf dem »*Happy Birthday Chris*« stand. Da war die Überraschungsparty wohl recht spontan geplant worden. *Nun, man darf auch nicht immer wählerisch sein, wenn der Name mal nicht passt.*

Jonesy lachte laut. »Verdammt, Neue. Du kannst dir diesen Scheiß doch nicht ausdenken, oder? Ausgerechnet du könntest alleine in einen Hinterhalt geraten, während du selbst jemanden überfällst.«

Sie ließ Keith los und lächelte. »Entschuldigung. Ich dachte, äh... Woher wisst ihr alle, dass ich Geburtstag habe?«

»Jonesy hat in deine Personalakte geschaut. Mach dir keine Sorgen, wir haben ihn aus den Computern ausgesperrt. Alles Gute zum Geburtstag!« Drew klatschte ihr auf den Rücken und gab ihr eine Karte.

Immer noch lächelnd schaute sie auf die Karte in ihrer Hand. Darauf stand: »*Anforderungen übertroffen*« mit dem Foto einer Abrissbirne.

Ihr Lächeln wurde breiter. »Leute! Ich weiß nicht, was ich sagen soll.«

»Man sagt ›Danke‹, wenn Leute sich bemühen, etwas Nettes zu tun«, schnaubte Hernandez.

»Danke, Hernandez.« Kristen versuchte, so viel mädchenhafte Albernheit in ihre Stimme zu bringen wie möglich. Die Frau erschauderte, genau das hatte sie sich erhofft.

»Alles klar, ihr Arschlöcher. Hier gibt es nichts zu sehen. Holt euch ein Stück Kuchen und verschwindet, bevor wir eure Ärsche zurück an die Arbeit schleppen«, schrie Jonesy die anderen im Raum an. Es war wirklich beeindruckend, wie viele Mitarbeiter da hineingepasst hatten, nur damit sie die Überraschung ruinieren konnte.

Die Leute schlurften vorbei und gratulierten ihr oder wünschten zum Geburtstag alles Gute. Sie bemerkte die

Frau, die normalerweise am Empfang arbeitete. Sie hielt ein Tablet in der Hand, das ein Video vom Eingangsbereich zeigte. *Ahhh, das erklärte dann wohl die Webcam.*

Als nur noch ihr Team übrig geblieben war, nahm sie sich schließlich selbst ein Stück Kuchen. Vermutlich hatte da *»Happy Birthday«* gestanden, aber anscheinend hatte die Bäckerei, bei der sie den Kuchen gekauft hatten, eine leckere Glasur, weil fast alle Stücke mit Buchstaben schon weg waren. Sie nahm das *H* für Hall und setzte sich auf die Couch.

»Du hast Glück, dass wir überhaupt feiern. Ich habe deinetwegen Geld verloren«, sagte Jonesy kauend.

»Stimmt das, Jonesy?«, warf Hernandez ein und ihre Augen glänzten. »Haben dich all die langen Nächte, in denen du unserer Abrissbirne geholfen hast, von der Stange abgehalten?«

»Wovon zum Teufel redest du, Hernandez?«, erwiderte er schlau. »Männliche Stripper tanzen nicht an der Stange.«

Die Frau musste lachen. »Oh, dann hast du also aus Erfahrung gesprochen?«

»Verpiss dich. Nur weil niemand dafür bezahlen würde, dich nackt zu sehen, heißt das nicht... Weißt du was? Halt einfach die Klappe«, maulte er sie an und nahm einen weiteren Bissen. Dann hörte Jonesy auf zu kauen. »Ich habe gewettet, dass du keinen Monat hier überlebst, geschweige denn vier, Red.«

»Ohne dich hätte ich es nicht so weit gebracht, Jonesy. Das bedeutet mir jetzt noch mehr, weil ich weiß, dass du Geld darauf gesetzt hast, dass ich es nicht schaffen werde. Ich kann den Betrag übernehmen.«

»Nein, nein«, versuchte er, das Angebot abzuwehren.

Drachenhaut

»Nein, wirklich, ich bestehe darauf.« Sie suchte in ihrer Brieftasche. »Was schulde ich dir, zehn Mäuse? Zwanzig?«

»Eher hundert«, kicherte Butters.

»Du hast hundert Mäuse gewettet, dass ich keinen Monat hier überlebe?«

»Sieh mich nicht so an, Red. Ich war nicht der Einzige, der Geld verloren hat, weil du dich als verdammte Abrissbirne entpuppt hast.«

Kristen sah ihr Team an. Sie alle schoben sich Kuchen in den Mund und versuchten, unschuldig auszusehen. »Also, wer hat gewonnen?«

Es folgte eine betretene Stille und jeder schien entschlossen, niemanden mehr anzuschauen.

»Im Ernst, wer hat gewettet, dass ich vier Monate durchhalte?«

Es wurden unbeholfene Blicke ausgetauscht, bevor schließlich Beanpole gestand. »Ich habe zehn Wochen gewettet, aber du hast auch das übertroffen, also nimm du das Geld.« Er nahm seine Brieftasche, zog einen Stapel Bargeld heraus und drückte es ihr in die Hände.

Sie zählte das Geld ungläubig. »Das... das sind fast tausend Dollar.«

»Happy Birthday!«, nickte er und ging schnell zur Seite, um sich ein weiteres Stück vom Geburtstagskuchen zu gönnen.

»Ihr Arschlöcher habt um fast einen Riesen gewettet, dass ich aufgeben werde?« Sie wäre vielleicht sauer gewesen, wenn sie schon vor Monaten davon gewusst hätte, aber jetzt störte es sie nicht mehr. Immerhin hatten diese Leute sie ausgebildet – besonders Jonesy – der zweifellos als erster die Wette gegen sie abgeschlossen hatte. Sie hatten zusammen geschwitzt, waren zusammen verletzt worden, sie hatte für ihn eine Kugel abgefangen und ihm das Leben gerettet.

»Ich wollte nicht, aber… na ja, die Quoten standen gut«, zuckte Butters mit den Achseln.

»Schwachsinn, Butterball. Du warst derjenige, der die Einstiegshürde auf hundert Dollar erhöhen wollte.« Hernandez hob eine Augenbraue, als wolle sie ihn zum Streiten herausfordern, aber er versteckte sich nur hinter seinem Stück Kuchen.

»Wenn es anders gelaufen wäre, wäre einer von Euch umso reicher.« Kristen hob das Geldbündel hoch. »Wie zum Beispiel, wenn sich Jonesy tatsächlich eine Kugel eingefangen hätte oder einer von Euch halbwegs anständig Softair spielen würde.«

Alle lachten, besonders Jonesy. »Red kann eigentlich nur bei der Truppe bleiben, schließlich wurde sie angeschossen!«

»Aber im Ernst, Leute. Danke. Ich weiß, dass ich unter seltsamen Umständen zur Truppe kam, aber Ihr habt trotzdem dabei geholfen, mich zu dem Polizisten zu machen, der ich heute bin.«

»Du hattest mehr Potenzial als jeder dieser Punks, denke niemals anders«, sagte Drew und verdiente sich eine weitere Runde Gelächter vom Team.

»Trotzdem. Ich bin Euch dankbar. Wirklich, aus tiefstem Herzen bin ich das. Dieser Job ist verdammt hart, aber Ihr seid das alles wert. Es bedeutet mir so viel, ein Teil dieses Teams zu sein, auch wenn ich zuerst tausend Türen eintreten musste, bevor ich mir meinen Platz verdient hatte.«

Drachenhaut

»Es war uns ein Vergnügen, dir so oft beim Scheitern zuzusehen, Red«, lächelte Jonesy.

Hernandez zuckte mit den Achseln. »Ich denke immer noch, dass du eine hochnäsige, privilegierte weiße Schlampe bist, aber zumindest bist du kein weiterer privilegierter weißer Mann. Außerdem bist du definitiv besser als der Frischling.«

»Ich bin nicht mehr der Frischling«, protestierte Keith und wieder lachten alle.

»Es ist gut, hier zu sein.«

»Okay, Jesus – macht mal jemand das Blaulicht an oder was auch immer, damit Red weiß, dass ihre verdammte Rede zu Ende ist«, sagte Jonesy.

Butters räusperte sich. »Kristen, wenn du uns wirklich danken willst, versprich uns, nie wieder für uns zu kochen. Ich koche jedes Gericht, das jemals südlich von Tennessee serviert wurde, wenn du bitte versprichst, keine weiteren Kreationen auszuprobieren.«

Daraufhin brachen alle wieder in Lachen aus.

»Heilige Scheiße, erinnerst du dich an den Geruch, als wir zurück zum Revier kamen?« Hernandez hielt sich die Seiten und konnte vor Lachen kaum sprechen.

Jonesy nickte. »Wir dachten, ein Tier wäre in den Lüftungsschächten gestorben.« Er schaffte es gerade so sich ein wenig zu kontrollieren, aber dieser Satz schien alles wieder auszulösen.

Kristen ließ sich mitreißen, während sie in der Couch versank. Nach all diesen Monaten – nein, viel länger – fühlte sie sich endlich wie zu Hause. Diese Leute, ihr neues Team, trieben sie auf ihre eigene Weise zum Erfolg. Sie forderten sie heraus, beschützten sie und glaubten an sie. In ihrer kurzen Zeit beim SWAT hatten sie sich bereits von Kollegen, zu Teamkollegen, zu Freunden gewandelt und jetzt fühlte sie sich endlich wie in einer Familie und in ihrem Zuhause.

Sie atmete tief durch und machte bei dem Dummdaher-Gerede mit, das ohnehin nicht mehr aufzuhalten war. Das Wichtigste war, dass sie zu Hause war – sie war endlich zu Hause – und sie fühlte sich verpflichtet, ihre neue Familie zu beschützen, selbst wenn sie Jonesy schlecht aussehen lassen und eine weitere Kugel für ihn abfangen musste.

KAPITEL 17

Jonesy und Kristen waren in einem Streifenwagen unterwegs, als der Anruf kam.

»Da passiert etwas in der Innenstadt. Bewaffneter Raubüberfall.«

»Wo?«, fragte Jonesy.

»Wir haben noch keinen genauen Standort, nur mehrere Berichte über bewaffnete Schützen. Wir werden über die verdammten Notrufleitungen mit widersprüchlichen Angaben überflutet.«

Das war an sich schon seltsam, schließlich gaben die Kollegen beim Notruf lediglich Daten weiter. Wie viele Anrufe waren wohl nötig, um sie zu überfordern?

»Wir sollten lieber zur Basis zurückkehren.« Jonesy schaltete die Sirene ein und gab Gas.

Sie schafften es ein paar Blocks weiter durch die Innenstadt, bevor etwas das Glas eines der hinteren Fenster zerbrach.

»Was zum Teufel war das?«, schrie er und duckte sich unwillkürlich.

»Ich glaube...« Bevor sie antworten konnte, fielen noch mehr Schüsse und die Kugeln *prallten* von der Beifahrertür des Fahrzeugs *ab*. Die Wirkung war durch das Metall hindurch tatsächlich spürbar. »Irgendein Arschloch schießt auf uns.«

»Nicht zu fassen«, meinte er, wendete aber nicht.

»Jonesy, sollten wir diesen Arschlöchern nicht zeigen, wer der Boss ist? Die Bedrohung eindämmen?«, protestierte sie.

»Hör auf den Funk, Red.« Er stellte ihn lauter.

»Aktive Schützen auf dem Grand Boulevard und Woodward. Berichte über bewaffnete Personen beim Kunstmuseum DIA, bitte bestätigen. Einsatzbefehl für alle Einheiten. Ich wiederhole, alle Einheiten.«

»Wir sind eine Einheit, Jonesy. Wohin fährst du, verdammt?«

»Es klingt, als gäbe es mehr als ein Dutzend Schützen da draußen und du willst sie aus einem verdammten Polizeiwagen heraus mit ein paar Pistolen erledigen? Wir sind das SWAT, Red. Die Streifenpolizei muss die Arschlöcher aufhalten, bis wir da sind.«

Ihr Herz rutschte in die Hosentasche. Die Stadt hatte vielleicht nicht mal mehr ein paar Minuten. Wenn bereits gezielt auf vorbeifahrende Streifenwagen geschossen wurde, könnte die Situation bereits gekippt sein.

Jonesy raste auf das Revier zu und war ausnahmsweise still. Stattdessen drehte er den Funk auf, damit sie alles über die Sirene hinweg hören konnten.

»Es gibt kein offensichtliches Muster bei den Angriffen. Die meisten sind im Riverton-Warehouse-Distrikt, aber genaue Ziele sind nicht bekannt. Alle Beamten mobilisieren, ich wiederhole, wir brauchen alle Beamten.«

»Das klingt nach einem verdammten Kriegsgebiet«, murmelte er.

Kristen versuchte darüber nachzudenken, was das alles ausgelöst haben könnte, wurde aber unterbrochen, als eine kupferne Corvette um die Ecke raste und neben ihnen herfuhr.

»Jonesy!«

»Ich weiß, ich weiß!« Er versuchte zu beschleunigen, war aber der Corvette nicht gewachsen. Mit Leichtigkeit fuhr sie auf der Fahrerseite des Polizeiwagens nebenher.

In der Corvette saßen zwei Männer in Jeansjacken mit Spikes. Der Mann auf dem Beifahrersitz hielt ein Sturmgewehr in der Hand, wie Kristen es bisher nur in Filmen gesehen hatte.

»Eure korrupten Tage sind vorbei, ihr verdammten Schweine«, schrie der Mann über die dröhnenden Motoren der beiden Fahrzeuge hinweg.

Eine Salve von Schüssen wurde auf das Polizeifahrzeug abgefeuert.

»Scheiße!«, rief der Sergeant, riss das Lenkrad nach rechts und sie schleuderten eine andere Straße hinunter. Die Corvette versuchte zu folgen, aber sie waren zu schnell und die Kurve zu scharf. Die Reifen quietschten, bevor der Fahrer seinen Kurs korrigierte und auf der Straße, auf der sie zuvor unterwegs waren, weiterfuhr.

Obwohl der Kerl in der Corvette nur wenige Sekunden zum Schießen hatte, war die Seite des Polizeiautos völlig demoliert.

»Diese Wichser kommen.« Jonesy presste den Kiefer zusammen, als sie sich der nächsten Kreuzung näherten und beide Beamten waren in höchster Alarmbereitschaft.

Die Corvette tauchte wieder auf und es wurde wild geschossen. Sie raste von hinten an das Polizeifahrzeug heran – die verdammte Corvette musste über neunzig Sachen auf dem Tacho gehabt haben – und die ersten Geschosse schlugen im Kofferraum ein.

»Red, glaubst du, du wirst mit diesen Arschlöchern fertig?«

»Ich kann es versuchen.« Kristen zog ihre Pistole, ließ sich Zeit zum Zielen und schoss. Die ersten drei Schüsse trafen die Windschutzscheibe, bevor sie zum Glück einen der Vorderreifen traf.

Die Corvette brach nach links aus und gab die Verfolgung auf.

»Verdammt guter Schuss, Red. Ich weiß nicht, ob Butters diesen Schuss hätte so platzieren können.«

»Ja, nun, fast von verdammten Autofuzzis das Licht ausgeblasen zu bekommen, ist ein alter Hut für mich.«

»Mach keine Witze. Hast du noch mehr von diesen Arschlöchern gesehen?«

Sie schaute hinten raus. »Ja. Heilige Scheiße, Jonesy. Es sind so viele Menschen dort hinten auf der Straße. Es sieht aus... es sieht aus wie ein gottverdammtes Kriegsgebiet.«

Er reagierte mit weiterem Druck auf das Gaspedal und das Fahrzeug schoss nach vorne. Der Gedanke, die Gewalt hinter sich zu lassen, anstatt sich ihr frontal zu stellen, machte Kristen krank, aber sie wusste, dass er recht hatte. Wenn sie in das Kriegsgebiet gehen wollten, mussten sie besser ausgerüstet sein.

In weniger als fünf Minuten kamen sie am Revier an. Sie war überrascht, dass es noch stand. Schließlich lag es in der Nähe der Innenstadt und den hereinkommenden Berichten zufolge klang es so, als ob versucht würde, die Innenstadt in die Luft zu jagen. Jonesy parkte vor dem Revier und das Duo rannte hinein.

»Wird auch Zeit, verdammt und jetzt aufrüsten!«, brüllte Drew sie an, sobald sie den Ausrüstungsraum erreichten. Er warf ihr und Jonesy kugelsichere Westen zu. Es war ein kleines Wunder, dass sie es lebend zurückgeschafft hatten und sie hatte noch nicht realisiert, in welcher Gefahr sie sich befunden hatten. Glücklicherweise hatte sie keine Zeit, sich lange mit den Gedanken an die geglückte Flucht aufzuhalten und schnappte sich ihren Helm, setzte ihn auf und zog den Kinnriemen fest, während sie die beunruhigenden Gedanken beiseite schob.

Das Team rannte durch das Revier zu ihrem SWAT-Van. Sie stiegen ein, Jonesy ans Steuer, der Teamleiter auf den Beifahrersitz und die anderen auf den Rücksitz.

»Wie ist der Plan?«, fragte der Sergeant Drew angespannt.

Dieser öffnete die Trennscheibe damit alle zuhören konnten und antwortete.

»Im Moment wissen wir nicht, wer diese Arschlöcher sind oder was sie wollen. Alles, was wir wissen ist, dass es eine beträchtliche Anzahl von ihnen gibt, sie schwer bewaffnet sind und dass sie sich auf das Lagerhausviertel konzentrieren. Wir sollen eine Straßensperre auf der Brücke zur Bell Isle errichten. Die Chefetage glaubt, dass sie das Lagerhausviertel als Sammelpunkt verwenden und dass sie versuchen könnten, die Insel als permanente Basis einzunehmen. Wenn das der Fall wäre, könnte es verdammt schwer werden, sie da rauszuholen, denn es gibt nur die eine Brücke um rein und rauszukommen.«

»Wer schickt uns auf die Bell Isle, wenn der Lagerhausbezirk im Mittelpunkt steht?« fragte Kristen.

»Das liegt über unserer Gehaltsklasse, Hall. Wir sind ein Team und jedes Mitglied des Teams muss seine zugewiesene Position einnehmen. Unser Job ist es, den Arschlöchern nicht zu erlauben, die Insel einzunehmen.«

Sie rasten die Lafayette Street hinunter, überquerten die East Grand und etwa die Hälfte der Brücke zur Bell Isle, bevor sie anhielten. Drei Polizeiautos standen bereits dort, plus ein weiterer SWAT-Van. Sie luden aus und Jonesy wendete das Fahrzeug, um die Straßensperre zu vervollständigen.

Sie seufzte erleichtert auf. Hier kam keiner durch.

Es war fast so, als wäre ihr Gedanke eine Art Auslöser gewesen.

»Nehmt eure Plätze ein, Leute und lasst keinen durch«, befahl Drew, als die ersten Schüsse fielen.

Vierzehn Mitglieder des SWAT und sieben weitere Polizisten bezogen hinter ihren Fahrzeugen Stellung und versuchten, die Brücke zu halten.

Es brachte Kristen beinahe um den Verstand, dass es mindestens zehn weitere SWAT-Blockaden wie diese geben musste. Wie konnte das sein? Sie wusste, dass es in Detroit Gangs gab, aber das hier war lächerlich. Hatten sie sich alle zusammengetan und beschlossen... Was? Die Stadt niederzubrennen? Es ergab einfach keinen Sinn. Gangs machten Dinge für Geld. Das hier war reine Zerstörung.

»Wir haben Kräfte, die sich auf den Lagerhausbezirk konzentrieren. Alle Einheiten...«

Die Funkmeldung wurde schlagartig durch Rauschen ersetzt.

»Verdammt noch mal!«, fluchte Drew zornig.

»Was machen wir jetzt?«, fragte Keith unsicher.

»Halte deine verdammte Position, Frischling.« Jonesy nickte in Richtung Festland. Drei Autos rasten auf sie zu, auf das Dach von einem der Fahrzeuge war ein Maschinengewehr montiert.

Kristen wartete darauf, dass sie in Reichweite kamen, aber anscheinend hatte der Typ an der montierten Waffe weit weniger Geduld. Er eröffnete das Feuer und ließ Kugeln auf die Fahrzeugsperre regnen.

Butters gab einen sauberen Schuss ab und der Typ fiel – in die Brust getroffen – vom Dach des Fahrzeugs.

Die anderen beiden Autos kamen weiterhin näher und wurden auch nicht langsamer.

Die Reifen des einen Autos quietschten beim Anhalten. Ein weiteres Gangmitglied kletterte heraus und wollte die Kontrolle über das montierte Maschinengewehr übernehmen.

Der Scharfschütze schoss ihm prompt ebenfalls in die Brust.

Der Mann stolperte zwar, fiel aber nicht – eine kugelsichere Weste offensichtlich – also zielte Butters noch einmal und gab einen perfekten Kopfschuss ab.

Das brachte die Kriminellen davon ab, einen neuen Versuch zu wagen und schon hatte ein montiertes Maschinengewehr eine niedrige Priorität. Die anderen beiden Autos schossen nun auf die Blockade zu und ihre Motoren dröhnten. Die Polizeibeamten hatten bereits Schüsse auf die sich schnell nähernden Fahrzeuge abgegeben, in der Hoffnung, einen Treffer zu landen.

»Auf die Reifen«, befahl Drew, worauf Beanpole, Keith und Jonesy konzertiert auf das Auto auf der rechten Seite feuerten. Sie trafen die Vorderreifen, das Fahrzeug schleuderte seitwärts, durchschlug die kleine Mauer am Rand der Brücke und stürzte in den Detroit River.

Das dritte Fahrzeug kollidierte mit der Front eines Polizeiwagens, ließ ihn zur Seite driften und fuhr einfach durch ihre Blockade hindurch.

»Red, Hernandez, Jonesy, ihr schnappt euch die Wichser, die es geschafft haben. Alle anderen, da kommen noch mehr auf uns zu.«

Kristen drehte sich, um auf den Wagen zu feuern, der ihre Barrikade durchbrochen hatte. Sie bemerkte schockiert, dass zwei Beamte überfahren worden waren und versuchte sofort, über Funk den Rettungsdienst anzufordern, doch da war immer noch nur Rauschen.

Anstatt ihrer wachsenden Frustration über das was sie nicht tun konnte nachzugeben, biss sie die Zähne zusammen und schoss auf das Auto, das auf sie zukam. Jonesy und Hernandez eröffneten ebenfalls das Feuer und zielten auf die Räder und die Windschutzscheibe. Nach einem kurzen Moment war das Fahrzeug ausgeschaltet.

Zwei Männer stiegen aus dem nicht mehr fahrfähigen Fahrzeug und einer von ihnen warf etwas Richtung Straßensperre.

»Granate!«, schrie der Sergeant und alle warfen sich auf den Boden.

Das Wurfgeschoss rollte unter einen der SWAT-Vans und explodierte. Niemand wurde verletzt, aber das Fahrzeug war offensichtlich nicht mehr fahrbereit.

»Da kommen noch mehr«, rief Drew und zeigte über die Brücke, wo weitere Autos auf sie zurasten. Die sahen aber nicht aus, als gehörten sie zu den Breaks. Eines war ein aufgemotzter Honda und ein Low-Rider mit Musik, laut genug, das nun andauernde Geballer zu übertönen.

Das Funkgerät erwachte zum Leben. »Alle Einheiten sammeln sich an Chene und Guoin. Wir versuchen zu umgehen, was auch immer unseren Funk stört. Bitte wiederholen, wenn das gehört wird, an der Ecke Chene und Guoin gibt es ein verlassenes Lagerhaus, halb von Weinreben bedeckt. Alle Einheiten...«

Die Übermittlung wurde wieder von Rauschen verschluckt.

»Ihr habt die Frau gehört, also rein in den verdammten Van«, ordnete Drew an. Zwei SWAT-Teams und sieben Polizisten gehorchten, stießen aber sofort auf Schwierigkeiten.

Es war schnell klar, dass sie nicht alle hineinpassen würden, also zwängten sich die beiden SWAT-Teams und zwei normale Polizisten in den Van, während die anderen Polizisten den verbleibenden Cruiser nahmen und den Motor hochdrehten.

Jonesy setzte das Fahrzeug in Gang und sie rasten in Richtung Lagerhalle.

Zum Glück waren es nicht die Breaks, auf die sie jetzt zufuhren. Kristen bezweifelte, dass Jonesy in der Lage gewesen wäre, einen dieser Autofreaks zu überlisten. Aber diesen hier fehlte eindeutig das fahrerische Können und die aufgerüsteten Fahrzeuge der anderen Bande, also hoffte sie, dass ihre Truppe hier tatsächlich lebend herauskommen könnte.

Der Low-Rider war leicht abzuhängen. Der Sergeant rammte eine Seite, was ausreichte, um die Federung zu ruinieren und damit das Fahrzeug unbrauchbar zu machen.

Den kleinen Honda loszuwerden war wegen seiner Geschwindigkeit etwas kniffliger. Aber er war zu leicht, sodass er dem größeren gepanzerten Fahrzeug nicht viel entgegenhalten konnte. Er versuchte ein paar Mal sie zu streifen, aber Jonesy war offensichtlich schon in solchen Situationen gefahren, weil er jeden geplanten Einschlag voraussah und auswich. Jemand im Honda war ebenfalls bewaffnet. Die Kugeln trafen den Van an der Seite, durchschlugen aber die kugelsichere Panzerung nicht.

Trotzdem waren es für die Leute hinten im Van ein paar durchrüttelnde Minuten. Sie waren dort eingepfercht, sodass Kristen in jeder Kurve gegen jemanden gepresst wurde. Mehr als einmal bedankte sie sich bei ihrem Schutzengel, dass wer auch immer im Honda saß, keinen Sprengstoff hatte.

Eine einzige Granate hätte ausgereicht, zwei SWAT-Teams zu vernichten.

»Er ist hinter uns«, rief Drew. »Wer schießt?«

»Ich mach es«, schrie eines der Mitglieder des anderen SWAT-Teams. Zwei seiner Teamkollegen hielten ihn an den Schultern fest und ein dritter Kollege öffnete das Heck des Vans.

Der Honda hinter ihnen näherte sich schnell und die Person auf dem Beifahrersitz feuerte recht ungezielt ein Sturmgewehr ab.

Der Beamte zuckte nicht einmal mit der Wimper. Er zielte, atmete aus als wäre er auf einem Schießstand statt auf dem Rücksitz eines rasenden Fahrzeugs und schoss.

Er traf den Fahrer und der Honda drehte sich mehrfach um seine eigene Achse, weil keiner mehr das Steuer hielt.

»Du bist nicht der einzige Teufelskerl, Goodman«, scherzte der Mann.

Für einen Moment konnte Kristen nicht zuordnen, mit wem er gesprochen hatte, aber dann erinnerte sie sich, dass der Scharfschütze ihres Teams auch einen richtigen Namen hatte und der Mann diesen benutzte.

»Du lässt die ganze kalte Luft raus!«, antwortete Butters milde und einer der Teamkollegen des Schützen schwang die Tür wieder zu.

Sie fuhren noch einige Minuten weiter und konnten glücklicherweise allen anderen bewaffneten Fahrzeugen ausweichen, bevor der Van abrupt zum Stehen kam.

Sie hatten es geschafft und waren am Lagerhaus angekommen.

Sie biss die Zähne zusammen und gab sich das Versprechen, dass sie ihre Stadt retten oder bei dem Versuch sterben würde.

KAPITEL 18

Ein einzelner SWAT-Van stoppte vor dem Lagerhaus.
»Sollen wir ihn zur Hölle schicken, Euer Ehren?«
Für einen Moment vergaß der schwarze Drache die Arme seiner menschlichen Gestalt zu bewegen. Es war einfach erniedrigend, so viel Zeit in menschlicher Form zu verbringen. Schlimmer noch, er musste ihre Ausdrucksweise und die Veränderungen der Körpersprache über die Jahrzehnte hinweg erlernen. Es hätte nicht so kommen müssen. Na ja, die menschlichen Bauern hatten ja andererseits auch nicht viel Respekt vor ihren Kühen.

»Mister Black, Ihre Befehle?«

Er konnte nicht einmal seinen richtigen Namen vor diesen armseligen, kurzlebigen Ratten benutzen. Sie könnten ihn sicher nicht einmal aussprechen, aber es war noch viel mehr an dem Drachen, der sich Mister Black nannte. Es wäre nicht gut, wenn die anderen Drachen aus Detroit herausfinden würden, dass ausgerechnet er derjenige war, der in ihrer Stadt Unruhe gestiftet hatte. Jedenfalls nicht vor heute Abend, erinnerte er sich selbst – nicht bevor es zu spät sein würde.

»Sir? Soll ich auf den Einsatzwagen schießen?«

Er wandte sich an den Mann. Murray von den Breaks war ein erbärmliches Abziehbild eines Anführers und doch war er der beste verfügbare Ganove in dieser erbärmlichen Stadt. Doch mit den Waffen, die ihnen die Schergen des Drachen beschafft hatten, konnten selbst er und seine erbärmliche Bande von Kleinkriminellen der Stadt echten Schaden zufügen, solange sie im Dunstkreis des Drachens blieben.

»Warte«, sagte er.

Er hatte die ganze Nacht mit seiner angeborenen Kraft experimentiert. Es brauchte nicht viel, um die Ratten, die sich Banden nannten, über die Klinge springen zu lassen. Sie waren offensichtlich bereits wertlose Kreaturen für alle anderen und anfälliger für Gewalt als der Durchschnittsmensch. Die Aura eines Drachen – selbst wenn er so mächtig war wie er – konnte die angeborene Natur eines Menschen nicht ändern. Ein Drache konnte einen Heiligen nicht in einen Sünder verwandeln – so lautete eine oft verwendete und sehr richtige Redewendung – aber er konnte Menschen in die Richtung drängen, zu der sie ohnehin tendierten. Praktischerweise war keiner dieser hier anwesenden Leute ein Heiliger.

Die Tatsache, dass es so wenig Mühe gekostet hatte die Gangs zu zwingen, ihre Heimat und ihre eigenen Nachbarn anzugreifen, zeigte deutlich, wie dringend diese Stadt eingerissen und wieder aufgebaut werden musste. Er hatte ihnen nicht befohlen zu töten oder ihre Herzen mit Wut und Terror gefüllt. Stattdessen hatte er sie einfach von ihrer Angst und Hemmung befreit, ihrer eigenen Art Schaden zuzufügen und sie hatten wie Vögel ihre Arme gehoben und flogen los.

Aber es brauchte schon einiges an Konzentration, eine solche Aura über mehrere Stadtblöcke hinweg auszustrahlen und wenn man sich konzentrierte, verpasste man oft Dinge, die man eigentlich nicht verpassen sollte.

Wie zum Beispiel den Drachen, der aus dem Einsatzwagen stieg.

Mister Blacks Augen richteten sich auf die Frau, die einen Helm über ihrem roten Haar trug. Sie war ein Drache. Er konnte es fühlen. Ihr menschlicher Körper glühte vor Energie, stärkte ihre Muskeln über das hinaus, was die menschliche Gestalt zu leisten vermochte, schärfte ihre Reflexe und beschleunigte ihre Reaktionen. Aber wie konnte es einen neuen Spieler in der Stadt geben, von dem er nichts geahnt hatte? Wer war sie und warum hatte sie ihre vollen Kräfte bisher nicht eingesetzt? Das könnte alles ruinieren. Sie alleine könnte buchstäblich Monate der Planung einfach in Rauch aufgehen lassen.

Er hatte geplant, diese Stadt von den beiden rückgratlosen Würmern zu übernehmen, die seit Jahrhunderten die Kontrolle über die Stadt hatten, aber anscheinend war er nicht der einzige, der sich im Schatten versteckt hatte.

Wer auch immer dieser weibliche, als Polizist verkleidete Drache war, sie wollte offensichtlich nicht das volle Ausmaß ihrer Kräfte offenbaren. Wenn sie bei der Polizei war, musste sie eine Weile verdeckt gearbeitet haben, aber warum? Offensichtlich musste sie ihre eigenen Pläne haben – Ambitionen, die den Rahmen dessen sprengten, was die meisten Menschen zu träumen wagten – und sie hatte diese Stadt im Visier.

Für Mister Black könnte das positiv sein. Der heutige Abend sollte seine große Offenbarung werden und am Ende würde es unweigerlich auf einen

Drachenhaut

Zwei-gegen-Eins-Kampf hinauslaufen. Aber mit einem weiteren Spieler auf dem Brett müsste er sich vielleicht gar nicht offenbaren. Wer auch immer dieser Neuankömmling war, sie musste sich aus einem bestimmten Grund verbergen. Vielleicht wollte sie selbst die Motor City regieren. Vielleicht arbeitete sie auch verdeckt für diese Würmer Damos und Lyra. Was auch immer die beiden geplant hatten, sie verließen sich eindeutig darauf, dass sie als Mensch unentdeckt bleiben würde.

Es lag in seiner Macht, diese Pläne zunichtezumachen.

Es gab zwei Möglichkeiten, die er sich vorstellen konnte. Er würde sie zwingen, sich zu offenbaren oder sie töten. Welche Tarnung auch immer sie aufgebaut hatte, würde weggebrannt werden. Vielleicht würden Damos und Lyra es für angebracht halten, sich selbst einzubringen, um so die Chancen auszugleichen. Er entschied sich dafür, seinen geplanten Coup zu beenden.

»Schaltet den Funkstörsender aus«, befahl er.

Murray gehorchte und zappelte nervös mit der Steuerung. Der Drache konnte seine Sorge verstehen. Der letzte Mann, der den Störsender bedient hatte, hatte es vermasselt und der Polizei den Standort dieses Lagers preisgegeben, obwohl es jetzt so aussah, als ob nur eine Truppe den Funkspruch gehört hatte und hergekommen war. Trotzdem, Versagen war Versagen. Er hatte den Mann kurzerhand vom Dach geschleudert. Es schien, dass Murray von den Breaks die nicht ganz so unterschwellige Drohung verstanden hatte.

»Ist ausgeschaltet, Sir«, sagte der Bandenchef mit zitternden Händen.

»Sag allen, sie sollen sich am Lagerhaus versammeln. Ich will, dass die Karre voller Bullen Blei frisst. Ich will, dass sie von den Waffen, die ich dieser Stadt gegeben habe, lebendig geröstet werden.«

»Sir, wenn ich diesen Befehl gebe, kommt die Polizei auch.«

»Lass sie kommen. Mehr Körper heißt mehr Kugeln und mehr Gemetzel.« Mister Black mochte dieses Versteckspiel nicht, aber er wusste auch, dass es eine Täuschung sein konnte. Er würde sie zwingen, sich zu offenbaren und sobald er wusste, wer sie war, würde er sie entweder auf seine Seite ziehen oder ihren Leichnam im Schatten liegen lassen, während er ihr diese Stadt wegnahm.

»Breaks, Dead Reds, Knights, Eskeletos, Stray Cats – zurück ins Nest!«

Darauf folgte sofort die Anweisung der menschlichen Polizei über Funk, alle Beamten sollten sich zum Lagerhaus begeben.

Mister Black lächelte. Es war gut, dass er fliegen konnte. Er bezweifelte sehr, dass dieses Gebäude am Ende der Nacht noch stehen würde.

KAPITEL 19

Das Team sah sich das Lagerhaus genau an, bevor es aus dem Wagen stieg. Es war aus gemauertem Ziegel, etwa drei Stockwerke hoch und offensichtlich völlig verwahrlost. Die meisten Fenster waren kaputt. An den Wänden im Erdgeschoss befanden sich Graffiti, Beschriftungen und Flüche, die über die Jahre mit Sprühfarbe geschrieben und nie übermalt worden waren. Die einzigen Abschnitte des Gebäudes, die nicht besprüht waren, schienen mit Wildem Wein bedeckt.

Kristen bewunderte, wie stark das Gebäude von den Rankpflanzen bewachsen war. Es war ein Wunder, dass es unter all dem Gewicht noch stand. Die beiden großen Metalltore an einem Ende des Lagergebäudes ähnelten Hangar-Toren und waren nur angelehnt. Auf einer Seite des Gebäudes befanden sich mehrere kleine Türen.

»In Ordnung«, sagte Drew und übernahm das Kommando über alle Leute aus dem Van. »Ich weiß nicht, ob uns noch jemand gehört hat, das heißt, wir bekommen vermutlich keine Verstärkung, bis wir unseren Job erledigt haben.«

»Wie lautet der Plan?«, fragte eines der Mitglieder des anderen SWAT-Teams und war offensichtlich bereit, sich Drews Autorität unterzuordnen.

»Wir überprüfen zuerst die Seiteneingänge. Wenn wir durch einen hindurchkommen, wird euer Team reingehen und sich alles ansehen, während wir nach einer anderen Tür suchen, um diese Arschlöcher zu umgehen.«

»Das klingt ungefähr so gut wie jede andere Idee«, sagte der Leiter des zweiten SWAT-Teams. Alle nickten. Entweder so oder durch die leicht geöffneten Tore hineinstürmen, aber jeder Einzelne im Van fühlte gleich, die offenen Tore konnten nur eine Falle sein.

»Lasst uns das verdammt noch mal durchziehen«, sagte Jonesy.

Sie öffneten die hintere Tür des Vans und sprangen heraus.

Anscheinend hatte die List ihrer Gegner im Lagerhaus funktioniert. Kaum waren sie aus dem Fahrzeug gestiegen, begann die Schießerei. Eine Horde von Schützen auf dem Dach war begierig darauf Blut zu vergießen.

»Geht verdammt noch mal rein«, rief Drew und jeder der Gruppe gehorchte, ohne zu fragen. Sie rannten zu den Hangartoren, während es von oben Schüsse hagelte.

Sie schafften es ohne einen Verletzten hinein. Kristen wertete das als großen Sieg, bis sie erkennen musste, womit sie es zu tun hatten.

Trotz der kürzlichen Gentrifizierung des Lagerhausviertels war das Gebäude, das sie betraten, immer noch eine bröckelnde Erinnerung an Detroits industrielle Vergangenheit. Eine Art Montagelinie schlängelte sich über den Boden, ein Förderband durch die Maschinen ließ sie an einen Ort denken, an dem früher Autoteile oder Schuhe oder etwas anderes relativ Kleines hergestellt wurde. Ab und zu unterbrach eine Arbeitsstation das sich schlängelnde Förderband. Sie wusste nicht, was für Maschinen das waren, aber sie sahen lange unbenutzt und veraltet aus. Ein Metallsteg oberhalb diente zur Übersicht über die gesamte Montagestraße. An den Wänden waren Kisten aufgestapelt und weitere Stapel standen auf dem Boden in der Halle verteilt. Es war von hier aus allerdings nicht zu erkennen, ob sie vor langer Zeit dort aufgegeben oder erst kürzlich dorthin gestellt worden waren.

Sie vermutete eher Letzteres, weil von all diesen Orten feindliche Schüsse kamen. Die bewaffneten Teams standen verteilt um die Maschinen am Fließband, auf dem Steg über ihnen und hinter den Kisten in der Fabrikhalle.

»Raus hier!«, schrie Drew. Sie waren tatsächlich in die Falle getappt.

Der SWAT-Van explodierte, bevor sie sich überhaupt umdrehen konnten, um zu gehorchen.

»Da gibt es Deckung.« Kristen zeigte auf einen Stapel von Kisten, vielleicht sechs Meter vor ihr auf der linken Seite.

»Folgt Red!«, befahl Drew und sie stürmte vorwärts.

Sie sprintete so schnell sie konnte, duckte sich und landete hart auf dem Betonboden, aber zumindest war der glatt genug, um sie rutschen und in die Kisten krachen zu lassen.

Schnell schaute sie hinter sich. Ihr Team, das andere SWAT-Team und die beiden Polizisten folgten, aber sie waren zu langsam. Einer der beiden Polizeibeamten, die mit ihnen im Wagen waren, bekam einen Schuss in die Brust ab und brach zusammen. Einer der SWAT-Kollegen wurde auch getroffen, aber glücklicherweise trug er eine Kevlarweste, sodass er nur stolperte, lauter fluchte als das Sperrfeuer und weiter vorwärtsdrängte.

Die Schüsse in der Nähe waren extrem laut und machten sie beinahe taub. Sie sah, dass ein Gegner den gleichen Kistenstapel als Deckung benutzte, wenn auch auf der anderen Seite.

Kristen huschte um den Rand der Kisten herum, blieb aber stehen, als sie unter Feuer geriet. Ihre Gegner wussten also, dass sie dort war.

Sie warf noch einmal einen Blick auf ihr Team.

Der andere Polizist befand sich jetzt auch am Boden.

»Verdammt!«, fluchte sie und die Wut schwoll in ihrer Brust. Sie kannte keinen der beiden Beamten persönlich, aber sie wusste, dass sie Freunde und Familie gehabt hatten und dass sie gestorben waren, um ihre Stadt vor einem Mob von gewalttätigen Verrückten zu schützen. Egal, was passieren würde, sie konnte nicht zulassen, dass ihr Tod umsonst war.

Sie beugte sich vor, sammelte ihre Kraft und stand dann auf. Sie räumte die erste Kiste ab und legte ihre Finger auf die zweite Kiste. Schnell zog sie sich hoch und schaute auf die beiden Gegner, die gerade kaltblütig zwei Polizisten getötet hatten.

Es war einfach Tatsache, dass sie sie erschießen konnte und niemand würde ihr einen Vorwurf machen. Sie waren schließlich Polizistenmörder und schwer bewaffnet, aber sie entschied sich trotzdem dagegen. Das brauchte sie nicht zu tun, noch nicht. Wenn sie auf eines der anderen Arschlöcher feuern würde, die aktiv versuchten, ihr Team zu auszulöschen und sie diese tötete, gut, das war etwas anderes. Vielleicht war es auch eine dumme Entscheidung, aber auch anders, weil sie im Moment nicht wirklich schossen. Irgendwie machte das einen Unterschied für sie.

Statt zweier schneller Schüsse sprang sie also von der Kistenspitze und landete zwischen den beiden Männern. Keine Sekunde zu früh, denn die Kriminellen im Lagerhaus schienen kollektiv zu bemerken, dass sie sich als Zielscheibe zur Verfügung gestellt hatte, als sie auf den Kisten stand. Glücklicherweise war sie bereits auf dem Weg nach unten, als sie reagierten.

»Was zum Teufel?«, schaffte es eines der Gangmitglieder noch zu sagen, bevor sie ihm einen Tritt ins Gesicht verpasste, der seine Nase traf und ihn bewusstlos zusammenbrechen ließ.

Der andere Mann hob seine Waffe und sie griff nach dem Lauf.

Für einen kurzen Moment flackerte intensive Hitze in ihrer Handfläche auf als sie den polierten Stahl griff, aber das Gefühl verschwand schnell. Sie riss dem Mann die Waffe aus den Händen und schlug ihm damit ins Gesicht.

Er flog zur Seite und traf in einem ungünstigen Winkel auf dem Beton auf. Er würde leben, aber er würde sich auch noch lange an das hier erinnern.

Kristen kehrte zu der Stelle zurück, an der ihr Team hinter dem Kistenstapel kauerte.

»Wir müssen uns trennen.« Drew musste schreien, um trotz der Schüsse Gehör zu finden. »Wir brauchen jemanden, der das Feuer auf sich zieht – mein Gedanke wäre, dass wir dafür das Fließband in der Mitte der Anlage nehmen – und das andere Team wird die Kisten an der Seite der Lagerhalle als Deckung benutzen, während es sich Richtung Metallsteg vorarbeitet. Wenn wir

Butters über diese Arschlöcher bekommen, wird alles gut.«

»Ich gehe mit ihm«, sagte Beanpole.

»Ich auch«, meldete sich der Scharfschütze, der den Schuss aus dem Van abgegeben hatte.

»Ich nehme das Fließband.« Kristen biss die Zähne zusammen.

»Oh, verdammt noch mal, Red, jetzt warst du schneller«, grinste Jonesy, als hätten sie beide den gleichen Eisbecher bestellt, anstatt Zielscheibe zu werden.

»Ich komme auch mit euch beiden. Hernandez, Keith-«

Die Frau huschte hinter den Kisten hervor und feuerte mit ihrem Sturmgewehr auf jemanden auf dem Steg. Ein Schrei und ein Absturz bestätigten, dass Hernandez nicht nur ihr Ziel getroffen, sondern auch von seinem Posten entfernt hatte. »Ja, verdammt ja. Wir sind direkt hinter dir.«

»Das bedeutet, der Rest von euch geht über die Kisten zum Steg.«

»Ja, Sir!«, antworteten die anderen Mitglieder des SWAT.

»Guck mal genau zu, wie das geht, Red«, sagte Jonesy.

Hernandez, Keith und Drew wählten jeweils ein Ziel aus und sorgten für Deckungsfeuer, während Jonesy auf die Förderbänder in der Mitte der Fabrik zusprang. Er schaffte es, ohne eine Kugel von dem Dutzend bewaffneter Schützen abzubekommen und begann sofort einen Vergeltungsangriff.

»Keith?«, sagte Drew zwischen den Schüssen.

Der andere Mann nickte und raste auf Jonesy zu. Während der Sergeant geradeaus gelaufen war, wich er im Zickzack aus, in der Hoffnung die Bewaffneten zu verwirren.

Das war ein schlechter Plan, denn er blutete plötzlich aus einer Wunde an seiner linken Wade. Er war angeschossen worden.

»Frischling!«, schrie Jonesy, bewegte sich aber nicht. Zu viele Gegner hatten ihn dort festgenagelt.

Dann trat Kristen in Aktion. Sie raste über den offenen Bereich, erwischte ihren Teamkollegen am Kragen seiner Kevlarweste und schleppte ihn zu Jonesy.

»Heilige Scheiße, Red, du bist nicht einmal langsamer geworden.«

Sie sah ihn verwirrt an. Was er gesagt hatte, war richtig, aber der Boden war glatt und so schwer war Keith auch wieder nicht. Es war schon irgendwie verrückt, dass der Mann über eine solche Kleinigkeit überhaupt nachdenken konnte, wo es doch Blei herunter regnete.

»Werde ich sterben?«, fragte Keith von unter dem Förderband.

»Verdammt noch mal, Frischling.« Der Sergeant schüttelte den Kopf. »Sie haben dich am Bein erwischt. Du könntest in etwa neun Stunden verbluten, aber bis dahin sind wir wahrscheinlich eh alle tot.«

»Bereit?«, brüllte Drew von der anderen Seite.

Jonesy und Kristen reagierten, indem sie ihr Deckungsfeuer breit streuten, während ihre beiden Teamkollegen zu ihnen rannten. Sobald sie die Fabrikmaschinen erreicht hatten, drehten sie sich um und schlossen sich dem Sperrfeuer gegen die Kriminellen an.

Kristen warf einen Blick auf Butters und Beanpole. Sie hatten den Schutz der Kisten verlassen und versuchten jetzt die Wand zu erreichen. Einer aus dem SWAT-Team stürzte, als es die Gruppe vielleicht zur Hälfte geschafft hatte.

Die Erleichterung, dass es nicht Butters oder Beanpole war, drängte sich kurz auf, aber sie schob sie zurück und war wütend auf sich selbst, weil sie das Leben eines anderen Mannes einfach abgetan hatte. Der Wahnsinn hier musste ein Ende haben.

»Was jetzt, Sir?«, schrie sie Drew an.

»Wir bleiben in Bewegung, folgen diesem Förderband und versuchen, ihr Feuer auf uns zu ziehen und so viele wie möglich zu eliminieren.«

Das erschien ihr logisch und sie brauchte es nicht zweimal gesagt zu bekommen. Sie kauerte unter dem Förderband und als sie bemerkte, dass es nicht einmal dafür hoch genug war, ließ sie sich auf den Bauch fallen und kroch bis zum nächsten Maschinenteil unter dem Fließband. Sie wagte sich hinaus, fand einen Gegner, der seine Waffe nachladen musste und trat ihn so heftig in die Brust, dass sie fühlen konnte, wie ihm die Rippen unter ihrem Stiefel brachen.

»Verdammt gut gemacht, Red.« Jonesy tauchte unter dem Förderband auf und schoss auf einen versteckten Schützen. Drew und Hernandez folgten.

Die Ablenkung würde aber nicht ausreichen. Sie hatten nur begrenzten Raum, in dem sie sich bewegen konnten, bevor sie entweder die Deckung aufgeben oder umkehren mussten. Der Plan würde nur funktionieren, wenn Butters, Beanpole und die anderen Scharfschützen es zu einer guten Stelle schaffen würden.

Das bedeutete, dass sie den Druck auf den Gegner aufrechterhalten mussten.

Drachenhaut

Ihr Blick richtete sich auf drei Männer, die sich hinter einem nahegelegenen Kistenstapel versteckten.

»Die gehören mir«, sagte sie zu Drew und rannte auf die Männer zu.

Ihr Plan funktionierte. Jedes Auge in der verlassenen Fabrik fand sie und lenkte das Feuer um, als sie die Deckung verließ.

Zum Glück waren sie zu langsam.

Als das Sperrfeuer begann, war Kristen bereits in den Kistenstapel gerannt. Sie würden wohl nicht auf ihre eigenen Männer schießen, was bedeutete, dass sie sich mit diesen dreien in relativer Sicherheit beschäftigen konnte. Unglücklicherweise ignorierten die Gegner ihre eigentlich solide Logik.

Die Kugeln prasselten weiterhin unerbittlich in ihre Richtung. Sie fühlte, dass ihr etwas an den Kopf geschlagen hatte und ihr wurde klar, dass sie wohl tot wäre, wenn sie keinen Helm getragen hätte.

Die Männer, die sie ursprünglich im Visier hatte, waren bereits von ihren eigenen Verbündeten erschossen worden Dennoch ging die Schießerei ohne Pause weiter. Ein weiterer Schuss traf sie in den Rücken und sie wurde wieder von ihrer Schutzausrüstung gerettet.

Sie konnte dieses Risiko aber nicht weiter eingehen, also schlug sie ein Loch in eine der Kisten. Das Holz zersplitterte unter ihrer Faust und sie kroch hinein.

Sie war nun relativ sicher und schaute heraus. Es war nur Glück, dass sie freie Sicht darauf hatte, wo Butters, Beanpole und der Rest der Beamten auf ihrem Weg zum Steg eine Leiter hinaufkletterten.

Sie erstarrte, als sie sah, wie eine silberne Rakete direkt auf die Gruppe zuraste. Das Geschoss schlug ein paar Sprossen unterhalb von Beanpole ein, verschlang alle unter ihm in ihren Flammen und brachte die Leiter so stark zum Wanken, dass er fast abgestürzt wäre.

Butters befand sich bereits auf dem Metallsteg, drehte sich um und hielt seinen Teamkollegen fest, aber für die anderen war es zu spät. Sie waren entweder direkt getötet worden oder mehr als sechs Meter auf einen Betonboden gestürzt. Ein komplettes SWAT-Team war in diesem Kampf eliminiert worden.

Das hieß, dass ihr Plan gerade von ursprünglich nur dumm zu selbstmörderisch geworden war.

Zumindest hatte die Explosion für Ablenkung gesorgt.

Kristen kroch aus der Kiste und sprintete zu ihrem Team.

»Mit diesem kleinen Kunststück waren es wohl nur noch sechs...«, sagte Drew und übersah bewusst, dass sie so viele ihrer eigenen Männer verloren hatten. »Wir können das zu Ende bringen, wenn wir einen klaren Kopf behalten. Der Plan bleibt derselbe, haltet die Augen nach Butters und Beanpole offen.«

Sie nickte. Ihre Kollegen und sie hatten wirklich keine andere Wahl und der Scharfschütze war gut genug, sechs Männer auszuschalten, dessen war sie sich sicher. Sie konnten das und würden dann um die Toten trauern, wenn sie lebendig hier herausgekommen waren.

Das Team erstarrte und schaute sich fragend an, denn draußen quietschten Reifen und Fahrzeuge hielten an. Durch Ranken, die über die Fenster des Lagers gewachsen waren, sahen sie ein Auto nach dem anderen zum Stillstand kommen. Männer und Frauen strömten heraus, offensichtlich angepisst und bis an die Zähne bewaffnet. Plötzlich waren sie nicht mehr in

Drachenhaut

einem Gebäude mit sechs bis an die Zähne bewaffneten Gegnern, sondern eher von sechzig umzingelt.

Kristen biss die Zähne zusammen. Man brauchte kein Kriegsveteran zu sein, um zu erkennen, dass die ganze Scheiße jetzt noch schlimmer wurde.

KAPITEL 20

Drew wies sie an, auf den Eingang der Fabrik zu feuern. Kristen hoffte, dass das die Gegner in der Halle ausreichend ablenken würde, sodass Butters sie zumindest eliminieren konnte, ohne selbst unter Feuer zu geraten, aber der Plan wollte nicht funktionieren.

Das Problem war, dass es mehrere Eingänge zu dem Gebäude gab und ihre Gegner das wussten. Folglich mussten Drew, Keith und Hernandez versuchen eine weitere Gruppe davon abzuhalten, das Gebäude aus der entgegengesetzten Richtung zu betreten, während Kristen und Jonesy den Eingang unter Dauerbeschuss setzten.

Das Ganze funktionierte etwa dreißig Sekunden lang. Es waren viel zu viele Kisten aufgestellt. Für Kristen war es offensichtlich, dass die Gangs den Müll in dieser verlassenen Fabrik so positioniert hatten, um eine möglichst vorteilhafte Deckung zu gewährleisten. Sie und der Sergeant erschossen jeweils ein eintretendes Gangmitglied, aber zu viele kamen bis hinter die Kisten und erwiderten sofort das Feuer.

Schlimmer noch, Drew war ebenso erfolglos, sodass sie kaum in der Lage waren, sich vor den sechs Leuten im Raum zu verbergen, geschweige denn vor weiteren fünfzig.

Drachenhaut

»Wir müssen verdammt noch mal hier raus!«, schrie Jonesy über das ständige Knallen der Schüsse.

Er wurde abrupt unterbrochen, als eine weitere Gruppe der Gangmitglieder durch die Tür brach und einen konzertierten Angriff auf das eingeschlossene SWAT-Team entfesselte.

»Diese Arschlöcher kommen immer näher«, warnte Jonesy. »Der Kistenstapel, Kristen, pass auf!«

Er stürzte sich auf sie und die Zeit lief langsamer für sie. In einem Moment stand sie noch und konzentrierte sich auf den Feind. Im nächsten wurde sie hart von Jonesys Körper getroffen und stürzte. Ihr Blick richtete sich auf seinen Oberkörper und den Ausdruck des Schmerzes auf seinem Gesicht. Eine Kugel hatte ihn direkt in die Brust getroffen.

Sie war so voller Adrenalin, dass sie tatsächlich erkennen konnte, wie sich eine Schockwelle vom Auftreffen über seine Brust ausbreitete.

Im gleichen Atemzug traf eine weitere Kugel, gefolgt von noch einer.

Insgesamt sieben Schüsse trafen den Mann vor seiner Landung und nur fünf davon waren durch die Weste abgefangen worden.

»Jonesy!«, schrie sie, die Zeit lief wieder normal. Ihre Waffe war angehoben und der Mann, der ihren Teamkollegen angeschossen hatte, war tot.

Kristen fiel auf die Knie. Er schaute sie an und Blut lief aus seinem Mund. Eine der Kugeln hatte ihn am Hals und die andere unter seiner Achselhöhle gestreift – oder zumindest floss dort das meiste Blut.

»Er wird doch wieder gesund, oder?«, fragte sie und sah Drew mit wilden Augen an.

Drew antwortete nicht, aber das war auch nicht nötig. Sein offener Mund und der kalte Blick verrieten ihr alles, was sie wissen musste.

»Er braucht einen Arzt, verdammt«, rief Keith und feuerte auf einen nicht enden wollenden Strom von Gegnern.

»Wie sieht der verdammte Plan aus, um Jonesy zu retten?« Wut schlich sich in Hernandez' Stimme.

»Wir kriechen unter das Förderband, kommen so nah wie möglich an die Tür und rennen raus. Dann warten wir auf Verstärkung, um Butters und Beanpole herauszuholen.«

»So viel Zeit hat er nicht«, sagte Kristen. »Ich bringe ihn raus.«

»Hall, das schaffst du nie«, protestierte Drew.

»Einen Scheiß tu ich!«

Sie war schon immer sportlich gewesen und in letzter Zeit hatte sie verdammt hart trainiert. Nicht nur das, ihr bester Freund – denn genau das war es, was Jonesy für sie geworden war – lag im Sterben. Sie nahm ihn einfach in die Arme, schaute auf den Ausgang und rannte.

Die gesamte Fabrik und der Kugelhagel verblassten zu etwas Abstraktem. Alles, was sie hören konnte, waren ihre eigenen Schritte, das Geräusch der Kugeln, die den Beton um ihre Füße herum trafen und Jonesy, der weiter redete, obwohl sie ihm gesagt hatte, er solle den Mund halten.

»Du weißt, dass du solche Opfer nicht tragen sollst«, hustete er. »Ich habe vielleicht eine Wirbelsäulenverletzung.« Er lachte.

»Ich lasse dich zusammenflicken.« Sie donnerte in einen Kistenstapel und fühlte, wie die andere Seite der Kisten zerbrach, als die Feinde ihre Waffen auf sie richteten.

»Sag Hernandez mindestens einmal am Tag, sie soll sich selbst ficken. Sonst fühlt sie sich nicht gewürdigt.«

»Wirst du wohl die Klappe halten?«

Er nickte und spuckte Blut. »Das ist gut, aber du brauchst wirklich ein ›fick dich‹ in dem Satz, sonst glaubt sie es nicht.«

»Halte durch«, erwiderte sie beschwörend und als eine kurze Pause im Schusswechsel eintrat, rannte sie den Rest des Weges zur Tür. Etwas erwischte sie im Rücken – eine Kugel, kein Zweifel – aber ihre Weste schützte sie. *Wieso hatte es bei Jonesy nicht funktioniert? Warum war sie bei ihm wertlos?*

Schließlich waren sie draußen.

Fahrzeuge aller Marken und Modelle umgaben das Lager. Da stand eine unendliche Vielfalt an alten Hotrods, winzigen Straßenflitzern, Schiffen von Autos mit modifizierter Federung und sogar rosa Roller.

Kristen hätte am liebsten jeden einzelnen Reifen aufgeschlitzt.

Stattdessen rannte sie weiter zu den Fahrzeugen dahinter – Polizeiautos, SWAT-Vans und – glücklicherweise – ein paar Krankenwagen.

»Wir sind fast da, Jonesy. Halt bitte durch.«

KAPITEL 21

Einer der Rettungssanitäter riss die hintere Tür des Krankenwagens auf, als er sie mit Jonesy in den Armen kommen sah. Er wies sie an, ihn auf eine Trage zu legen.

»Er wurde angeschossen!«, schrie Kristen.

»Ja, Ma'am.«

»Im Nacken.«

»Wissen wir, Ma'am«, sagte ein anderer Sanitäter, als er die Wunde am Hals ihres Freundes verband.

»Und an der Seite.«

»Ma'am, treten Sie bitte zurück und lassen Sie uns unsere Arbeit machen.«

»Lass ihnen etwas Luft zum Atmen, Red, verdammt noch mal.«

»Sir, bitte nicht reden.«

»Halt die Klappe.« Jonesy lachte. »Siehst du? So geht das. Man muss es auch so meinen, wie man es sagt.«

Die Rettungssanitäter zogen ihm seine kugelsichere Weste und sein Hemd aus, um eine Reihe von schlechten Tattoos und ein Loch an der linken Seite seines Brustkorbes freizulegen. Sie musste sich fast übergeben, als sie die Größe der Verletzung und das dunkelrote Blut sah, das aus der Wunde sickerte.

»So schlimm, hm?«, lächelte er.

Drachenhaut

Einer der Rettungssanitäter brachte einen Verband über der Verletzung an. In wenigen Augenblicken war er vom Blut durchtränkt.

»Er braucht eine Transfusion«, sagte der Mann. »Ihre Blutgruppe, Sir?«

»Null Negativ, verdammt.«

Einer der Sanitäter machte Meldung an das Traumateam des Krankenhauses. Kristen hatte immer angenommen, dass die Sanitäter Blutkonserven in weiser Voraussicht bei sich haben würden. Sie hatte aber nicht wirklich Ahnung. Der Rettungsdienst sollte für Geiseln oder Menschen da sein, die ins Kreuzfeuer geraten waren und nicht für ihren verdammten Freund benötigt werden.

Der andere Sanitäter stach Jonesy mit einer Nadel und einem Schlauch in den Arm. Er befestigte einen Beutel mit klarer Flüssigkeit daran, Schmerzmittel, hoffte sie. Der andere Mann setzte die Untersuchung unter der Achselhöhle fort und sah besorgt aus.

»Das hast du gut gemacht, Red, im Ernst, du hast das Zeug dazu.« Jonesy zog eine Grimasse.

Sie schüttelte den Kopf. »Nein, das tue ich nicht. Ich habe den Schützen nicht gesehen, bis es zu spät war. Ich hätte ihn erschießen können und dir wäre nichts passiert.«

»Sei nicht so verdammt gierig, Red. Du hast schon mal eine Kugel für mich abgefangen, was übrigens echt beschissen war.«

»Nun, jetzt hast du sieben für mich abbekommen. Wenn mich schon eine einzige zum Arschloch macht, was machen dann sieben...«

»Das macht mich zu einem richtigen Arschloch.«

»Du bist kein Arschloch, du bist mein Freund.«

»Oh, lass den Hallmark-Mist, wir sind keine Freunde.«

»Doch, das sind wir.«

»Wir sind keine Freunde! Ich will keinen verdammten Mandarinen-Martini mit dir trinken, um Himmels willen. Wir sind Teamkollegen... wir sind Partner.« Er bekam einen Hustenanfall.

»Ich glaube, er hat innere Verletzungen«, meinte einer der Rettungssanitäter. »Sein Blutdruck fällt rapide ab und das Blut, das ich an der Seitenwunde sehe, ist keine Erklärung dafür. Wie die beiden so ruhig bleiben konnten, wenn ein Mann unter ihren Händen verblutete, war für Kristen völlig unbegreiflich.

»Wir sind mehr als nur Freunde, Red. Für wie viele deiner Freunde hast du Kugeln abbekommen?«

»Ich weiß es nicht. Ein paar?«

Das war ein schlechter Scherz. Er lachte und die Rettungssanitäter fluchten, als der Verband unter Jonesys Achsel verrutschte und den Druck verlor, den der Sanitäter damit hatte erzeugen wollen.

»Sie müssen still liegen und aufhören zu reden.«

»Fick dich, verdammter Pisser. Ich habe schon genug Männer sterben sehen, um zu wissen, dass ich absolut und unwiederbringlich im Arsch bin.«

»Jonesy!«, keuchte Kristen.

»Du hast geglaubt, ich würde es schaffen? Vielleicht bist doch du der verdammte Frischling.«

»Jonesy, hör auf zu reden.«

»Auf keinen Fall. Fick dich und scheiß auf sie und scheiß auf alle.« Er lachte wieder. »Du hast eine Kugel für mich abgefangen, Red. Darum geht es in einem Team. Wir passen aufeinander auf und schießen füreinander, wenn es nötig ist, um uns gegenseitig zu beschützen.«

»Aber du bist auch jetzt noch nicht in Sicherheit.«

Jonesy grinste. Seine blutigen Zähne ließen sie vor echter Angst zittern, dass sie sich kaum zusammenreißen konnte, weil es für sie unvorstellbar war, ihn zu verlieren. »Aber du bist es und wir beide wissen, dass du die Einzige bist, die den Rest unseres Teams da rausholen kann.«

»Ich gehe hier nicht weg!«

»Ich wusste, dass du das sagen würdest, aber keine Sorge, ich werde dich nicht zwingen. Denk nur daran, das Team braucht dich... du musst... zu ihnen gehen... um sie zu beschützen... nur...« Er musste wieder husten und diesmal war es schlimmer, Blutspritzer färbten seinen Speichel rot. Erst da wurde ihr bewusst, dass eine seiner Lungen gerissen sein musste, von da kam all das Blut.

»Nur was?«

»Nur lass dich nicht wieder anschießen... Es... es... es ist verdammt beschissen...«

Er atmete aus, sein Brustkorb sank und hob sich nie wieder.

Einen Moment lang hörte Kristen nichts als hohes Piepen. Sie erkannte nach einem Moment, dass es der Überwachungsmonitor war, der den Sanitätern so mitteilte, dass Jonesys Herz stehen geblieben war.

»Es tut uns leid, Officer«, sagte einer der Rettungssanitäter, aber sie konnte ihn nicht hören. Sie konnte nichts hören, außer die nachklingenden Worte von Jonesy und sein stoppendes Herz. Ihr eigenes Herz hatte vor Aufregung bis in den Hals herauf geschlagen, während seines einfach aufgehört hatte seinen Dienst zu tun. *Das war nicht fair! Das hätte er nicht tun sollen!* Wenn er das nicht getan hätte...

Eine Explosion ertönte und holte sie aus der Trauer, die ihr die Kehle zuzuschnüren drohte. Die Leute, die Jonesy ermordet hatten, waren immer noch in diesem Lagerhaus. Ihr Team war da drin, sie waren ihnen zahlenmäßig weit unterlegen, festgenagelt und, um Jonesy zu zitieren, völlig am Arsch.

Kristen atmete ein und schaute sich um. Die SWAT-Teams vor dem Gebäude bereiteten einen Entlastungsangriff vor. Sie hatten aber nicht die Zeit, sich vorzubereiten. Sie mussten handeln und zwar sofort. Ihr Team war da drin, umgeben von einer Horde verdammter Verrückter und der Rest der Polizei war hier draußen und sprach darüber, Gefangene zu machen und Verteidigungszonen aufzubauen?

Sie wollte schreien, dass für diesen Unsinn keine Zeit wäre und sie endlich handeln mussten, aber es war sinnlos. Sie würden nicht handeln, nicht rechtzeitig. Nur sie würde es tun.

Ihr Kummer kam hoch und löste sich in Luft auf. Unbändige Wut füllte den leeren Raum in ihr. Sie entstand durch den Verlust ihres Freundes und konzentrierte sich auf die blutrünstigen Schwachköpfe, die dachten, sie könnten eine Stadt – ihre Stadt – von den Menschen, die dort lebten, übernehmen.

Ihre Wut schwoll an und sie ballte ihre Hände zu Fäusten.

Es entwickelte sich eine unerbittliche Entschlossenheit in ihr – sie wollte nicht zulassen, dass diese Arschlöcher ihre Stadt einnehmen, aber sie ließ sich auch

Drachenhaut

nicht von ihrer Wut blenden. All die Monate des harten Trainings hatten sie auf diesen Moment vorbereitet. Sie kanalisierte ihre weiß glühende Wut in das, was sie konnte und ließ sie abkühlen und zu Eis erstarren.

Einen Moment später rannte sie wieder ins Lagerhaus, um ihre Freunde zu retten.

KAPITEL 22

Jemand hatte die Tore zum Lagerhaus geschlossen, aber das war ihr egal. Kristen trat mit solcher Kraft gegen die riesige Metalltür, um sie eindellen und aus den Angeln heben zu können.

Stimmen schrien überrascht auf, doch dann verstummten sie.

Gut. Sie hatte bereits das Leben von zwei dieser Mörder ausgelöscht und ein paar andere verletzt. Sie sollten ruhig sehen, dass sie keine Angst hatte.

Ein Moment lang war es völlig still in dem Raum, jede Waffe zielte auf sie. Auch das war gut so. Je mehr sich die Kriminellen auf sie konzentrierten, desto weniger würden sie ihr Team zur Kenntnis nehmen.

Sie wollte nicht darüber nachdenken, was sie tun würde, wenn die Typen einem anderen aus ihrer Truppe Schmerz zufügen würden. Gott möge all denen helfen, wenn es noch jemanden aus ihrem Team treffen würde, aber wenn auch Butters verletzt würde... Nun, sie würde es einfach nicht zulassen.

Kurz bevor jede einzelne Waffe abgefeuert wurde, sprang sie zu einem Stapel Kisten. Zwei Gegner hatten sich auf der anderen Seite versteckt. Sie schlich sich herum, hob einen von ihnen am Hals hoch und ließ seine Verbündeten ihm in den Rücken schießen, während er sie vor den einschlagenden Kugeln bewahrte. Trotz der Tatsache, dass sie einen der ihren als Schild benutzte, wurde der Beschuss nicht einen Deut weniger. Sie schwang seinen Leichnam mit genug Kraft gegen seine Kumpane, um beide durch die Kisten zu schleudern, hinter denen sie sich zusammengekauert hatten.

Ein Teil von ihr wunderte sich vage über die Kraft, die dazu nötig war, aber diese Leute versuchten, sie zu töten und sie ließ keinen weiteren Gedanken daran zu.

Ihre Deckung war dahin, also schnappte sie sich den Deckel einer der Kisten und rannte weiter in das Gebäude hinein. Sie benutzte den Deckel wie einen Schild um Kugeln abzufangen, die sie töten sollten. Seltsamerweise konnte sie spüren, dass sie sich schneller als je zuvor bewegte. Sie konnte den Kugeln nicht ausweichen, aber sie wusste genügend darüber, wie sie Leute mit Waffen ausweichen musste, wenn sie darauf zu rannte.

Um den Feind zu verwirren, wechselte sie zwischen dem direkten Weg und Zickzack-Manövern. Sie kam ihrem Ziel immer näher, während sie den Deckel der Kiste zwischen sich und der Armee von Schützen hielt. Gelegentlich ließen sie kleine Schmerzstöße an die Airsoft-Spielerei denken. *Sicherlich tut es mehr weh, angeschossen zu werden, als das hier?* Sie war wohl nur gestreift worden.

Ein ungewohnter Instinkt in ihr sagte ihr, sie müsse weitermachen. Sie spürte eine Kraft, die sie noch nie zuvor gespürt hatte. Was auch immer es war, es wurde durch den Verlust eines ihrer Freunde und die Drohung, noch weitere zu verlieren, angeheizt. Das würde sie nicht zulassen und die Kraft in ihr sagte ihr, dass sie das auch nicht musste.

Etwas erwischte sie am Brustkorb und Kristen ließ den Deckel der Kiste durch die Arena rauschen. Der drehte sich fast so schnell wie eine Kreissäge und enthauptete in seiner Flugbahn eines der Gangmitglieder. Sie empfand rein gar nichts bei dem Gemetzel. Er hatte versucht, ihr Team zu töten und bekam, was er verdiente. Es war zumindest schnell gegangen, was besser war, als sie über Jonesy hätte sagen können.

Zwei Männer drängten sich ihr in den Weg, beide mit Schrotflinten bewaffnet. Kristen sprintete zur Seite, rollte sich ab und stand hinter einem weiteren Stapel von Kisten wieder auf. Die beiden Männer versuchten sie von beiden Seiten zu erreichen – irgendwie konnte sie ihre Stimmen über die Schüsse hinweg hören – also schob sie den kompletten Kistenstapel an und stürzte ihn um, um beide Männer zu zerquetschen und damit sofort aus der Gleichung zu entfernen.

Sechseckmuttern flogen aus den zerbrochenen Kisten und ganz kurz fragte sie sich, wie sie diese überhaupt hatte bewegen können. Jede von ihnen musste fast eine Tonne gewogen haben. Sie hatte davon gehört, dass man in solchen Extremsituationen Kraftreserven anzapfen konnte, aber das hier schien jenseits dessen zu liegen, was möglich sein sollte. Es gab da eine Kraft in ihr – dieselbe Kraft, die schon immer da gewesen war, die sie durch die Polizeiakademie gebracht und die jede Trophäe an ihrer Wand verdient hatte. Aber erst jetzt brachte sie diese wirklich zum Einsatz.

Drachenhaut

Sie fragte sich, woher sie wusste, dass die Kraft da war oder wie sie sie überhaupt anzapfen konnte, aber das war nicht wichtig, nicht jetzt. Ihr Team war immer noch in Schwierigkeiten und sie würde diese Kraft, von der sie nicht geahnt hatte, dass sie sie besaß, nutzen ohne unnötige Fragen zu stellen.

Schüsse landeten in den Holzkisten, hinter denen sie sich versteckt hatte, fast im selben Moment, als sie aus der Deckung stürmte und auf das Förderband zulief. Sie erreichte es mit einem Sprint durch die Mitte der Lagerhalle und lokalisierte ihr Team. Ihre Kameraden krochen noch immer unter dem Förderband entlang und folgten ihm, wie es sich über den nun tödlichen Lagerboden schlängelte. Sie hatten es gerade mal sechs Meter geschafft und Keith blutete immer noch.

»Hall, komm verdammt noch mal hier drunter«, sagte Drew.

»Macht euch bereit zu rennen«, antwortete sie und kickte das gesamte Förderband – Metallrahmen und alles andere – auf eine Seite, um dem Team einen Schutzschild zu geben, der sie vor der Hälfte des Lagers schützte, bis sie den Ausgang erreichten. Sie würde sie vor der anderen Hälfte und den zwanzig Gegnern dort schützen.

»Da sind immer noch Leute auf der anderen Seite«, protestierte Hernandez. »Das schaffen wir nie.«

»Die gehören mir.«

»Du bist keine Ein-Mann-Armee«, platzte Drew heraus.

»Da hast du recht, ich bin kein Mann«, antwortete sie.

Etwas zwischen Angst und Ehrfurcht trat in seine Augen. »Wir werden es versuchen. Butters ist immer noch da oben und wir kommen mit Verstärkung zurück, um ihn zu holen. Hall, du gibst uns Deckung und folgst uns raus.«

»Los«, sagte Kristen, nahm Hernandez' Sturmgewehr und feuerte auf die Gegner, die ihr Team noch effektiv angreifen konnten. Sie übten Vergeltung, aber der ständige Schusswechsel schien langsamer zu werden. Die Gangmitglieder hatten erkannt, dass sie die rothaarige Kriegerin nicht treffen konnten, also hatten sie ihre Taktik geändert. Das war in Ordnung für sie.

Drew, Hernandez und Keith stolperten über die beschädigten Tore aus dem Lagerhaus und in Sicherheit. »Hall, komm schon!«

Kristen schaute auf das Sonnenlicht, das in das Lagerhaus eindrang und überlegte. Vielleicht musste sie gehen. Es waren zu viele und sie wusste nicht, wo Butters war. Sie könnte noch mehr von ihnen töten – sicherlich könnte sie das, aber sie wusste nicht, wie viele. Was zählte, war nicht die Rache – noch nicht. Das Einzige, was wirklich zählte, war Butters zu retten.

Dann sah sie den Mann mit dem Raketenwerfer.

Er hatte bereits auf sie gezielt – er musste schon länger ohne eine gute Gelegenheit auf ihr Team gezielt haben – aber jetzt, da sie das Förderband auf die Seite getreten hatte, hatte er leichtes Spiel.

Bevor sie sich bewegen konnte, schoss er die Rakete auf sie ab. Sie sprang über das Förderband und versuchte, es als Deckung zu benutzen, aber ein knapper Zentimeter Stahl und etwas Gummiband konnten zwar Kugeln ausreichend verlangsamen, dass sie nicht tödlich waren, aber gegen eine Rakete würde das rein gar nichts ausrichten.

Drachenhaut

Das letzte, was Kristen sah, bevor die Hitze der Explosion ihre Augen schloss, war ihre spärliche Barriere, die in Stücke gesprengt wurde und sie selbst wurde von den Flammen verschlungen.

KAPITEL 23

Kristen Hall trat aus den Flammen. Sie hatte geglaubt, von einer Rakete getroffen zu werden, würde mehr schmerzen, aber sie hatte kaum etwas gespürt.

Neugierig schaute sie auf ihre Arme. Die Ärmel ihres Oberteiles waren weggebrannt und ihre Haut war sichtbar, aber sie war anders, sie schimmerte wie poliertes Chrom. Sie drehte ihre Hand und starrte sie von allen Seiten an. Jeder Fleck bestand aus dem gleichen glänzenden Metall. Sie schaute sich ihre Brust an. Ihre Schutzausrüstung war immer noch da und ihr Polizeigürtel auch, allerdings waren sie jetzt aus Stahl. Ihre Hose war größtenteils, ihre Schuhe komplett verschwunden. Glänzende Stahlzehennägel ließen sie in ein Gesicht aus Metall schauen.

Das habe ich getan! Irgendwie hatte sie sich und ihre Kleidung in Metall verwandelt, nun, fast alles jedenfalls. Offensichtlich waren die Ärmel ihres Oberteils und ihre Schuhe bei der Explosion verbrannt.

Was sollte das bedeuten? Was war sie? Eine Kugel traf sie in die Brust und der Moment ihrer Selbstreflexion war dahin. Auch das hatte nicht wehgetan, überhaupt nicht. Tatsächlich hatte ihre Stahlhaut nicht einmal eine Delle, aber es erinnerte sie an den Grund ihres Hierseins.

Drachenhaut

Die armseligen Trottel in diesem Lagerhaus hatten Jonesy getötet.

Sie zuckte zusammen, als etwas ihr Gesicht traf. Es war, als würde man mit einem Wasserschlauch bespritzt – lästig, ablenkend und unangenehm. Sie hielt eine Hand hoch, um zu blockieren, was auch immer es war, schaute durch den Strom und erkannte, dass es sich nicht um Wasser handelte, sondern um Kugeln. Jemand feuerte aus einem montierten Maschinengewehr und die Munition fühlte sich für sie wie Wasser an.

Kristen musste lächeln. *Rache war heute also kein Problem.*

Aus der Ablenkung aufgewacht und zum Handeln angespornt, raste sie vorwärts. Ihr Metallkörper hielt sie nicht im Geringsten auf. Sie fühlte sich auch nicht schwer oder träge, tatsächlich fühlte sie sich großartig. Die in den letzten Monaten geschärften Reflexe kamen zum Vorschein und sie bewegte sich leichtfüßig, während die Schützen immer noch versuchten, sie irgendwo festzunageln. Sie konnten sie nicht einmal treffen, zumindest nicht so, dass es eine Rolle gespielt hätte.

Als sie das Fahrzeug mit dem montierten Maschinengewehr erreichte, schlug sie auf die Motorhaube, nur um zu sehen, was sie tun konnte. Die Haube zerknitterte wie Alufolie.

»Holt mich verdammt noch mal hier raus!« Die Frau, die die Waffe bediente, schrie und wurde sofort von einem Paar Ketten, die mit einer Plattform verbunden waren, in die Luft gehoben. Das Maschinengewehr fuhr mit ihr hoch.

Kristen sprang nach oben, aber leider nicht hoch genug und landete auf dem Fahrzeug. Ihr Stahlkörper zerschmetterte das Dach.

Weitere Kugeln trafen sie von hinten und sie drehte sich zu den Männern auf dem Boden um. Sie waren auf ihrer Höhe. Sie würde sie alle töten, dann auf den Metallsteg steigen und den Job beenden.

Jemand feuerte eine weitere Rakete ab.

Sie verfehlte sie, traf aber stattdessen den Lastwagen unter ihren Füßen. Als die Kiste mit dem Sprengstoff auf der Ladefläche in die Luft flog, wusste sie, dass das so beabsichtigt war.

Die Explosion war viel stärker als die letzte. Es katapultierte sie durch das Lagerhaus in einen weiteren Kistenstapel. Diese zerborsten, als ihr stählerner Körper hineinplumpste und den Inhalt auf die Gegner verstreute, die sich dahinter versteckt hatten.

Sie versuchten zu fliehen, aber sie hatten immer noch ihre Waffen. Wenn sie es schaffen würden, sich zu verziehen, wären sie eine Bedrohung für ihre Freunde draußen. Sie musste jeden nur einmal treffen, denn die Kraft ihrer Schläge reichte aus, um deren zerbrechliches Leben zu beenden.

Weitere Schüsse prallten von ihr ab und sie sprintete zu ihrer Quelle.

»Wir ergeben uns!«, rief einer der Männer, der Sekunden zuvor auf sie geschossen hatte.

Sie zögerte einen Moment, unsicher, wie man in diesem Chaos einen Gefangenen machen könnte. Der Mann nutzte die Gelegenheit, um eine Pistole von hinten aus dem Hosenbund zu ziehen. Er hatte keine Gelegenheit mehr, sie abzufeuern.

Drachenhaut

Kristen stürmte nach vorne, hob ihn an seinem Hemd hoch und schleuderte ihn durch den Raum. Er flog in eine Frau, die ebenfalls geschossen hatte. Kristen wusste nicht, ob die beiden überleben würden, aber ehrlich gesagt war es ihr mittlerweile auch egal.

Eine weitere Salve kam von oben, also schaute sie hinauf und entdeckte eine Leiter zum Steg.

Schnell rannte Kristen hin, trat auf die unterste Stufe und fühlte, wie sie sich unter dem Gewicht ihres Stahlkörpers verbog. Zum Glück hielt die Leiter und Kristen kletterte flott hinauf.

Oben versuchte der Mann am Raketenwerfer gerade, eine weitere Rakete zu laden. Ihre Nerven waren offensichtlich besser als die seinen, denn er zitterte und fluchte bei dem Versuch, die Rakete an ihren Platz zu schieben.

Sie hob ihn hoch wie ein lästiges Insekt und warf ihn von der Plattform. Er schrie beim Hinunterfallen, aber plötzlich verstummte er.

Ihr Blick richtete sich auf die Rakete, sie hob sie auf und überlegte, sie mit der Hand zu zerquetschen.

»Lass es, jemand könnte das Ding brauchen, um herauszufinden, wer dahinter steckt.«

Erschrocken sah sie Butters an. Sie hatte völlig vergessen, dass er noch da war und dass er der Grund für ihre Rückkehr war. Die Rache hatte sie geblendet und fast das Leben eines Teamkollegen gekostet. Er war in Ordnung. Sie lächelte. Er war verdammt noch mal in Ordnung. Eine Welle der Erleichterung überkam sie und im nächsten Augenblick wurde ihre stählerne Haut wieder normal. »Wo ist Beanpole?« Sie fühlte sich sofort schuldig, weil sie nicht früher nach ihm gefragt hatte.

»Also, das ist seltsam«, sagte der angesprochene Mann und schaute Butters über die Schulter.

In der folgenden Schießerei ließen sich die beiden Männer auf die Plattform fallen und schrien sie an, dasselbe zu tun. Sie ignorierte sie – schließlich war sie unempfindlich gegen Schüsse. Nur, dass sie sich von Stahl wieder in Fleisch verwandelt hatte. Sie hob die Hand, um den Kugelhagel abzufangen und sobald der heiße Metallklumpen auf ihre Haut traf, verwandelte sich ihr Körper. Sofort war sie wieder aus Stahl und die Kugel prallte ab.

»Bleibt hier«, sagte sie. »Ich habe die Rückseite des Lagerhauses bereits geräumt. Ich bringe den Job jetzt zu Ende.«

Kristen erwartete, dass Butters protestieren würde, aber stattdessen zeigte er nach vorne und nach rechts. »Welches Gerät sie auch immer haben, das den Funk stört, es befindet sich dort drüben. Wir haben versucht, es zu erreichen, aber wir sind nicht... äh... nun, wir sind nicht aus Stahl.«

»Hier.« Beanpole drückte ihr sein Sturmgewehr in die Hand. Sie hatte nicht bemerkt, dass sie das von Hernandez verloren hatte. Sie nahm es mit einem Kopfnicken als Dank.

Als sie an Butters und Beanpole vorbei war, sah sie zu, wie die beiden die Leiter hinunterkletterten und setzte ihren Angriff auf die Leute fort, die Jonesy getötet und versucht hatten, ihre Stadt von den Leuten zu übernehmen, die dort zu Hause waren.

Bewaffnet mit dem Sturmgewehr und geschützt durch ihre Stahlhaut, war sie eine unaufhaltsame Kraft der Zerstörung. Sie drehte sich nach jedem Schuss, der sie traf, um und erwiderte das Feuer. So viel von ihrem SWAT-Training hatte sich darum gedreht, aus einer Deckung auf Gegner zu schießen, aber jetzt musste sie das nicht mehr. Sie drehte sich einfach um, ließ die Kugeln von sich abprallen, zielte und feuerte auf ihren Angreifer. Auch wenn ihr Ziel nicht immer sofort zu erkennen war, fand sie doch dessen Spuren. Immerhin duckten sich ihre Gegner ständig hinter Kisten und dem demolierten Förderband, reckten aber die Hälse hoch, um Kristen sehen zu können. Sie blieb ruhig und atmete gleichmäßig wie auf dem Schießstand.

Sie ging weiter vorwärts zu einer Abzweigung im markierten Weg und bog nach rechts ab. Vor ihr stand eine seltsame Maschine und eines der bemannten Maschinengewehre. Sie näherte sich während der Mann, der das Maschinengewehr bediente, die volle Kraft seiner Waffe gegen sie zum Einsatz brachte.

Die Kugeln erwiesen sich als ungeeignet und *wurden* einfach *abgelenkt*, als Kristen näher kam. Sie erreichte die Maschine und schlug mit stählerner Faust darauf ein. Sofort erwachte ihr Funkgerät zum Leben.

»Wir haben Funk.«

»Das Störgerät ist ausgefallen, Hall hat es zerstört.« Diese Stimme gehörte Butters.

»Ich habe ein Auge auf sie, Drew. Sie ist auf dem Steg, ein Gegner schießt ihr mit dem Maschinengewehr in die Brust.«

»Hall, komm da raus!«, brüllte Drew.

Kristen reagierte nicht.

»Ich glaube nicht, dass sie das muss, Sir«, sagte jemand. Kristen nahm an, dass das einer der Scharfschützen war, der sie zweifellos im Auge hatte.

»Dann gehen wir rein.« Von der Vorderseite des Lagers war ein Schrei zu hören, als das SWAT das Gebäude stürmte und in der Nähe der Tür Verteidigungspositionen einnahm.

Der Mann mit dem Maschinengewehr schoss weiter auf Kristen. Es war schockierend, wie wenig sie das fühlte und sie fragte sich wieder, was mit ihr geschah. War jemand beim SWAT ein Magier, der sie mit einer Art Schutzzauber belegt hatte? Sie wusste so gut wie nichts über die Menschen, die Magie ausüben konnten, aber sie wusste auch nicht, wie sie das alles sonst erklären sollte.

Sie war ein Mädchen aus der Vorstadt von Detroit. Ihre Mama und ihr Papa waren normale Menschen – nur waren sie nicht ihre Mama und ihr Papa, nicht biologisch – und man hatte sie ihnen anvertraut und ihnen aufgetragen, sie zu beschützen. Sie hatten es getan und sie sogar so in Sicherheit bewahrt, dass sie sich nie vollständig offenbaren musste, was auch immer diese Kraft in ihr genau war. Jetzt war Kristen an der Reihe, ihre Stadt zu beschützen.

Sie trat nach vorne und warf das Gerät, das den Funk gestört hatte, einfach um wie einen leeren Pappkarton.

Ihr Gegner hielt das Maschinengewehrfeuer aufrecht, also eilte Kristen zu ihm und stieß ihn mit einem einzigen Tritt vom Steg.

»Sir, sie ist in über hundert verdammte Kugeln gerannt. Ich weiß nicht, was wir tun könnten, um ihr zu helfen«, sagte eine Stimme über die Funkgeräte. »Sie ist... sie ist kein Mensch!«

»Es ist mir scheißegal, was sie ist, weil sie meine verdammte Teamkollegin ist. Wir können unseren gottverdammten Teamkollegen einfach decken«, antwortete Drew. Es folgten weitere Schüsse. Die Feinde konzentrierten ihre Feuerkraft nun auf die SWAT-Mitglieder, die das Lagerhaus betraten.

Wenn sie sich einfach ergeben hätten, hätte man Kristen vielleicht überreden können, ihre Leben zu verschonen. Aber stattdessen bestanden sie scheinbar darauf, sich töten zu lassen. Selbst im Angesicht einer drohenden Niederlage weigerten sie sich, die Waffen niederzulegen.

Das Donnern von schwerem Maschinengewehrfeuer überlagerte sich mit dem Geräusch von Funkgeräten und Sturmgewehren. Sie schaute geradeaus über den Steg, der die Halle durchquerte. Die Frau mit dem Maschinengewehr, die ihr zuvor entkommen war, war dort und zielte gerade auf das SWAT-Team.

»Nein!«, rief Kristen und sprang nach vorne, als die Frau zu feuern begann.

Die Frau lächelte schadenfroh und boshaft. Kristen erinnerte sich an den Gesichtsausdruck eines Jungen, mit dem sie in der vierten Klasse war. Er hatte Freude daran, Insekten die Beine abzureißen. Der Gesichtsausdruck dieser Frau war derselbe – die Befriedigung, die aus dem Leiden anderer abgeleitet wurde, war wirklich krankhaft.

Sie dachte an die Menschen, die sie heute bereits getötet hatte, aber erinnerte sich auch an die Gründe weshalb. Dass sie es getan hatte, weil die Kriminellen darauf aus waren, diese Stadt zu zerstören und ihre Teamkollegen fertigzumachen und... weil sie Jonesy getötet hatten. *Hatten sie es verdient zu sterben? Vielleicht. Aber war das ihr Problem? Zu entscheiden, wer lebt und wer stirbt? Nein. Nein, das konnte es nicht sein. Nicht, wenn sie sich von dieser Frau unterscheiden wollte.*

»Hey!« schrie sie ihre Gegnerin an. »Hör jetzt auf, und du lebst weiter.«

»Fick dich, verdammte Drachenschlampe! Ich kann dich vielleicht nicht töten, aber ich werde deine Freunde ausbluten lassen, wie die fetten Schweine, die sie sind. Wir brennen diesen Ort nieder und die ganze verdammte Stadt wird nach Speck stinken.« Sie lachte wie eine Wahnsinnige und nahm den Angriff auf die Männer und Frauen dort unten wieder auf.

Wütend sprang Kristen nach vorne und trieb ihre neuen Fähigkeiten bis an die Grenze des Möglichen. Sie ignorierte, wie die Frau sie genannt hatte und ob es Sinn ergab. Der Steg bebte unter ihr, als sie vorwärts rannte, und zwar schneller, als sie es je für möglich gehalten hätte.

Trotz der Drohung, ihre Freunde zu töten, richtete die Frau das Maschinengewehr immer noch auf Kristen, als sie näher kam.

Genau wie vorher passierte Kristen nichts. Sie nahm die Schüsse gerne entgegen und ertrug sie, weil sie wusste, dass jeder auf sie abgegebene Schuss einer war, der nicht auf ihre Teamkollegen unten abgefeuert wurde.

Innerhalb von ein paar Herzschlägen war sie nur Zentimeter von der Waffe entfernt.

»Ich sagte: Stopp!« Sie griff den Lauf und verdrehte ihn mit den bloßen Händen, wobei sie den Stahl wie einen Pfeifenreiniger nach hinten umbog.

»Fick dich!« Die Frau zog ein Messer und schoss auf Kristen zu.

In diesem Moment schwor sie sich, niemals wie diese Frau zu werden – besessen von Mord und Totschlag.

Drachenhaut

Ihre Bereitschaft weiter zu töten, selbst angesichts der offensichtlichen Niederlage, war einfach nur widerlich.

Der Gedanke ließ Kristen innehalten. Sie wollte diese Frau nicht töten – sie wollte niemanden mehr töten, es sei denn es musste sein, um die Menschen zu schützen, die sie liebte.

Anstatt die Frau am Hals zu packen oder ihr einen Tritt in die Brust zu verpassen oder ein beliebiges anderes einfaches Manöver einzusetzen, das jetzt wegen ihrer Stahlhaut tödlich wäre, schlug sie einfach mit aller Kraft auf das Maschinengewehr und wiederholte: »Ich sagte, aufhören!«

Der Schlag war ausreichend, die Waffe zu zerstören als wäre sie aus Spielknete und nicht aus Metall. Er war auch ausreichend, den Laufsteg von den Stützen zu trennen, an denen er aufgehängt war. Die gesamte Anlage krächzte und wackelte.

»Warte!«, rief sie der Frau zu, aber diese hatte offensichtlich nicht die erforderlichen Reflexe. Als die Plattform zu schwanken begann, stürzte sie von der Kante und mitten in das SWAT-Team in einen unansehnlichen Tod.

»Raus hier!«, schrie Kristen den Leuten unter ihr zu.

»Ihr habt sie gehört. Los, raus!«, befahl Drew den Beamten um ihn und niemand widersprach.

Als der Steg sich löste, verließ ihr SWAT-Team gerade das Gebäude und entfernte sich schnell von dem herabfallenden Stück Metall.

Kristen sprang über das sich windende Netz aus Plattformen, Geländern und Leitern bis zum Boden. Ihr Gewicht war so immens, dass sie bei ihrer Landung den Beton sprengte.

Der Steg folgte mit einem donnernden Krachen, zertrümmerte alles und setzte eine große Staubwolke frei.

Ruhig stand Kristen auf und verließ das Gebäude.

KAPITEL 24

Das Team wartete auf Kristen, bis sie aus dem Lagerhaus kam. Jonesys Abwesenheit hinterließ ein riesiges Loch in ihren Reihen, wie sie sofort spüren konnte.

»Hall«, sagte Drew zur Begrüßung, seine Stimme zitterte.

»Danke, dass ihr überprüft habt, ob wir das Gebäude geräumt haben«, sagte Butters. Sie konnte sich nicht erinnern, dass sie den immer gut gelaunten Südstaatler jemals zuvor so wütend gehört hatte. Im Moment klang er sehr wütend.

Sie schluckte. Über all die Gewalt hatte sie völlig vergessen, ihn und Beanpole herauszuholen. Sie sagte sich, dass sie deshalb wieder hereingegangen war, aber war das richtig? Drinnen angekommen wollte sie nur noch Rache.

»Wir sind durch einen der anderen Ausgänge gegangen«, sagte Beanpole. »Einige Zeit bevor du jeden Mann und jede Frau auf deinem Weg zermalmt hast.«

»Ernsthaft, Red. Wir alle haben einen Feind in Ausübung unserer Pflicht eliminiert. Das bringt unsere verdammte Aufgabe mit sich, aber es gibt auch Grenzen, weißt du?«, schüttelte Hernandez den Kopf.

»Über alles, was hier passiert ist, wird es eine Untersuchung geben«, erklärte Drew und bemühte sich hörbar, seine Stimme zu normalisieren. »Was du getan hast...«

»War verdammt krass!«, mischte sich Keith ein. Er war der einzige aus dem Team, der verletzt war, außer Jonesy natürlich. Er war tot und ihr Team machte Kristen jetzt fertig?

»Das war es nicht«, konterte der Teamleiter. »Du hast ein Maß an Gewalt angewendet, das bei der Polizei normalerweise nicht zulässig ist. Du hast getötet – wir wissen nicht einmal, wie viele Menschen du getötet hast.«

»Diese Schlägertypen haben Jonesy umgebracht.« Kristen spürte, wie ihre Wut wieder hochkam. Sie ballte unwillkürlich die Fäuste und bemerkte, dass sie immer noch in ihrer Stahlhaut steckte, diese sich aber nicht zurückbildete. »Sie hatten vor, die ganze verdammte Stadt niederzubrennen. Sie haben sich nicht wie Menschen verhalten. Sie benahmen sich wie ein Rudel tollwütiger Hunde.«

Er nickte. »Ich weiß. Glaub mir, das tue ich und jeder hier weiß, dass wir noch mehr Leute verloren hätten, wenn du nicht... gekommen wärst. Aber Tatsache ist, dass wir unsere Gegner in Schach gehalten haben. Sie waren alle in dem Lagerhaus und wir hatten sie umzingelt. Du hättest nicht...«

»Eure Ärsche retten sollen?«, mischte sich Kristen ein.

Drew zuckte die Achseln. Er schien zwiegespalten, aber letztendlich auch dankbar für sein Leben. »Ich sage nur, dass du Chaos angerichtet hast, Kristen. Captain Hansen wird dich bestrafen müssen. Ein Tod – selbst der eines Kriminellen – bedeutet einen Berg Papierkram. Das hier? Nun, das werden die verdammten Rocky Mountains an Papierkram!«

Drachenhaut

»Willst du damit sagen, ich hätte es nicht tun sollen? Selbst nachdem sie Jonesy umgebracht hatten? Willst du damit sagen, ich hätte sie Butters, Keith und dich einfach töten lassen sollen, weil der Papierkram zu viel ist?«

»Scheiß drauf!«, schrie jemand, ein Beamter aus einem anderen SWAT-Team. »Diese verdammten Hunde haben Donnie getötet. Hättest du nicht... äh...« Der Mann wurde blass, als er registrierte, dass er mit einer Frau mit Stahlhaut sprach. »Das heißt... äh, danke, Ma'am. Meine Frau und meine Kinder werden es dir auch danken.«

»Es ist mir egal, ob ich in Schwierigkeiten bin. Ich habe getan, was getan werden musste. Ich habe die Leute getötet, die einen meiner Leute getötet haben.« Sie nahm ihren Helm ab. Als sie das tat, wurde ihre Haut wieder normal.

»Nicht alle haben Jonesy umgebracht«, erwiderte Butters leise.

»Sie haben es aber versucht. Jeder da drin war ausschließlich auf Mord aus. Ich habe getan, was für die Rettung dieser Stadt getan werden musste. Ich weiß nicht, ob einer von euch denen in die Augen gesehen hat, aber ich habe es getan. Da war keine Reue, bei keinem von ihnen. Alles, was sie wollten, war Blut und Tod. Ich habe diesen Konflikt auf die einzige Weise beendet, die mir möglich war.«

»Hall, das ist totaler Schwachsinn.« Drew biss die Zähne zusammen. »Du hättest dich zurückfallen lassen und wir hätten sie tagelang eingeschlossen halten können.«

»Und wie viele Leben von Polizisten hätte das gekostet?«

»Nicht so viele, wie du genommen hast.«

»Pass auf, wie du mit ihr redest, Mensch. Du bist kurz davor, sie wieder aufzuregen, was wohl keiner von uns will.«

Drew drehte sich um, um die Person zu sehen, die ihn unterbrochen hatte. Kristen erkannte sofort, dass das ein Drache in Menschengestalt war. Er strahlte eine starke Aura aus, die sich über ihrem Team ausbreitete und sie alle traten vorsichtig einen Schritt zurück. Die Aura waberte um alle herum wie Wasser um Felsen. Kristen aber fürchtete diese Drachen nicht mehr als die Schlägertypen im Gebäude.

Sie sah dem Mann in die Augen und nahm wahr, dass sie orangefarben waren und schwarze Schlitze hatten, wie die Augen einer Schlange oder eines Krokodils.

Der Drache – Stonequest, der Name war auf seiner Uniform zu lesen – stand groß und trotz ihrer Stahlhaut unbeeindruckt von ihr. »Weißt du, wer wir sind?«

Eine schnelle Begutachtung seiner drei Begleiter bestätigte, dass keiner von ihnen ein Mensch war. Wie sie das erkennen konnte, war ihr nicht klar, aber sie war sich absolut sicher, dass es sich auch bei ihnen um Drachen handelte.

»Ihr seid Drachen. Allerdings langsame.«

»Nicht nur Drachen, du Wicht, sondern Drachen-SWAT.« Eine Frau mit herrlichen stahlblauen Augen zischte das als Warnung. Ihre Augen wurden von perfekten Wangenknochen und extrem langen, platinblonden Haaren umrahmt, die in einem strengen französischen Zopf geflochten waren. Für Kristen sah sie eher wie eine Prinzessin aus, nicht wie das Mitglied eines SWAT-Teams.

Drachenhaut

»Bleib locker, Heartsbane«, sagte Stonequest. »Die hier weiß offensichtlich nicht, wie die Dinge in unserer Welt laufen.«

Heartsbane biss die Zähne zusammen, sagte aber nichts weiter.

Ihr Begleiter fuhr fort. »Wie sie sagte, wir sind das Drachen-SWAT. Offensichtlich können Menschen Drachen niemals kontrollieren, also kommen wir ins Spiel. Wir sind das Gesetz über dem Gesetz. Wenn einer von uns den Frieden bricht oder die Aufmerksamkeit unserer Führung erregt, kommt mein Team ins Spiel.«

»Also, was machst du jetzt, Feuer auf mich spucken? Falls du nicht Bescheid weißt, ich habe gerade eine Explosion überlebt, die durch einen verdammten Raketenwerfer verursacht wurde. Ich habe keine Angst vor ein paar Drachen.« Kristen trat vor und wollte sich an Stonequest vorbeischieben, immer noch in ihrer Stahlhaut. »Du willst mich? Also versuch es!« Sie verpasste ihm einen Rempler mit der Schulter und er trat einen Schritt zurück, um sie passieren zu lassen.

»Sie weiß es nicht.« Heartsbane lachte höhnisch.

Die beiden anderen Drachen lachten mit.

»Wir sind nicht hier, um dich mitzunehmen. Du hast nichts Falsches getan – zumindest nicht für einen Drachen.« Stonequests Stimme überrollte sie wie eine kühlende Welle.

Sie ging weiter und die Worte drangen immer tiefer in ihren Geist. Er hat nicht wirklich gesagt... Er kann nicht gemeint haben, dass sie... dass Kristen Hall... sie war kein Drache. Oder doch?

Kristen dachte zurück an das, was ihr Vater ihr erzählt hatte, über seine Schwester, die für die Drachen in einer Art biowissenschaftlichem Labor gearbeitet hatte. Ihre Gedanken wanderten zu ihrem Training und wie beeindruckt alle davon waren, wie schnell sie alles umsetzen konnte und sie war immer stark und schnell gewesen. Und dann war da noch die Sache mit ihrer Stahlhaut. Sie schaute auf ihre Hände, sie glänzten in den aufleuchtenden Straßenlaternen. Aber das bedeutete einfach... es bedeutete, dass sie eine Magierin oder so etwas war, nicht, dass sie ein Drache wäre.

»Drachen stehen über den normalen Einsatzregeln der Polizei«, sagte Stonequest und erhob seine Stimme. »Diese Schlägertypen haben jemanden getötet, den du als einen der deinen angesehen hast. Für einen Drachen ist das der einzige Grund, ein Menschenleben zu beenden. Ein Angriff gegen jemanden, der unter dem Schutz eines Drachen steht, ist ein direkter Affront und wird keinesfalls toleriert. Du hast nur getan, was jeder Drache in deiner Situation getan hätte.«

Kristen blieb stehen. »Aber ich bin doch kein Drache.«

Die beiden, die bisher nicht gesprochen hatten, sahen einander irritiert an. Heartsbane schnaubte und schüttelte den Kopf. Stonequest nickte nur. »Doch, das bist du. Die Stahlhaut ist ein Zeichen dafür, dass du einer bist. Das ist ungewöhnlich, sicher – und ein Hinweis darauf, dass du anders bist. Ein Stahldrache zwar, aber trotzdem ein Drache.«

»Also seid ihr doch hier um mich mitzunehmen?« Sie wandte sich um. »Versucht es. Kampflos gebe ich mich nicht geschlagen. Ich habe noch nie von Stahldrachen gehört und ich wette, du hast noch nie gegen einen gekämpft.« Ihre Gedanken überschlugen sich. Konnte das wirklich möglich sein? Konnte sie wirklich ein Drache sein? Aber wie konnte sie ihr ganzes Leben lang einer sein und es nicht einmal ahnen? Weshalb hatte sie es nicht früher bemerkt? Ein Drache hatte sie schließlich zur Akademie geschickt und sie hatten auf ihren Einsatz in einem SWAT-Team bestanden. Wie lange wurde sie schon von ihnen beobachtet?

Stonequest schüttelte den Kopf. »Wie ich schon sagte, du hast nichts falsch gemacht. Die Leute, die du getötet hast«, er deutete auf das Gebäude voll mit toten Gangmitgliedern, als wären sie nichts weiter als Nutztiere, »sind egal.«

»Natürlich sind Menschen wichtig!«, protestierte sie.

»Nicht diese«, konterte Heartsbane. »Wir haben gehört, was sie mit der Stadt machen wollten. Sie waren nichts weiter als tollwütige Bestien, die mit einem Gnadenschuss eingeschläfert werden mussten. Das hätten sie sowieso nicht alles alleine machen können. Sie müssen unter der Kontrolle von einem von uns gestanden haben. Affen wissen nicht, wie man organisiert...«

»Heartsbane!«, kürzte Stonequest ihre Tirade ab. »Hüte deine Zunge oder ich hole sie raus.«

Sie streckte ihm die Zunge raus. »Oh, um Feuers willen. Sie würde in einem Monat nachwachsen.«

»Dann hätte ich wenigstens einen Monat Ruhe.«

Heartsbane betrachtete ihren Anführer für einige Augenblicke und gab schließlich nach. Er konzentrierte sich auf Kristen.

»Glaubst du, dass ich... glaubst du, dass das alles meine Schuld ist?«, fragte sie.

Er schüttelte den Kopf. »Nein und wir sollten nicht über laufende Ermittlungen reden.« Er warf einen scharfen Blick auf Heartsbane. »Aber da sie ihren Mund nicht halten konnte, kann man wohl sagen, dass wir hier einen Drachen gespürt haben und deshalb annehmen, dass er für all das verantwortlich ist. Als wir ankamen fanden wir allerdings nur noch dich. Die Leichen, die du hinterlassen hast, überzeugen mich davon, dass diese Leute nicht unter deinem Einfluss gestanden haben.«

»Unter wessen Einfluss standen sie dann?«, fragte Kristen.

»Wir wissen es nicht.« Stonequest zuckte mit den Schultern und seine Halswirbel knackten. Er war noch größer als Drew und – wenn seine Kraft auch nur annähernd so war wie ihre – war er wahrscheinlich viel stärker als er aussah. »Wir konnten eine Störung wahrnehmen und kamen dann her. Bei unserer Ankunft war nur noch eine Aura zu spüren, und zwar deine.«

»Aber du sagtest, ich hätte nichts Falsches getan. Warum habt ihr denjenigen, der dahinter steckt, dann nicht verfolgt?«

»Deine Aura war stärker als alles andere hier. Wenn es noch einen Drachen gab – und das ist immer noch ein großes »wenn« – muss er geflohen sein und er hat deine Aura für seine Deckung benutzt.«

»Aber das erklärt immer noch nicht, warum du hier mit mir redest, anstatt den Mann zu finden, äh... Drachen, der versucht hat, die Stadt zu übernehmen.«

»Wer auch immer diese Schlange war, er hat gegen einen unerfahrenen Drachen, der noch nicht einmal seine vollen Kräfte hat, versagt. Er ist... wie ist der menschliche Ausdruck dafür? Kleinvieh?«, lächelte Heartsbane eine Spur zu süß.

»Als wir bemerkten, dass du da drin bist, gaben wir unseren Vorgesetzten Bescheid und sie befahlen uns,

Drachenhaut

Kontakt mit dir aufzunehmen. Neue Drachen tauchen nicht einfach aus dem Nichts auf und außerdem wurdest du ohnehin beobachtet. Anscheinend existiert eine ziemlich hohe Wette darauf, ob du einer von uns bist oder nicht.« Stonequest grinste und machte deutlich, dass auch er gesetzt und auch auf wen er gewettet hatte.

»Ich hörte, Damos hat eine ganze Truhe spanischer Dublonen darauf gewettet, dass du ein Mensch bist«, lachte einer der beiden anderen Drachen. »Sie wird stinksauer sein.«

»Also, was wollt ihr von mir?«, fragte Kristen weiter. Sie ballte ihre Fäuste. Ok, vielleicht war sie ein Drache. Irgendwie ergab es Sinn. Vielleicht... irgendwie. Und obendrein war sie ein Stahldrache. Was anscheinend ungewöhnlich war. Das hieß, wenn diese Arschlöcher einen Kampf wollten, dann würden sie einen bekommen.

Stonequest schüttelte den Kopf und hob die Hände, die Handflächen beschwichtigend nach unten. »Wir wollen, dass du dich uns irgendwann anschließt, wenn deine Kräfte voll entfaltet sind. Wenn das passiert, wirst du dem Dragon-SWAT zugeteilt. Bis dahin bleibst du im menschlichen SWAT-Team, um weiterzulernen und deine Fähigkeiten zu verbessern«.

»Ich... du kannst die Fäden in meinem Leben nicht einfach ziehen wie bei einer Marionette an der Schnur.«

Er lächelte nachsichtig. »Kristen, wer hat dich denn überhaupt erst zum SWAT-Team geschickt?«

Dazu hatte sie nichts zu sagen und außerdem hatte er eine andere Frage in ihrem Kopf aufgeworfen.

»Was meintest du damit, dass ich meine volle Kraft bekomme?«

»Das ist, als würde man mit einem Kind reden«, protestierte Heartsbane. Aber bevor Stonequest sie zurechtweisen konnte, trat sie ein paar Schritte zurück und verwandelte sich.

Flügel bildeten sich aus ihrem Rücken, Stacheln tauchten an ihrem Rücken auf und ihr wuchs ein Schwanz. Ihre Uniform und ihr Fleisch verwandelten sich in schuppige Haut und für einen kurzen Moment stand das Abbild eines weißen Dämons vor ihnen – ein mannshohes, geflügeltes Biest mit schuppiger Haut und glühenden Augen – bis sie zu einem Drachen wurde, größer als ein Auto. Selbst in dieser Form war sie wunderschön. Ihre Schuppen waren so weiß wie Elfenbein und die Flügel auf ihrem Rücken fingen den Wind auf, der vom Fluss kam. Mit einem einzigen Flügelschlag erhob sie sich in die Luft und schwebte über ihnen.

»Es gehört mehr dazu, ein Drache zu sein, als nur schnell und stark zu sein.«

»Aber meine Stahlhaut...«

»Ist interessant«, sagte Stonequest und schnitt ihr das Wort ab. »Vielleicht sogar einzigartig. Wenn die Welt nur aus Menschen bestehen würde, könntest du sie zweifellos sogar regieren, aber wir sind Drachen, die auch schon Drachen getötet haben. In deiner menschlichen Form hättest du keine Chance gegen uns.«

»Die Kugeln sind von mir abgeprallt«, protestierte Kristen.

Er schloss die Augen. »Ich bin nicht hier um dir zu drohen, aber glaub nicht, dass du über uns stehst. Solange du in dieser Form bist, bist du schwach und kannst uns nicht herausfordern. Ich müsste nur Heartsbane

Drachenhaut

befehlen, dich hochzureißen und in den Fluss zu werfen, Stahl sinkt.«

»Ich kann mich zurückverwandeln...«

»Und wir könnten andere Dinge ausprobieren. Die diversen Vulkaninseln auf der Welt sind für Wesen wie uns nicht unbedingt weit entfernt. Wir könnten dich in einem von denen absetzen. Es ist ja nicht so, dass du rausfliegen könntest.«

Kristen wurde blass.

Stonequest lächelte, obwohl es bei seinen geschlitzten orangen Augen schwer zu erkennen war, ob es ein echtes Lächeln war. »Aber wie ich schon sagte, wir sind nicht hier, um dir zu drohen, sondern um dich zu begrüßen. Vorläufig sollst du bei den Menschen bleiben und weiter wachsen. Sobald du anfängst, dein volles Potenzial auszuschöpfen, melden wir uns.«

Sie nickte nur. Es gab nichts mehr, was sie noch sagen konnte.

Er wusste das scheinbar und gab den beiden Drachen hinter ihm ein Zeichen. Sie verwandelten sich und flogen in den Himmel.

Wie betäubt sah sie zu, wie die vier in der Nacht verschwanden.

Schlagartig wurde ihr klar, dass der Rest ihres Teams den gesamten Austausch beobachtet hatte.

Einen Moment lang sagte keiner etwas. Schließlich brach Hernandez das Schweigen. »Und ich dachte, ich wäre das Miststück.«

»Sie waren gar nicht so schlimm«, fügte Keith hinzu und humpelte vom Krankenwagen zur Gruppe. »Okay, ja, sie können fliegen und Feuer speien und wahrscheinlich ein Polizeiauto anheben, aber können sie Softair spielen?«

»Ich wette, sie würden Gumbo nicht von Jambalaya unterscheiden können«, fügte Butters hinzu und war in Gedanken schon wieder bei seiner nächsten Mahlzeit.

»Kommt schon, lasst uns zurück zum Revier fahren«, sagte Drew. »Ich hörte das Arschloch sagen, dass du eine Weile bei uns Menschen festsitzt, was bedeutet, dass keiner von uns deinen Papierkram erledigen wird. Immerhin sollen sich große Kräfte manifestieren und all der Scheiß.«

»Ich glaube nicht, dass er damit gemeint hat, ich hätte Macht über den ganzen Papierkram«, protestierte sie, lachte aber. Sie merkte, dass ihre Stahlhaut wieder normal geworden war. Plötzlich war sie erschöpft.

»Warum sollte er sich sonst wünschen, dass du bei uns bleibst?«, fragte Beanpole. »Du hast eine kleine, aber extrem gut ausgerüstete Armee besiegt. Was gibt es denn besseres, als zu lernen, wie man einen Bericht richtig verfasst?«

Sie schüttelte den Kopf und lächelte über den Wahnsinn des Ganzen. Obwohl sie keine Ahnung hatte, was die Zukunft brachte, war sie froh, dass ihr Team weiterhin ein Teil davon sein würde.

★ ★ ★

Kaum hatte er die Polizistin mit Stahlhaut aufstehen sehen, hatte Mr. Black seine menschliche Gestalt und das Lagerhaus mit den Bandenmitgliedern hinter sich gelassen.

Er wurde zum schwarzen Drachen, flog auf ein anderes nahe gelegenes Lagerhaus und verwandelte sich in einem wirbelnden Zyklon aus Schatten und Rauch wieder in seine menschliche Gestalt. Als er die Treppe hinunterging, warteten seine beiden Leibwächter bereits mit einem gepanzerten Fluchtfahrzeug auf ihn. Er hatte vorausgesetzt, erfolgreich zu sein, deshalb war es ein wenig frustrierend, als einer seiner Männer eine gekühlte Flasche Champagner anbot.

»Nicht heute Nacht«, murmelte er wütend auf die Menschen. »Bringt mich hier raus.«

»Sir?« Das Gerät, das die Funkgeräte blockierte, war im Kampf gegen menschliche Koordination nützlich, aber es gab auch Nachteile, wie zum Beispiel, dass er seinen Wachen jetzt erklären musste, was geschehen war.

»Ein neuer Drache musste sich ausgerechnet in dieser Nacht offenbaren. Damit hat sie meine Pläne für diese elende Stadt zunichtegemacht. Dennoch glaube ich nicht, dass sie ihre Kräfte wirklich offenbaren wollte. Aber selbst nach all den Jahrhunderten ist Information immer noch eine wertvolle Währung.«

»Wohin, Sir?«, fragte eine der Wachen, die andere bot ihm eine Zigarre an. Der schwarze Drache überlegte, ob er dafür eine Gehaltserhöhung verdiente.

»In meine Höhle, ihre rechtschaffene Aura bereitet mir Kopfschmerzen. Außerdem... ja, das Drachen-SWAT wird bald hier sein. Ich hatte gehofft, mit ihren Meistern aus einer Machtposition heraus verhandeln zu können, aber jetzt – mit diesem Stahldrachen, der aus dem Nichts aufgetaucht ist – möchte ich mich noch nicht offenbaren. Ich nehme an, dass das Dragon-SWAT und ihre Meister versuchen werden, die Anwesenheit dieses neuen Stahldrachen, der perfekt zu mir passen würde, geheim zu halten. Schließlich werden auch die Drachen, die ich kenne, großes Interesse daran haben, von einem neuen Spieler in der Motor City zu hören...sehr großes Interesse.«

KAPITEL 25

Drew hatte nicht gelogen, was den Papierkram anging. Als sie die Hälfte davon fertig hatte, schmerzte ihre rechte Hand während der Arbeit alleine schon vom Halten des Stiftes. Die Zeit auf dem Schießstand war körperlich deutlich weniger anstrengend, hatte sie mehr als einmal mürrisch gedacht. Schlimmer noch war die Tatsache, dass sie sich mit den Identitäten all der Leute, die sie getötet hatte, auseinandersetzen musste.

Obwohl sie Kriminelle waren, die Jonesy getötet hatten, fühlte sie sich nach drei Tagen der Durchsicht ihrer Akten schuldig, ihre Leben so schnell beendet zu haben. Ein paar von ihnen hatten Kinder, manche Ehefrauen, andere eine Freundin oder einen Freund. Kristen wusste, dass alle vermisst würden, bis auf ein paar wenige der wirklich Ekelhaften. Verdammt, sogar diese Monster würden wahrscheinlich von irgendjemandem vermisst. Menschen waren schon witzig, wenn es um Gefühle ging.

Aber die Kriminellen, die Freunde und Familie hatten, machten ihr eigenes Verhalten nur noch unverständlicher. Das waren Menschen, die versucht hatten, mit Waffen und Sprengstoff die Macht zu übernehmen. Sie hätten die ganze verdammte Stadt niedergebrannt

– ihre eigene Stadt. Was zwang Menschen dazu, zu den Waffen zu greifen und sie gegen ihre Heimat einzusetzen? Detroit hatte sicherlich seinen Anteil an den Protesten in der Vergangenheit, aber Menschen, die mit Maschinengewehren und Raketenwerfern bewaffnet waren und versuchten, das SWAT und wahllos Polizisten auszuschalten, waren weit jenseits der Proteste, die auch gewalttätig ablaufen konnten. Hatte ein Drache sie alle so beeinflusst und sich so ungeheuerlich verhalten lassen?

Sie wusste es nicht und was den Papierkram betraf, spielte es keine Rolle.

Ihr Teamleiter legte ihr eine Hand auf die Schulter und unterbrach sie bei ihrer Arbeit. »Hey, Hall, es ist Zeit.«

Ohne ein Wort zu sagen, nickte sie, stand auf und folgte ihm aus dem Revier und in ein Polizeifahrzeug. Butters saß auf dem Rücksitz. Er blieb ruhig und schaute sie einfach stoisch an.

Drew schaltete das Licht, nicht aber die Sirene an und fuhr los. Keith stieg hinter ihnen in ein weiteres Fahrzeug mit Beanpole am Steuer und Hernandez auf dem Rücksitz. Sie fuhren schweigend bis zum Beerdigungsinstitut.

»Die Verabschiedung sollte bald beendet sein«, sagte Drew.

Er hatte Recht, denn nach einigen Minuten kamen Menschen mit einem Sarg aus dem Beerdigungsinstitut und luden ihn in einen Leichenwagen. Aber es war nicht irgendein ›ihn‹, den sie geladen hatten, es war Jonesy.

Kristen hatte die Leiche bereits gesehen. Der Gerichtsmediziner hatte den Mann offensichtlich nicht gekannt. Er hatte ihn geschminkt, um die Narben in seinem Gesicht zu verdecken und den Mund zu einem schiefen Lächeln drapiert. Jonesy hatte nie gelächelt. Er höhnte und spuckte und sie hatte ihn nur lächeln sehen, wenn er über jemanden geflucht hatte – und jetzt fluchte er nie mehr.

Der Leichenwagen fuhr los, Drew folgte ihm und führte den Trauerzug der Polizeiautos durch die Motor City an. Kristen versuchte nicht zu weinen – schließlich fuhren sie erst in einem Trauerzug, also gab es noch keinen Grund dazu. Aber als sie Butters auf dem Rücksitz schluchzen hörte, gab sie ihre Bemühungen auf, so zu tun, als würde es nicht wehtun, Jonesy zu verlieren und ließ die Trauer zu. Die Tränen kamen zuerst. Es war, als würde sie sich erst jetzt eingestehen, dass er gestorben war, aber nach einer schmerzerfüllten Minute begann sie sich besser zu fühlen. Es war erstaunlich, wie ein Mensch sich anpassen konnte... oder ein Drache, dachte sie dumpf, immer noch schockiert über das, was sie über sich selbst erfahren hatte.

»Er war ein Schwein, weißt du?«, sagte der Scharfschütze.

Drew nickte. »Es ist Jonesy, über den wir hier reden, zeig etwas Respekt. Er war ein verdammtes Schwein, ein gottverdammtes Scheißschwein.« Er hielt an und holte tief Luft. »Ich... Gott, niemand konnte so fluchen wie er, nicht einmal Hernandez.«

»Sag das nie ihr gegenüber, sie ist in schlimmerem Zustand als alle anderen«, murmelte Butters.

Kristen wusste nicht, wie es möglich sein konnte, dass sich jemand noch schlechter fühlte als sie. Jonesy war ihretwegen gestorben – er hatte diese Kugeln für sie abgefangen und er war deswegen gestorben und jetzt zu denken, dass, wenn er nicht in den Weg gesprungen wäre, ihre Stahlhaut sie wahrscheinlich sowieso gerettet hätte. »Wenigstens hat sie ihn nicht getötet«, platzte sie heraus.

»Du auch nicht«, sagte Drew mit einer Schärfe, die sie überraschte. »Ein Krimineller mit einer Waffe hat es getan, vergiss das nie! Ich kenne zu viele Beamte, die sich die Schuld für die Taten eines Idioten mit einer Waffe geben.«

»Hätte ich die Kugel in der Pfandleihe nicht abgefangen, hätte er vielleicht nicht versucht, mich zu beschützen und ich hätte mich früher verwandelt. Egal, wie man es auch betrachtet, sein Tod ist meine Schuld.«

»Lass den Scheiß, Hall.« Das klang heftiger als bei Jonesy.

»Aber es ist wahr, hätte ich meine Kräfte benutzt, hätte ich...«

»Deine Kräfte sind mir scheißegal, aber ich schätze, du hast recht. Wir alle hätten einen kugelsicheren Drachenkrieger etwas früher im Kampf gebrauchen können.«

»Warum schreist du mich dann an?«

»Tu bloß nicht so, als wäre Jonesy kein gottverdammter Held gewesen. Er hätte diese Kugeln abgefangen, egal, ob du welche für ihn abgefangen hast. Er war ein Held, ein gottverdammter Held.« Drews Fassade begann zu bröckeln. Er biss die Zähne zusammen und wischte über die Augen, bevor die Tränen fließen konnten.

»Natürlich war er ein Held«, sagte Butters vom Rücksitz aus. »Glaubst du, wir hätten uns seinen Schwachsinn

Drachenhaut

gefallen lassen, wenn er das nicht gewesen wäre? Er war ein lauter, respektloser – und wenn ich ganz ehrlich bin – rassistischer Mistkerl. Er hat sich mehr Feinde als Freunde gemacht und war eine Nervensäge, aber verdammt, er war ein guter Polizist. Er hat sich auch nicht von dieser Scheiße beeinflussen lassen. Er hat keine Ladendiebe umgebracht oder schwarzen Kindern in den Rücken geschossen, wie es manch andere Polizisten tun. Er hat die Politik zu Hause gelassen, aber nicht seine gottverdammte Zunge.«

»Genau«, sagte Drew. »Er war ein verdammtes Arschloch, aber er war auch ein verdammt guter Polizist.« Er schüttelte den Kopf und zwang sich, nicht zu weinen.

Sie kamen auf dem Friedhof an und zu sechst – Kristen, Drew, Butters, Beanpole, Hernandez und Keith – trugen sie Jonesys Sarg zum Grab.

Es gab Reden und Tränen. Sie hörte zu, aber alles, woran sie denken konnte, war der Mann, der gleich ins Grab hinab gesenkt werden sollte. Am Ende warf sie eine Handvoll Erde auf den Sarg.

Es brach ihr fast das Herz, aber sie wusste, dass auch Jonesy schon Menschen verloren hatte. Jeder bei SWAT hatte Leute verloren, also ließ sie sich nicht davon überwältigen. Sie würde weiter kämpfen und diese Stadt für die Menschen, die er zurückgelassen hatte, absichern.

Brian hatte sich geweigert, zu Buddy's zu gehen und stattdessen darauf bestanden, dass Kristen eine der nicht gebackenen Pizzen aus der Pizzeria mitnahm, damit sie zu Hause essen konnten.

Es hatte ihr nichts ausgemacht, bis sie erkannte, dass ihr Bruder einen Hintergedanken hatte.

»Ich kann es immer noch nicht glauben, meine Schwester ist auf keinen Fall ein Drache.«

Kristen rollte mit den Augen, vermutlich zum tausendsten Mal. »Brian, was gibt's da noch zu glauben? Schau mal.« Sie hatte geübt, ihre Haut in Stahl und zurück zu verwandeln und hatte ein gewisses Maß an Kontrolle darüber erreicht. Nach einem tiefen Seufzer hielt sie ihm ihre Hand vors Gesicht und verwandelte sie in Stahl.

Er zuckte die Achseln. »Keine große Sache! Also, du hast einfach einen Trick gelernt, das beeindruckt mich nicht.«

»Das ist kein Trick, Brian, schau her!« Sie schnappte sich eines der Küchenmesser ihrer Mutter und stach in ihre Handfläche – oder sie versuchte es zumindest. Die Klinge zerbrach.

»Du hättest das Messer vorher manipulieren können und außerdem habe ich im Internet Handschuhe gesehen, mit denen das auch geht.«

»Dann such du ein Messer aus. Stich irgendwo zu und schau, was passiert.«

»Wenn ihr denkt, ihr könnt mir wegen eures Geschwisterstreits alle Messer ruinieren, dann habt ihr euch geschnitten«, blaffte ihre Mutter sie an. »Das Abendessen ist fertig, wascht euch die Hände und kommt zu Tisch.«

Sie gehorchten ihr, wuschen wie aufgetragen ihre Hände und setzten sich an den Tisch. Kristen fühlte sich so entspannt wie seit Tagen nicht mehr. Zu Hause zu sein, fühlte sich wieder normal an. Brian behandelte sie immer

Drachenhaut

noch so wie immer und ihre Eltern? Nun, sie waren immer noch ihre Mutter und ihr Vater, genau wie immer.

Sie war adoptiert worden, aber was soll's? Sie konnte damit umgehen. Am Ende des Tages war das nicht mehr wichtig. Die Liebe und Fürsorge, die ihre Eltern ihr das ganze Leben entgegengebracht hatten, war das, was wirklich zählte.

»Ich dachte, Drachen sollen so etwas wie geniale Reflexe haben.« Ihr Bruder warf ihr eine Olive ins Gesicht, sie schlug sie weg.

»Brian! Lass deine Schwester in Ruhe«, schimpfte ihre Mutter.

»Ich habe gute Reflexe, ich habe dich in allem geschlagen, was wir je gespielt haben.«

»Nicht in Videospielen, du kannst nicht mal bei Mario Kart gewinnen!«

»Doch, das kann ich.«

»Auf keinen verfickten Fall.«

»Brian! Pass auf, was du sagst!«, ermahnte ihre Mutter giftig.

»Was? Dad redet auch so.«

»Dein Vater war 30 Jahre bei der Polizei. Er hat sich ab und zu das Recht dazu verdient.«

»Habe ich den Scheiß richtig gehört?« Frank stürmte ins Zimmer.

Marty lächelte das Lächeln, das aussagte, es sei jetzt nicht die Zeit zum Streiten. »Natürlich darfst du, das weißt du auch, aber nicht beim Essen. Kristen, du bist eine Dame, du solltest dir das besser nicht angewöhnen.«

»Aber, Marty, ich bin keine Dame, ich bin ein Drache, das habe ich doch schon erzählt.« Sie verwandelte ihre Haut in Stahl und wieder zurück.

»Mom, Kristen gibt an«, beschwerte sich Brian.

»Kristen Hall, wenn du mich noch einmal Marty nennst, werfe ich dich raus und dein Bruder kann deine Pizza essen.«

»Das ist doch dein Name.«

»Für dich nicht, junge Dame. Selbst wenn du ein verdammter Golddrache wärst, du hast deine Mutter zu respektieren«, sagte Frank ohne Strenge. Er grinste sogar noch breiter als Brian. »Aber für deinen alten Herrn, mach das mit der Silberhaut bitte noch mal, es ist einfach zu cool.«

Sie lächelte und ließ ihren Stahl aufblitzen, was ihrem Vater ein noch größeres Grinsen entlockte. Kristen schüttelte den Kopf. Er war nicht Frank für sie und würde es nie sein. Der Mann war ihr Vater und würde es immer bleiben.

Es machte keinen Unterschied, dass sie adoptiert worden war. Es war ihr egal, dass dies nicht ihre biologische Familie war und – zumindest unter diesem Dach – es war ihr egal, ein Drache zu sein. Sie wusste aber auch, dass der Begriff Familie nicht nur hier gelten würde. Da sie mit diesen Menschen nicht blutsverwandt war, war ihre neue Verbindung zum SWAT-Team umso wichtiger, aber sie würde nie vergessen, woher sie kam.

Obwohl, wenn Brian nicht endlich die Klappe halten würde, müsste sie ihre Kräfte einsetzen und ihn bei seinen Videospielen vernichtend schlagen.

ENDE

Kristen Hall kehrt zurück in:
»Stahldrache 02 – Drachenaura«

—

Wie hat Dir das Buch gefallen? Schreib uns eine Rezension oder bewerte uns mit Sternen bei Amazon. Dafür musst Du einfach ganz bis zum Ende dieses Buches gehen, dann sollte Dich Dein Kindle nach einer Bewertung fragen.

Als Indie-Verlag, der den Ertrag weitestgehend in die Übersetzung neuer Serien steckt, haben wir von LMBPN International nicht die Möglichkeit große Werbekampagnen zu starten. Daher sind konstruktive Rezensionen und Sterne-Bewertungen bei Amazon für uns sehr wertvoll, denn damit kannst Du die Sichtbarkeit dieses Buches massiv für neue Leser, die unsere Buchreihen noch nicht kennen, erhöhen. Du ermöglichst uns damit, weitere neue Serien parallel in die deutsche Übersetzung zu nehmen.

Am Ende dieses Buches findest Du eine Liste aller unserer Bücher. Vielleicht ist ja noch eine andere Serie für Dich dabei. Ebenso findest Du da die Adresse unseres Newsletters und unserer Facebook-Seite und Fangruppe – dann verpasst Du kein neues, deutsches Buch von LMBPN International mehr.

SOZIALE MEDIEN

Möchtest Du mehr?
Abonnier unseren Newsletter, dann bist Du bei neuen Büchern, die veröffentlicht werden, immer auf dem Laufenden:
https://lmbpn.com/de/newsletter/

Tritt der Facebook-Gruppe & der Fanseite hier bei:
https://www.facebook.com/groups/ZeitalterderExpansion/
(Facebook-Gruppe)
https://www.facebook.com/DasKurtherianischeGambit/
https://www.facebook.com/LMBPNde/
(Facebook-Fanseiten)

Die E-Mail-Liste verschickt sporadische E-Mails bei neuen Veröffentlichungen, die Facebook-Gruppe ist für Veröffentlichungen und ›hinter den Kulissen‹-Informationen über das Schreiben der nächsten Geschichten. Sich über die Geschichten zu unterhalten ist sehr erwünscht.

Da ich nicht zusichern kann, dass alles was ich durch mein deutsches Team auf Facebook schreiben lasse, auch bei Dir ankommt, brauche ich die E-Mail-Liste, um alle Fans zu benachrichtigen wenn ein größeres Update erfolgt oder neue Bücher veröffentlicht werden.

Ich hoffe Dir gefallen unsere Buchserien, ich freue mich immer über konstruktive Rezensionen, denn die sorgen für die weitere Sichtbarkeit unserer Bücher und ist für unabhängige Verlage wie unseren die beste Werbung!

Jens Schulze für das Team von LMBPN International

DEUTSCHE BÜCHER VON LMBPN PUBLISHING

Kurtherianisches™-Gambit-Universum:

Das kurtherianische™ Gambit
(Michael Anderle – Paranormal Science Fiction)

Erster Zyklus:
Mutter der Nacht (01) · Queen Bitch – Das königliche Biest (02) · Verlorene Liebe (03) · Scheiß drauf! (04) · Niemals aufgegeben (05) · Zu Staub zertreten (06) · Knien oder Sterben (07)

Zweiter Zyklus:
Neue Horizonte (08) · Eine höllisch harte Wahl (09) · Entfesselt die Hunde des Krieges (10) · Nackte Verzweiflung (11) · Unerwünschte Besucher (12) · Eiskalte Überraschung (13) · Mit harten Bandagen (14)

Dritter Zyklus:
Schritt über den Abgrund (15) · Bis zum bitteren Ende (16) · Ewige Feindschaft (17) · Das Recht des Stärkeren (18) · Volle Kraft voraus (19) · Hexenjagd (20) · Die Rückkehr der Matriarchin (21)

Das kurtherianische™ Endspiel:
Die Piraten von High Tortuga (22) · Zwingende Beweise (23)

Kurzgeschichten:
Frank Kurns – Geschichten aus der Unbekannten Welt

In Vorbereitung:
…die restlichen Bücher des Kutherianischen™ Endspiels

Das zweite Dunkle Zeitalter

(Michael Anderle & Ell Leigh Clarke
– Paranormal Science Fiction)
Der Dunkle Messias (01) · Die dunkelste Nacht (02)
Dunkelheit vor der Dämmerung (03)
Dämmerung naht (04)

**Die Chroniken der Gerechtigkeit
(Natalie Grey & Michael Anderle
– Paranormal Science Fiction)**
Der Rächer (01)
In Vorbereitung sind die restlichen Bücher bis Band 7.

**Richterin, Geschworene & Vollstreckerin
(Craig Martelle & Michael Anderle
– Juristische Space Opera Science Fiction)**
Du wurdest verurteilt (01)
In Vorbereitung sind die restlichen Bücher bis Band 15+.

**Aufstieg der Magie
(CM Raymond, LE Barbant &
Michael Anderle – Fantasy)**
Unterdrückung (01) · Wiedererwachen (02)
Rebellion (03) · Revolution (04)
Die Passage der Ungesetzlichen (05) · Dunkelheit erwacht (06)
Die Götter der Tiefe (07) · Wiedergeboren (08)
In Vorbereitung sind die restlichen Bücher der Serie

Oriceran-Universum:
**Die Leira-Chroniken
(Martha Carr & Michael Anderle – Urban Fantasy)**
Das Erwecken der Magie (01)
Das Entfesseln der Magie (02)

Der Schutz der Magie (03)
In Vorbereitung sind die restlichen Bücher der Serie

Der unglaubliche Mr. Brownstone
(Michael Anderle – Urban Fantasy)
Von der Hölle gefürchtet (01) · Vom Himmel verschmäht (02)
Auge um Auge (03) · Zahn um Zahn (04)
Die Witwenmacherin (05) · Wenn Engel weinen (06)
Bekämpfe Feuer mit Feuer (07) · Lang lebe der König (08)
Alison Brownstone (09) · Nur eine schlechte Entscheidung (10)
Fataler Fehler (11) · Karma ist ein Miststück (12)
In Vorbereitung sind die restlichen Bücher der Serie

Die Schule der grundlegenden Magie
(Martha Carr & Michael Anderle – Urban Fantasy)
Dunkel ist ihre Natur (01) · Hell ist ihr Augenlicht (02)
Aufrichtig ist ihre Liebe (03) · Stark ist ihre Hoffnung (04)
In Vorbereitung sind die restlichen Bücher der Serie
steste
Die Schule der grundlegendsten Magie: Raine Campbell
(Martha Carr & Michael Anderle – Urban Fantasy)
Mündel des FBI (01) · Magische Berufung (02)
Hexe des FBI (03)
In Vorbereitung sind die restlichen Bücher der Serie

›Das Haus der 14‹-Universum:

Unzähmbare Liv Beaufont
(Sarah Noffke & Michael Anderle – Urban Fantasy)
Die rebellische Schwester (01)
Die eigensinnige Kriegerin (02)
Die aufsässige Magierin (03)
Die triumphierende Tochter (04)
Die loyale Freundin (05)
Die dickköpfige Fürsprecherin (06)

Die unbeugsame Kämpferin (07)
Die außergewöhnliche Kraft (08)
Die leidenschaftliche Delegierte (09)
Die unwahrscheinlichsten Helden (10)
Die kreative Strategin (11)
Die geborene Anführerin (12)

Die einzigartige S. Beaufont
(Sarah Noffke & Michael Anderle – Urban Fantasy)
Die außergewöhnliche Drachenreiterin (01)
Das Spiel mit der Angst (02)
Verhandlung oder Untergang (03)
Die Würfel sind gefallen (04)
Das Chi des Drachen (05)
Siegeszug für Magitech? (06)
Die neue Drachenelite (07)
Geschichte, neu erzählt (08)
Im Sinne der Fairness (09)
Entscheide über dein Schicksal (10)
Verhandle mit mir oder meinem Drachen (11)
Schluss mit Ungerechtigkeit (12)
Am politischen Himmel (13)
In Vorbereitung sind die restlichen Bücher bis Band 24

Eine Beaufont-Geschichte
(Sarah Noffke & Michael Anderle – Urban Fantasy)
Der geheimnisvolle Plato (01)
Der fantastische Lunis (02)
In Vorbereitung sind die restlichen Bücher bis Band 3

Sonstige Serien

Die Chroniken des Komplettisten
(Dakota Krout – LitRPG/GameLit)

Ritualist (01) · Regizid (02) · Rexus (03)
Rückbau (04) · Rücksichtslos (05) · Inferno (06)
In Vorbereitung sind die restlichen Bücher der Serie

Der Hexenmeister der Wolfsmenschen
(Dakota Krout – LitRPG/GameLit)
Bibliomant (01)
In Vorbereitung sind die restlichen Bücher der Serie

Die Chroniken von KieraFreya
(Michael Anderle – LitRPG/GameLit)
Newbie (01) · Anfängerin (02) · Kriegerin (03) · Heldin (04)
In Vorbereitung sind die restlichen Bücher bis Band 6

Die guten Jungs
(Eric Ugland – LitRPG/GameLit)
Noch einmal mit Gefühl (01)
Heute Erbe, morgen Schachfigur (02) · Dungeonschinder (03)
Und täglich droht die Nebenquest (04)
Hochadel für Einsteiger (05)
Eine Belagerung kommt selten allein (06)
In Vorbereitung sind die restlichen Bücher der Serie

Die bösen Jungs
(Eric Ugland – LitRPG/GameLit)
Schurken & Halunken (01) · Der Dieb im ersten Stock (02)
Die Freischaufler (03) · Krieg der Aufschneider (04)
In Vorbereitung sind die restlichen Bücher der Serie

Die Reiche
(C.M. Carney – LitRPG/GameLit)
Der König des Hügelgrabs (01)
Die verlorene Zwergenstadt (02)
Mörderische Schleife (03) · Geißel der Seelen (04)
Der verlorene Gott (05)

In Vorbereitung sind die restlichen Bücher der Serie

Aufstieg des Großmeisters
(Bradford Bates & Michael Anderle – LitRPG/GameLit)
Heiler auf Abwegen (01)
In Vorbereitung sind die restlichen Bücher bis Band 15

Stahldrache
(Kevin McLaughlin & Michael Anderle – Urban Fantasy)
Drachenhaut (01) · Drachenaura (02)
Drachenschwingen (03) · Drachenerbe (04)
Dracheneid (05) · Drachenrecht (06)
Drachenparty (07) · Drachenrettung (08)
Drachenermittler (09) · Drachenschwester (10)
Drachenmaske (11) · Drachengefängnis (12)
Drachenschlacht (13)
In Vorbereitung sind die restlichen Bücher bis Band 15

So wird man eine knallharte Hexe
(Michael Anderle – Urban Fantasy)
Magie & Marketing (01) · Magie & Freundschaft (02)
Magie & Dating (03) · Magie & Ausbildung (04)
Magie & Verfolgung (05)
In Vorbereitung sind die restlichen Bücher bis Band 9

Animus
(Joshua & Michael Anderle – Science Fiction)
Novize (01) · Koop (02) · Deathmatch (03)
Fortschritt (04) · Wiedergänger (05) · Systemfehler (06)
Meister (07) · Infiltration (08) · Raubzug (09)
In Vorbereitung sind die restlichen Bücher bis Band 12

Opus X
(Michael Anderle – Science Fiction)

Der Obsidian-Detective (01) · Zerbrochene Wahrheit (02)
Suche nach der Täuschung (03) · Aufgeklärte Ingonoranz (04)
Kabale der Lügen (05) · Mahlstrom des Verrats (06)
Schatten der Überzeugung (07)
In Vorbereitung sind die restlichen Bücher bis Band 12

Chroniken einer urbanen Druidin
(Auburn Tempest & Michael Anderle – Urban Fantasy)
Ein vergoldeter Käfig (01)
Ein heiliger Hain (02)
Ein Familieneid (03)
Die Rache einer Hexe (04)
Ein gebrochener Schwur (05)
Ein verfluchter Druide (06)
Eines Unsterblichen Schmerz (07)
In Vorbereitung sind die restlichen Bücher der Serie

Entfesselte Goth-Drow
(Martha Carr & Michael Anderle – Urban Fantasy)
Eigensinnig und ziemlich ungewöhnlich (01)
Lass die Welt zurück (02) · Reich der unendlichen Nacht (03)
Nur die Starken tragen Schwarz (04)
In Vorbereitung sind die restlichen Bücher der Serie

Die Geburt von Heavy Metal
(Michael Anderle – Science Fiction)
Er war nicht vorbereitet (01)
Sie war seine Zeugin (02)
Hinterhältige Hinterlassenschaften (03)
Das Blut meiner Feinde (04)
In Vorbereitung sind die restlichen Bücher bis Band 9

Skharr TodEsser
(Michael Anderle – Sword & Sorcery Fantasy)

Das todbringende Verlies (01)
In Vorbereitung sind die restlichen Bücher der Serie

**Weihnachts-Kringle
(Michael Anderle –
Action-Adventure-Weihnachtsgeschichten)**
Weihnachts-Kringle: Stille Nacht (01)
Der Weihnachts-Kringle kommt in die Stadt (02)